太阳鸟十年精选

王蒙　主编

那个时代的痛与爱

辽宁人民出版社

© 王蒙　　2018

图书在版编目（CIP）数据

那个时代的痛与爱 / 王蒙主编 . —沈阳：辽宁人
民出版社，2018.1（2024.1 重印）
ISBN 978-7-205-09135-4

Ⅰ．①那… Ⅱ．①王… Ⅲ．①中国文学—当代文
学—作品综合集 Ⅳ．①I217.1

中国版本图书馆 CIP 数据核字（2017）第 268416 号

出版发行：辽宁人民出版社
　　　　　　地址：沈阳市和平区十一纬路 25 号　邮编：110003
　　　　　　电话：024-23284321（邮　购）　024-23284324（发行部）
　　　　　　传真：024-23284191（发行部）　024-23284304（办公室）
　　　　　　http://www.lnpph.com.cn
印　　刷：辽宁新华印务有限公司
幅面尺寸：160mm×230mm
印　　张：15.25
字　　数：239 千字
出版时间：2018 年 1 月第 1 版
印刷时间：2024 年 1 月第 3 次印刷
责任编辑：贾　勇
装帧设计：丁末末
责任校对：冯　莹
书　　号：ISBN 978-7-205-09135-4
定　　价：78.00 元

总 序
PREFACE

　　这套"太阳鸟十年精选"所收录的文章均选自过去十年我为辽宁人民出版社主编的太阳鸟文学年选。太阳鸟文学年选作为每年国内出版的多种文学年选中的一种，已经坚持了近二十年。它说明辽宁人民出版社的这套太阳鸟文学年选具有相当的历史性，表现了辽宁人民出版社编辑们的坚持不懈，这也是年选权威性的一个方面。

　　太阳鸟文学年选近二十年来，纳入其编选范围的文体大致六种，即中篇小说、短篇小说、诗歌、散文、随笔和杂文，这一次编辑将选文的体裁限定在了"美文"，杂文记忆中也只选了三四篇。整套书共十三种，包括《途经生命里的风景》《异乡，这么慢那么美》《故乡，是一抹淡淡的轻愁》《这世上的"目送"之爱》《历史深处有忧伤》《愿陪你在暮色里闲坐，一直到老》《你所有的时光中最温暖的一段》《那个心存梦想的纯真年代》《一生相思为此物》《掩于岁月深处的青葱记忆》《在文学里，我们都是孤独的孩子》《艺术，孤独的绝唱》《那个时代的痛与爱》，除《那个时代的痛与爱》主题相对分散，其他内容包括国内国外、故乡亲人、历史人物、童年校园、怀人状物、读书谈艺，可以说涵盖了人生的方方面面，可供阅读群体广泛。集中国十年美文创作于一书，这个书系的作者也涵盖了中国当代文学写作，尤其是散文写作的大量作家，杨绛、史铁生、袁鹰、余光中、梁衡、王巨才、王充闾、周涛、陈四益、肖复兴、李辉、王剑冰、祝勇、张晓枫、刘亮程、毛尖、李舫、宗璞、蒋子龙、陈建功、李国文、刘心武、李存葆、陈世旭、梁晓声、陈忠实、贾平凹、铁凝、张承志、张炜、余华、韩少功、王安忆、苏童、周大新、格非、迟子建、刘醒龙、刘庆邦、池莉、范小青、叶兆言、阿来、刘震云、赵玫、麦家、徐坤等。还有黄永玉、范曾、韩美林、谢冕、雷达、阎纲、孙绍振、温儒敏、南帆、陈平原、孙郁、李敬泽、阎晶明、彭程、刘琼等艺术家和评论家。他们的阵容，令人想起改革开放以来中国当代文学的版图。

为了"优中选优"，我重新翻阅了近十年的太阳鸟文学年选散文卷和随笔卷，并生出一些感慨。文学应该予人以美，包括语言之美、结构之美、韵律之美，更包括思想之美、情感之美、叙事之美，言之有思，言之有情，言之有恍若天成的启示与灵性。美好的东西总是让人念念不忘，文章也是如此。重读这些当年选过的文章，依然让人或心潮澎湃，或黯然神伤，或感同身受，或心向往之，一句话，也就是我最入迷的文学品性：令人感动。

大概十年前，为了继承和发扬赵家璧先生在良友图书公司主持"中国新文学大系"的传统，我曾为出版社主编过"中国新文学大系"第五辑，我在序言中曾说，文学是我们的最生动、最刻骨铭心的记忆，是我们的"心灵史"。我希望这套选本，也能不辜负读者与历史的期待。

2017年9月

目 录

CONTENTS

品　质

马　莉

────────

　　一个人的双眼无论具有怎样的辨认事实的能力，有时候也无法看清一粒种子是如何在大地的深处朴素地生长，并且在一个寂寞的季节里开花结果的。即使拥有再明亮的双眼也难以辨认某些事物的真相，这样的事实让我感到悲哀，在大部分的时间里我对人群保持着怀疑和警惕。它几乎是突如其来的，并且很容易就丧失了信心，譬如某天当一个人被所有的人群包围的时候，或者说当所有的人群围攻一个个体的个人的时候，不论那些围攻的人群是对还是错，也不论那个被围攻的人是错还是对，总之，当一个弱者与一群强者对峙的时候，一个个体的极度孤立使得所有的人像多米诺骨牌一样倒向强势的一边，这时候，人性的最大的弱点就暴露无遗了，或者说人性骨子里最黑暗、最盲从、最庸俗、最邪恶的一面，伺机显现了。这时候，作为群体中的每一个个体的品质退到了幕后，作为群体的每一个个体的优质血液降到了零度。

　　今天我终于明白了并且欲与所有的人持一种相反的价值观，我认为人类发展到了今天已经没有了绝对的对与错，或者说已经没有了绝对的真理与谬误了，作为一个同类的生命个体，衡量的办法只基于一点，那就是看他对人性的伤害究竟到了怎样的程度。

这是一个很艰难也很容易走向一个问题的死角的问题，触发我对这个艰难问题的思考源于一次与友人对话，在电话中她谈到了关于她的一次内心的伤害，这个伤害让她难过了很久：一个男性与两个女性针对其中一个女性问及其父亲的事件，这个女性极不愿意述说她的一切，当时场合一片尴尬。而这时另外一个女性以她的沉默和冷淡又将这种尴尬逼向了绝境。或许这在一般人眼里不被认为是伤害，现在的人们活得太快也太累了，所以大多数的人的内心也是粗鄙的。

生活中类似这样的伤害是折叠在一切生活的细节里面的，肉眼是不易觉察的。因此我们就一而再再而三地忽略了它，这种被忽略的记忆已经成为我们的日常经验了。一个人从未发现过这一切，从没有审视身边的事物的能力，也从没有尝试着去寻找和克服这种个体的局限性。一种品质的低劣与高贵就显而易见了。品质与审美的伦理有关，与人的教养和修养有关，但与道德伦理无关。

一个事物的真实性或许就是它的真理，譬如优质的木料，当我们把新家用最优质的木料装修一新，屋子的气息告诉我们这样的屋宇是真材实料的，一个屋宇用真材实料就是居住的真理，这个真理在某种意义上就是品质的代名词。但是，真理在握的人并不是一个品质在身的人，如果真理在握的人以真理去伤害一个或许暂时还未握有真理的人，那么那个真理在握的人肯定是一个非品质的人，甚至是一个邪恶在身的人。

今天人类的所有发展都在努力地证明这一点，人本主义是最终的人性；但是如何理解以人为本？只有保护每一个个人才是保护了人类，包括个人的情感，个人的爱欲，个人的自由，个人的思想与观点，总之是个人的一切权利。当然也包括了个人的不受同类伤害的权利。同理，就像保护人类以外的大自然是最终有效地保护人类自身一样，只有不伤害他物的发展才是人类中高贵而品质的发展，才是最终走向人自身的发展。也就是说，保护环境是为了保护人，保护一棵树木、保护一座湖泊或者一只小兽甚至一株小草，都是为了保护人……自然的重要性在于人类生命的重要性。就这个意义上讲，对于人性而言，品质比真理还重要。就人来说，世界上所有的真理都是向着人而言的，但是我们人类的所有国家之间的战争与个体之间的争执，都把真理看得高于人，竟不知道真理是为了更好地对人施以保护，施以尊严，施以生存的最大福祉。然而，这个世界是太忽视品质的存在，太相信真理的存在，所以这样的事情经常发生：以真理的名义去消灭一个阶级或者一个国家的存在。在上个世纪60至70年代的中国，一个革命的阶级以共产主义真理的名义消灭了一个地主与资本家阶级，鲜血流成了河；而新世纪之初的美国又以反恐怖主义的真理为名义，去侵略和消灭一个叫伊拉克的伊斯兰国家……而当我们冷静下来进一步思考，发现所有这些行为其实并不是太相信真理使然，而是将阴谋裹藏在真理之中，因为从来的反对者或者拥护者都是站在自己的既得利益一边，真理的拥有者往往在这种时候却放弃了真理，因为他们将真理包裹在阴谋的外面了。

　　一朵花的花性就是它的品质，是它向上开放的能力与持久的香气。一个人的人性就是他对同类的尊敬、悲悯，或者惺惺相惜，对于平淡甚至对于退居一隅的孤独保持恬静的姿态，这是人类品质优秀的象征。如果以一个时代的解剖学来阐释关于品质在人性中矗立的程度，那么我不妨试着这样说，我们的上一代或者上上一代人所经历过的那些富于激情的时代——譬如浪漫主义时代或者古典主义的时代，那是我们无法想象的唯美的甚至是神圣化的时代，无论怎样描述，它都是一个让人敬畏的时代。而我个人乃至对于许多人来说，那个刚刚过去了的时代是我们所惧怕的，上个世纪60年代以前出生的人甚至70年代出生的人们，无论如何都或多或少地经历过或者被那样的氛围熏陶过。那是一个狼的年代，有人说是狼奶喂养了那个时代的每一个成人和每一个孩子，甚至孩子的孩子……在那样一个漫画化了的喧嚣与骚动的时代里，它的地质是沙化的，它的土壤是疏劣的和毫无品质可言的。有一幅漫画把那个年代的内心细节放大了：几乎人人都是嗜血的动物，因为人人都惧怕被他人嗜，因而人人以攻为守去嗜他人，所以就有大人物嗜小人物，有权力的小人物嗜没有权力的小人物；小人物反抗大人物，没有权力的小人物反抗有权力的大人物，这样一种生物链呈现了那个非理性的疯狂时代，那真是一个毫无品质可言的时代，它使每一个生命在出现的一瞬间就陷进了假想敌与阶级对立的泥淖之中。无论怎样揭示那个时代的毫无品质的污点和痛点，我觉得都不为过。

一位诗人在诗歌中以他的个人经验宣告了他所处的那个时代的终结："我不断找到这封写给被遗弃的众神的信，\ 撕碎它：先生们，\ 生活在你们的神龛里\ 我知道我欠你们什么——\ 我不欠，我欠吗？随我的双手\ 我已经忘记了，我不断\ 忘记。在这里我不会有这样的神龛。\ 我不会在房间的中心\ 对着那有苍蝇绕其而飞的\ 虚无的塑像鞠躬。\ 在这些四壁上我就是写作之物。"一个非品质的神圣时代的消失是我们这一代人的幸运。是的，我们庆幸那个时代的结束，但我们不能相信那个已经过去了的时代是否在下一个时代突然到来，专制主义的暴力是否重又袭击着我们的内心。就像我们不能相信我们同居已久的同居者一样，我会不会在明天就与另外一个人同居？或者我会不会在今夜被同居者抛弃？我们从未知道那个时代有所谓的品质的存在，即使有，我们也很难不怀疑其真实的程度，在一个激进的革命年代，一个人的不激进与反革命，将被众人唾弃。那是一个飞扬跋扈的专制的时代。但是今天，今天我们能够相信这个时代的精神品质吗？今天同样是一个飞扬跋扈的物欲的时代，在本质上它不是某一个个人的专制，它呈现的是普遍的人人对权力的渴望，由于生存环境的恶劣以及各种不安定的因素导致人人渴望让自己成为某个领域里的话语霸权。因为有了权力就能有各种腐败的大大小小的机会，就能对某一群人或者某一个单位里的人或者对某一个集团里的人实行独裁，这种大大小小的威权与专制有何区别？

是的，品质，当我们谈论到一个生命个体的并非与生俱来的质量的时候，或者谈论到一个个体的物质与精神时，就要涉及关于品质。品质不是一个社会道德的概念，更不是一个道德优越论者口头上华丽的经文。品质，它是一个个体的概念，品质完全是个人的事情，它与它以外的其他人甚至广大的国家和社会的集体精神无关。尽管一个人的品质最终体现了一个家庭或者一个民族甚至一个国家的整体的精神质量，但品质，就一个个体生命的必然呈现来说，它不属于国家与民族，它只属于某一个国家或者某一个民族甚至某一个家庭之中的个人。这个个人只能是个体的个人。

我们无法用我们的手指或者感官去触摸品质，但我们可以用手指或者感官去触摸具体物质的品质，譬如爱情或者友情，我们可以用身体去接触，可以用心灵去体验，如果说品质属于审美的伦理而非道德的伦理，这样说非但没有降低品质对于一个人的良知，而恰恰说明了品质是一个人良知的体现。因此品质显然不是一个美与不美的概念，而是、只能是一个好与不好的概念。更准确地说，品质是关于真与假、善与恶的概念。人类伴随着漫长的时间繁衍到今天，在欲望中所渴求得到的所有享受越来越能够最大限度地满足了，换句话说，人类想要怎样美满就能怎样美满，但与此同时，人类的假装与伪善也正在与日俱增，随着现代高科技水准的快速上升，人类的真情与善良也正在与日俱减。这似乎是地球人一个巨大的悖论：发展人类自身以外的一切，人类自身以内的就要受到伤害？相反亦然！

法国心理学大师古斯塔夫·勒邦对人类有一个非常深刻的描述，他说："群氓并不是与平民、穷人、无知者、无产者或乌合之众同义的，也不是与社会精英或贵族相对的。群氓就是每一个人。任何人因聚集在一起而形成了一致心理时，群氓就出现了，其突出特征是在单个个人那里隐而不彰的非理性在这里表现得相当明显。群氓往往是疯狂的，但这在本质上是人性的自然。"人类的自然性也必然地体现了它的生存原则：弱肉强食。在今天这个最大限度地体现了弱肉强食的世界上，既没有绝对的真理可言，也没有绝对的品质可言。当一个国家需要另一个国家的资源，而这个有资源的国家却并不需要别国占有它的资源的时候，战争就发生了。人类的历史其实就是一个国家想占有另一个国家的资源，而另一个国家却并不想让别国占有它自己的资源的历史，这是一个你抢我夺的历史，更是一个弱肉强食的历史。这就像爱情，当一个男人爱一个女人，但这个女人并不爱那个男人，而是爱另外一个男人，那么这个男人一方面首先得想方设法去抢夺那个女人的一颗芳心；另一方面他得与那个情敌角斗。如果那个女人是一个强女人，她就会使尽手腕让那个男人无法得逞；如果那个女人是个弱女子，她就很可能无能为力地让那个男人很快得逞。这就是人类生存的生物原则，在人类社会中几乎人人如此。

我一直在思考这样一个问题：一个具有品质的人格是不是就是守旧的人格？一个具有品质的国家是不是就是落后的国家？一个具有品质的民族是不是就是落后的民族？如果这个问题再进一步追问下去：人的品质在今天为什么既没有流传价值更没有交换价值，而人的堕落在今天为什么却有如此巨大的交换价值，并且能够获取最大的利益？

在这样一个喧嚣的现代社会，这似乎也成为人人共守的一条不法的法则：坚守品质就意味着失去利益，放弃品质才能够捞钱敛财。是不是这个社会鼓励了无品质的成功？是不是无品质的成功挑战了人类的品质？现实就是这样的现实，一个品质的女孩子守住了她的品质就意味着永远地默默无闻，人们懂得商品的品质具有交换价值，就把商品的品质打造得美轮美奂，但人们却变得越来越无品质了，既然人的品质没有交换价值，所以人们再也不修炼自身，再也不洁身自好、克己奉公了。品质是很脆弱的，它的脆弱性在于：品质与这个时代如此地背道而驰。

我们注视着人类的脚下，在那些通过不择手段使"每一个毛孔都渗透了肮脏的血"的一夜间暴富的人们那里，在那些缺乏基本品质的人们那里，无品质正在成为人类品质，无品质的人正在为这个几乎人人同流合污的极端物欲的世界铺平着道路。

品质不是生命生存的原则，因为道德并不是生命的底线，道德只能提升生命的品质以及人的尊严，但道德不是生存的手段和依据，因为生物是以生命的存在为前提的。我们希望一个社会有品质，我们还希望一个社会里的人有品质，这是因为我们希望安全。没有人不希望安全。可现在的现实恰恰相反，许多人感到并不安全，这种不安全来自人与人之间的财富衡量，来自集体或者单位中的岗位竞争，甚至来自家庭中的财产均分，那么多的不安全包围着每一个人。于是出现了这样的局面不足为奇了：一个生命的个体为了自己的安全而躲避到群体之中，他因此获得了某种保护，人人为了自己的安全而躲避到群体之中，如果这个群体是一个无品质的群体，这个群体很可能就是一个邪恶的群体，而一个邪恶的群体是疯狂的。

即使是一个有品质的个体，一旦融入到群体之中，其安全的清晰度是由个体的模糊度来抵消的。法国社会哲学家塞奇·莫斯科维奇这样分析："将个人融入一种共同的精神和情感之中，从而模糊个体差异，降低智力水平。每个人都设法追随身边的人。聚合体通过它的力量将他拉向它的方向，就像潮水将鹅卵石卷走一样。卷入其中的人，无论其教育程度或文化水平如何，或者其社会等级如何，结果都一样……从他们成为群体的一分子那刻起，博学者和不学无术者都一样没有了观察能力。"当个体一旦融入到群体之中，这个群体就有了力量，就可以保护每一个脆弱的个体。人的本能是寻求一个安全的岛屿，人人为了躲避暴力都本能地想加入到一个群体当中以求庇护，加入了群体中的每一个个体就可以毫不犹豫地对付另一个个体了，甚至可以对另一个个体随意施加暴力了，譬如语言的暴力、行为的暴力，以及其他一切可以达到伤害这个个体的暴力。这种随意性的程度根据什么去衡量其大与小呢？这里面品质的力量在悄悄起着作用。仁厚者手软，心狠者手毒。总之是因人而异了。在一个集权主义的时代，集权者把所有的财富和自由独揽在一个集权者个人手中，人人不必竞争都可以享有最低的平均消费，但人人充当奴隶失去自由；在一个非集权主义的时代，非集权主义者们把所有的财富和自由通过竞争来瓜分，通过不择手段来巧取豪夺，胜者为王，败者死亡。一个堕落者说："我是流氓我怕谁？"一个更为堕落者说："我不是流氓我怕谁？"现在有谁还指望美好的品质能获利？现在有谁不是急于摆脱掉美好的传统美德以使自己跟上时代、赶上潮流？从前的时代是三代产生贵族，现在谁还能熬得三代？人人都想迅速致富，因为过去的穷苦与艰难至今还阴魂不散：人们是穷怕了。

英国哲学家克莱复·贝尔描述过一个文明的时代："一个文明的程度体现在有品位上……"那样的时代或许是一个更有人性的时代。我可以想象那个时代是一个人人都有教养的时代，人人都有教养的时代是建立在对人的高度尊敬上，是建立在很优雅的个人的品质上。

我或同意这位哲学家的看法，但我更认为，人性是从最微小的事物中体现出来的，或者反过来说，那些微小的事物最能体现出人性。譬如当一个个体生命受到围攻时，群体中的某一个个体站出来反其道而行之，站在了弱者一边，这对于那个腹背受箭的弱者来说，他获得了一次来自同类的人性的温暖。这里人性光明的一面战胜了黑暗的一面，这光明来自品质。但是，今天几乎没有人会这样做，因为人性的弱点是：谁都不愿意当孤立的个体。这不是品质所致，这是人性的弱点所致。一个没有自己的恒在的品质的人，他的一切包括他的人品，会随着环境的变化而转移，就像向日葵永远向着那个太阳旋转一样，从来就没有自己恒在的指向性。品质的失效在于：当一个人在不尊敬别人的同时，暴露了他自己的不值得尊敬。

一个人是被他身体上的品质照亮的，就像一件衣裳，是它的品质，是它的细腻与光泽，让我们感到了爱不释手的渴望，就像一个情人，是他的品质或者说是他的气质与才华，让我们倾心和迷恋不已。品质不是道德，但道德肯定是品质中的一个活跃的元素，甚至是一个高贵的元素。作为一个有品质的人，要守住一条属于人性范畴的底线，人性的最大自由是从对自由的约束中获得，这是一个常识，它保证了一种叫作品质的元素在人类的血液中不息地流淌。品质是这样一种东西，就像我们谈到的忏悔，对于一个忏悔者而言，他人是没有权力要求这个忏悔者是否一定得忏悔，但是作为这个忏悔者本人却应当清醒这一点，他应当为自己的过错而感到良心的不安和谴责。

今天几乎没有一个人因品质受到质疑会让这个人一生不安。我第一次感到我的世界是那样地充满危险是在我五岁那年。我家的保姆带着我去买香蕉。我看见保姆把选好的香蕉放入篮子里，我也学着拿一条放入篮子里。出售香蕉的人立刻说我偷拿了他的香蕉。我很害怕，躲在保姆的身后。那个出售者的嗓门特别大，很远的地方也能听见，我的父亲正好经过时听见了。我不敢回家，因为我没有偷，但我的父亲肯定以为是我偷的，所以我回家肯定是免不了受训斥的。那一天我在外面玩了一整天才回的家。在走回家的路上我捡到一块亮晶晶的玻璃，它的光亮让我的心里舒服了一些，但随即我的手被它划破了，流出了很多的血。大约那时起，我对周围的世界和所有的人群产生了怀疑，也对我自己产生了怀疑：我没有偷竟然被说成是偷，那么偷的人是不是就不算作偷了呢？五岁的我被这个问题困扰着，当父母后来知道了我是被错怪的，安抚着我但我仍然觉得害怕，仍然不敢见人。以至于后来父母带我去别人家，主人让我吃香蕉，我不知吃是对的呢还是不吃是对的，我心里害怕得很。后来稍大些了，我才知道这个世界有这样一种人，他们的行为是他们的品质所致，而他们从来不对自己的品质负责，因为他们的品质是：没有品质。

今天我们已触摸不到那个时代了，它已经过去很久很久了。那时我们尚小，而当我们忽然长大了的时候，它就已经过去很久了。对于那个时代，我一点也不怀念它，而我怀念的是那个时代中成长的我：我的青春与年华，我的朝夕相处的父亲与母亲，我的妹妹，我的亲友以及我所见到的一切的一切。而今，我的父亲早已去世三十年了，母亲也已白发苍苍年逾七十了，我的妹妹却在另一座城市工作，离我很远。

那是一个人人没有品质的时代，所以那个时代人与人之间几乎没有什么友情可言，人与人的相处是粗陋的。孩提时代的我最怕的是小伙伴们不跟我玩，随着大人的偏见，孩子们也会受到影响，那时候我每天晚上睡觉前最怕的一件事情是，第二天起床上学的时候没人跟我玩，没人理睬我，我将自己一个人走在上学的路上，我走在伙伴的前面或者后面。其实我经常就是这样的一个人独来独往。长大了以后我最怕的就是被人告密，而我经常被告密，因为我经常会不小心说错话，或者做错事情，我从小就是一个自由的幻想主义者，由于我对他人是透明的坦诚的，所以我以为他人对我也一如我对他人那样，其结果我总是上当受骗，那时候人与人之间没有最基本的做人底线，没有一个人之所以为人的品质支撑，更没有什么友情可言。我对所有的人都是害怕的，只有上了中学之后，我认识了我的唯一的女友李精华，她是我的中学同学，她是那样单纯和真诚，对我关怀体贴，她其实只比我稍大一点，可是却像大姐一样体贴和关心我。可这唯一的女友却在十五年前突然去世了。来自那个年代最温存最私密最知己的友情也被无情地切断了，我的心依然疼痛至今。

一个时代的品质无论怎样都是至关重要的，它会影响一个时代的所有人格。而一个时代的所有人格，又如此不谋而合地共同造就了一个时代的品质。这不仅是时代的悖论，也是人的悖论。

有许多人把时代的问题归罪于制度本身，他们忘记了——人，是制度下面的每一个人，是制度下面站立着的每一个个人，每一行行的人，一排排的人，以及国家单位里坐在办公室里的人，上上下下的电梯里的人，爱打小报告的人，走在大街上的人，购物的人，喜欢造谣的人，回家的人，睡觉的人，做爱的人……是这个制度下面的人共同营造了这个国家的氛围。就像二战，不仅仅是希特勒一个人的罪过，是所有沉默的德国人的集体合谋，是那些胆小的为保全自己性命的沉默者的共同罪过。

某一个具有特征的时代相对于个人的具体时空来说是很长的，但相对于一个十分具体的个体生命的整体来说，又是很短的，譬如1966年到1976年，整整一个时代随着一个巨大的个人的消失而消失了，那个时代出生或者成长的人，到今天已经走过了生命的一半了——如果以80岁为生命极限的话。

人的问题是一个永恒的问题，而制度总是因地制宜的。哪怕是一个小小的单位，是人，考验着人的品质，是人的品质，诉诸人的人格。诗人骆一禾在一个深夜这样书写一个人的品质："我们一定要与心爱的人谈起爱；我们一定要对光荣者说到光荣。"这样善良的品质并不仅仅是属于人类的，它同时也属于神灵。正像道德之善良的不可思议一样，神灵也是不可思议的。在一个穷困不堪的专制时代，或者在一个飞扬跋扈的欲望时代，善良的人何为？

作为时代，它应当对人类负责，它应当说它自己不是一个好或者比较好的时代，这是一个时代对个人的承担；但作为人，时代中的个人，却不应当把责任归于它，而应当把责任担当在自己的肩上，这是个人对时代的担当。

个人在自己的时代里变得粗俗了，这是时代的问题么？表面上看是的。但其实更是个体的问题，是时代中的每一个个人的问题。一个时代的品质其实就是居住在这个时代中的每一个个体的本质。在人性被控制的地方，人的品质是极端可怕的，是扭曲的，是下作的，是暴力和疯狂的。当年苏联在列宁和斯大林的控制下，为了实行一个计划，达到了控制全民的力量。就像我们国家一样，为了实行一个计划，达到了利用全民的力量，如检举和揭发，反右，"文革"和红卫兵造反……但在人性不被控制的地方呢，人的品质是可信的么？人与人的关系不再紧张，而是松弛，松弛到了不能独立支撑的地步，就像一条美丽的裙子，没有松紧带了，裙子穿在身体上就会马上掉下来一样。在人性不被控制的地方，人的品质就有保证了么？几乎每一个时代的权力的集中者，在他们的身上体现了这样一个真理：绝对的权力导致绝对的腐败，相对的权力带来相对的腐败，较小的权力带来较小的腐败。所以马克斯·韦伯说：人性是不可信的。

在人性无论是被控制还是不被控制的时代，一个人的品质靠什么来保证，这就要归结到信仰问题了。是信仰在支撑着一个人的品质么？如果是的话，那么它是什么样的信仰呢？在今天这个没有信仰的时代，几代人将多多少少地深受这种没有信仰所带来的品质恶劣的伤害。曾经那个时代对个人所造成的伤害导致了今天的个人对时代的报复，这是一种无意识的报复，它将继续下去，除非有一个强大的信仰来扭转它。但我一点也看不见这样的迹象。因此一位心理学大师有一种恐惧感，他认为群氓在近代社会越来越占据了主流的地位，因而人类曾经的一切都将随着群氓的到来而消失："我们所有的陈旧信念都处于风雨飘摇之中，社会的古老支柱也正在一个个地倒塌。群氓的力量成了唯一没有受到任何威胁的，而且它的权威正处于不断的上升之中。我们将要进入的时代是一个群氓的时代。"

我感到可怕，我们将要进入的时代是一个没有品质的时代，我们未来的人类是一个没有品质的人类。古典主义与精英主义的时代一去不复返了。未来是美好的，也是不可想象的。我们从一个没有品质的神圣时代，一下子就进入了一个依然是没有品质的非神圣的时代。就在这样一个夜晚，当我翻开一部历史书，我嗅到了什么呢？曾经"我们中的气息成为世界的图景，它是我们思想的形态和他人灵魂中的情感，在一丝流动的空气中寄托着人性的一切，那大地上的人所曾经思考过、意欲过、做过和将要去做的一切。如果这种神圣的气息还没有在我们周围吹拂，如果它不像一阕魔音般地回旋在我们唇边，我们就仍将在丛林中漫游漂泊"。这是18世纪的诗人哲学家赫尔德对未来的期望。这个期望对于这个时代的清醒者来说，不能不是一种焦虑，一种海德格尔式的焦虑："对众神我们太迟，对存在我们又太早。"是的，正是这样，在一个空前的欲望之年，清醒者何为……

原载《山花》2009年第2期

新旧之间

孙 郁

———————

一

我们这代人与学问的路很远，书读得有限。想起自己的读书生活，空白点多多，至今还是浅薄得很。比如近代史吧，很晚才知道一点真实的遗存。"文革"期间只晓得一点革命史，非革命的文化著述几乎都被烧掉了。上世纪70年代初因为偶然的机会读到《胡适文存》，显得神秘，那是在一个同学家里，并被告知不得外露。那年代胡适的书是被禁的，在我来说，初次的接触也有偷窥的忐忑。但那一次阅读，改变了我对"五四"文化人的印象，看到那么多整理国故的文章，才知道新文化运动的先驱，乃深味国学的一族。后来接触鲁迅、陈独秀、周作人的著作，吸引我的，不都是白话文的篇什，还有古诗文里的奇气，及他们深染在周秦汉唐间的古风。足迹一半在过去，一半在现代，遂有了历史的一道奇观。奇怪的是，我们在50年代后，不太易见到这样的文人和作家，一切仿佛都消失了。亲近那些远去的人物，没有旧学的根底，大概是不行的。

　　而不幸，我们这代人，缺乏的就是这样的根底。我意识到知识结构存有残缺的时候，是80年代。那时候阅读汪曾祺的作品，才知道其文字何以具有魅力的原因。因为他把失去的旧绪召唤到自己的文本里了。那些对我们来说，已经十分陌生。我所经历的教育理念是，传统乃封建余孽，没有新意。这看法今天看来并非都错。可是不了解传统，大概也会生出问题。而汪曾祺身上的士大夫意味，对他的小说不是拖累，倒成了积极的因素。那时候流行的理论无法说清这些，但隐隐地知道我们的时代出现了问题。也由于此，我忽然有了沮丧的感觉。好像搭错了车，发现自己到了一个不该到的地方。这种感觉，到了三十年后的今天，依然没有消失。

　　80年代对我来说是知识恶补的时代。还记得集中阅读周作人的时候，曾被他沉潜在文字里的绅士气与鬼气所打动。我也奇怪，何以被这位潦倒的文人所吸引，好似内心沉睡的因子被唤醒了。难道自己的深处也有消极的欲求不是？而那时候也暗自发现，我的心里的确藏有对旧人物的亲密感。那些时隐时现、时续时断的情思，或许是自己渐渐亲近书斋的原因？我曾把这个看法告诉给汪曾祺，他笑了笑，说道：对周作人那个圈子里的人，也是很留意的。

　　于是便对百年间文化史的另一面有了兴趣。在驻足于各类文本的时候，其实更愿意看的是作家的尺牍、旧诗与题跋之属。那里可能看到人的更直接的、隐秘的存在。这很像人们的喜读野史，在正襟危坐的文本里，其实没有真的人生。越到中年，这种感觉越浓，也许自己真的有些老气了。

　　自新文化运动以来，中国进入现代世界的脚步越来越快，革命几乎成了时髦的话题。其实这样的态势，早在孙中山的时代就已经开始，以新代旧，新旧交替，在我们的国度里一直是道复杂的景观。革命的人，多是从旧营垒来的。因为深味传统的弊病，才有了摧枯拉朽的渴望。激进主义固然是域外文明的一种，而我们传统中的因子有类似的倾向，也是不能不看到的。

早期搞文化革命的人，旧学的基础差不多都好。陈独秀那样的激烈反旧学的斗士，模仿俄苏与法国的革命理论，都有点皮毛，而文章的气象，似乎是六朝的，有韩愈的影子也说不定。至于胡适，就把"五四"的求实精神与乾嘉学派联系起来，也并非没有道理。1921年之后，《新青年》分化，在孤独的路上前行的不多，鲁迅、陈独秀还保持着进击的激情，而周作人、胡适、刘半农、钱玄同则向士大夫的一面靠拢了。他们虽然也写白话文，情调却在魏晋与明清之间，精神与许多白话作家是隔膜的。

一个有趣的现象是，在革命的前沿，那些新事物的迎接者，文章不都是新的，行文间也不免旧文人的习气。他们在最时髦的新世界里，表达方式还在清末的时期。1924年，罗章龙与陈独秀、李大钊出席共产国际第五次大会。会后他访问了俄、法、德、荷、比、丹等十国，可谓是浪漫之旅。所到之处，都留下一些诗文。看不到多少共产党人的严肃的面孔，倒有点古代读书人的样子，趣味似乎和马克思主义无关。同时代的毛泽东、陈毅、朱德的墨迹，儒生的气息不是没有，只是造反者的气象更浓罢了。他们在乌托邦的梦想里，还残留着孔老夫子的习气。反传统的人其实是站在传统的基点开始起航的。

至于新文学家的写作，更带有这样的多面性。其面孔也不像一些人想象的那么简单。他们对旧传统有自己的看法。不喜欢的东西就攻击之，喜欢的也不掩饰自己的观点。就后者来说，他们是通过借用旧学的经验来确定自己的审美观的。后来的京派文学，其实就是这样延伸下来的。

旧学的经验，触发了新文化的发生是无疑的，虽然这在其间究竟占多大成分还不好说。可以说，它是现代新精神可以借用的思想资源。胡适在白话文的提倡中，不忘对旧体诗的研究，对文言文也有心得。朱自清授课的内容是古代文学，精神就是有历史的厚重了。闻一多后来一心研究神话与诗经楚辞，都是在寻找我们民族内心核心的存在。他们知道，在新文人那里，有旧有的遗存，不是什么都没有价值的。

当知道那些弄新文学的人多是旧学问的专家时，我才知道，我们对新文学的发生与解释，似乎少了什么。对他们的另一面，我们知道的真不多。

二

上个世纪30年代伊始，鲁迅介绍郁达夫加入左联，遭到一些青年的反对。原因是过于旧式的才子气，非革命者也。鲁迅觉得旧式的才子气没有什么不好，有真性情与现实精神那才是可贵的。鲁迅自己，就中过老庄、韩非子的毒，嵇康、阮籍的调子也含在其间。革命固然有外来思想的侵扰，而士大夫的不羁的忧患意识则生根于读书人的世界。我们说鲁迅也有骚人的慷慨激昂，那也不错的。

顺着那段历史看下来，总有意外的收获。我注意到郁达夫的文章，在他大谈无产者的文学的时候，不都是俄国式的忧郁不满，还有明清文人的洒脱。他的小说很好，散文亦佳。这是别人不及的。可是他的旧体诗，成绩更高，古人的积习很深，空灵、凄婉的意境让人心动。在革命的时代，还藏有旧文人的积习，正是那个时代文化驳杂的一个例证。

郁达夫的旧体诗是自然的，有沉郁儒雅的哀凉在。哀伤有哀伤的韵致，奔放有奔放的激情。有唐诗的清丽，也含明人的聪慧。没有一点老气，反显得极为年轻和清秀。他自己说，现代人应写新诗为主，但旧体诗也不是没有价值，恐怕一时不会退出历史舞台的。这就给传统的审美留下一条路来。在白话文八股化的时候，也可能补救文坛的单调吧。

郁达夫说：

至于新诗的将来呢，我以为一定很有希望，但需向粗大的方向走，不要向纤丽的方面钻才对。亚伦坡的鬼气阴森的诗律，原是可爱的，但霍脱曼的大道之歌，对于新解放的民族，一定更能给与些鼓励与刺激。

中国的旧诗，限制虽则繁多，规律虽则谨严，历史是不会中断的。过去的成绩，就是所谓遗产，当然是大家所乐为接受的，可以不必再说；到了将来，只教中国的文字不改变，我想着着洋装，喝着白兰地的摩登少年，也必定要哼哼唧唧地唱些五个字或七个字的诗句来消遣，原因是因为音乐的分子，在旧诗里为独厚。（《郁达夫诗词集》，325页，浙江文艺出版社，1987年版）

按照郁达夫的理解，不管社会如何进化，旧的审美总有一席之地。那是30年代，大众的革命文学还没有兴起。他的判断，总有些代表性。郭沫若、茅盾、郑振铎、阿英后来都保留了旧文人的雅兴。只是那时候他们的话语在激进的世界流淌，旧文人的积习变为小道，遂不被世人关注了。

这是个有趣的现象。我们查看现代史，这样的一新一旧的文人和作家很多。冯沅君的小说在"五四"后颇受欢迎，可是她最引人的作品是《中国诗史》，那是世人公认的。在冯沅君那里，新文学的激情和旧式学问的关系如何，是个可琢磨的话题。这里的转换内在的机制如何真的有趣。像废名那样的人，一面研究写白话小说，一面大谈六朝文学，并从六朝文学中找自己的话题，的确是有趣的。没有旧式文学的参照，新文学也建立不起来，这是一个不刊之论。至于周作人、俞平伯、废名等人与旧学的关系，那就更不用说了。

多年来我一直注意一位早逝的老人顾随。他的白话小说是有特点的，对艺术的理解也有天分。可是后来只研究旧诗词，写作呢，也是渐渐与白话文没有关系了。我读他的旧体诗，很有意思，有唐人之风，诗句苍凉者为多，比许多文人的弄烂古文是好的。他的解析古诗词的文章，才华横溢，鉴赏水准不在王国维之下，有的甚至高于前者。我想，他的不凡，大概也是借鉴了古人的智慧，又参之西洋的学术。不是站在古人的角度去写古人，而是站在今人的立场使用古文。那就与晚清的文学不同了。

其实，按照李陀的理解，新文学作家中是有一批老白话作品的。这是从鸳鸯蝴蝶派作品发展而来的群落。周作人、废名那些人继承了一点余绪，到了张爱玲那里，发展得有些丰厚，带有暮色里的凝重了。在这些作家作品里，有旧时才子的腔调，古诗文的声音流转，学来了唐宋人的步履，又加之洋人的外表，遂衣带飘洒，有脱俗之气。问题是有时过于隐曲、古奥，便不被理解，很少进入文学史的话题里的。

"五四"后的学者的文字处于新旧之间，这些人的论文与随笔，最好地表现了旧学与新学之关系。梁启超、陈寅恪、冯友兰，就是这样的文体。他们的意识是新的，但作文的办法却是辛亥革命前后的文人体，把士大夫的趣味也含在其间。典型的是周作人，喜欢以明人的笔法为文，章法上也有他所译的希腊与日本文章的逻辑性。以主情缘志为主，东方的感觉和性灵都有，是别开新路的。

像鲁迅这样的人，在新文化的大本营里讲的是《中国小说史略》，讲义用文言。谈对小说的感觉都是《文心雕龙》的传统，没有勃兰兑斯的笔法，连他欣赏的厨川白村的理论方式也没有，真的是士大夫的语态。他对《红楼梦》的看法，就很带诗话的意韵，连审美的态度都是东方的，绝不是洋人的样子。我觉得这个手段，是旧习气的延续，他似乎觉得，不这样表达是有问题的。后来在厦门大学讲课，写下的《汉文学史纲要》，也是沿袭旧路。

有一些作家喜欢白话小说与散文，但业余爱好的是古典文学版本的搜集与研究。这样的人可以举出许多例子。郑振铎、阿英就是这样。他们最好的文章不是小说，而是书话，专讲学问，是谈学问之乐。这些人对文坛掌故有些兴趣，文章的套路是明清间文人的题跋、尺牍一类的东西，加之一点现代理论。像俞平伯、浦江清的文字，就透着智慧与古雅的诗趣，他们的白话文背后的古典文学基础，是有相当的作用的。后来我们看姚雪垠的历史小说，写得那么博雅，也与旧的修养有关。新文学家的旧学识，有时不都有副作用，反倒增加了语体的张力。在新旧间的徘徊与选择，便把叙述的语体多样化了。这个现象很有意思。讲新文学的产生而不涉及此类话题是有问题的。

白话文的产生自然有民间口语的力量使然，可是古语与翻译语内在的碰撞也有一定的作用。这里还有个现象值得一提，那就是西学的内核与国学的思路的汇合也滋润了白话文的生长。典型的例子是陈寅恪，文章介于南学、北学之间，思想有东西方理念的杂糅，都很有特点。他的文章有古奥的一面，但今人的思想也在此奔放着，有融会贯通古今中外的气象。作家格非说读《柳如是别传》像读小说，看到了其内在之美。其实也证明了白话文是可以与古语结合产生魅力的。钱锺书的文章与书，也是如此。他们都是借了洋文和古文，把白话文的书写丰富起来。

总结那些历史，的确不像一般的教科书说的那么简单，仿佛白话文是古文的背叛。白话文是对古文的超越没有疑问，但是说白话文与古文可以没有关系，那就失之浅薄了。

语言的问题还好说，新旧之间一个重要的话题其实是旧思想究竟在新文学中占有多大位置。那些看似时髦的文人，内心是不是还有一点士大夫的东西？这是久久吸引我的话题。我觉得这个话题在今天，对作家来说已显得陌生。现在的文学的低俗与缺乏韵味，和远离传统的审美意识大有关系。

传统就像罂粟，远看很好，其实是有毒的。对病人或许有天大的价值，而常人久食，便进入病态。鲁迅对此很是警惕。周作人是在古书里泡得很久的人，但因为一直翻译研究希腊与日本的文化，就把古文的老气洗去，换了新的面孔。不懂西学的人浸在古文里，大约有点问题。复古与奴性的东西一旦缠身，则被世间所笑矣。

三

文体新旧的话题，自上世纪80年代就被关注过，印象是汪曾祺最先提及，而应者寥寥。那时候人们关注的多是伦理与命运等宏大的叙事，如何表达还是一个问题么？孙犁曾经批评过一些作家文字不讲究，内在的思路和汪氏差不多，但他们的声音很快就淹没在一片嘈杂中了。

这也是新旧之变中遇到的审美的意识难题。我留意那时候的文章，只有贾平凹、阿城少数作家带着一种古风，似乎与传统的一部分意象叠合了。汪曾祺的欣赏他们，也因和自己的心绪相似有关。在他看来，旧式语序里伸张的情感，并非都是老调子，还没有死去。

在新的白话中加一点古意，是晚清就有的。那并非游戏使然，而是时代过渡期的痕迹。新文化运动前的文人的文本，有气象者很多，我觉得在此变换之间，梁启超、苏曼殊是很值得一提的人物。

在新小说的建立中，梁启超用情颇深。他的那本《新中国未来记》虽系章回小说，而内蕴已经是现代人的了。他用了文白相间的词语，去憧憬未来的中国，的确有趣得很。笔锋是热的，散着激情。较李伯元、韩元之的笔力不差。梁启超的小说难免有说教气，读起来有生硬的感觉，但他以旧形式写新故事的尝试，多神来之笔。有时候如江河奔涌，是韩愈式的伟岸，自然也有小桥流水，宋词的委婉多少也有一些。他行文有时候并不节制，粗糙是不可免的。总还是把旧文人的酸腐气扬弃了大半。鲁迅之前，在文体上有创建者，不能不提到他。士大夫之文被现代意识所洗刷最厉害的，自他开始无疑。

比梁启超更神奇的苏曼殊，给文坛的惊喜更多，那原因是才子气更烈吧。我在一本书里看到苏曼殊的绘画，静穆得出奇，好像有佛音缭绕，看久了心也摇动。他很有才华，诗、小说、散文，都写得好。只是他的生平太苦，若不是疾病的袭扰，也许会留下许多的作品。可惜年仅三十五岁便命丧黄泉，当时不知有多少人为之垂泪。

苏曼殊的形象在文人那里一直是消瘦的样子。因为出身奇特，又是出家人，在文坛显得别具一格。他的文字很有特点，夹杂着日文、梵文、汉语的痕迹，使表达丰富起来了。他是个混血儿，父亲系在日本经商的广东汉，母亲是温顺的日本人。这个奇特的家庭拥有两国的语境，在他那里是交叉的，以致连文字也是混血的。比如他翻译的作品，在内蕴上就旋律多种，余外之音是有的。鲁迅曾谈到其所译的拜伦的诗，很是喜欢，是影响了他自己的。我读过苏曼殊许多文章，都很感动，是才子的情缘在的。德国的汉学家顾彬说，苏曼殊是使古典小说终结的人，那是对的。他的作品已经开始摆脱旧文人的习气，大有欧人之风。感伤而痛苦，诗意里跳着爱意。比较一下契诃夫、莫泊桑的小说，他与之的距离是近的。

关于苏曼殊的翻译故事，坊间有诸多传说。印象深的是与陈独秀、章士钊同居时的争执与互动。据说他的中文水平是得到陈独秀的点化的，章士钊对其亦有影响。但翻译的经验对陈独秀、章士钊似乎没有影响，文体还是很中国的。而苏曼殊的语言则有另外的韵味了。没有翻译就没有现代文学。早期白话文章好的，都懂得一点西文的。或者说西文的翻译刺激了他们的写作。这是个大的话题，我们一时说不清楚。在谈现代作家的写作时，这个话题是绕不过去的。

我觉得苏曼殊夹着太多的谜。他与鲁迅的关系是增田涉、林辰揭示出来的。林辰生前写过许多考据文章，尤以这篇考据为佳，读了印象很深。晚清的文人中，苏曼殊的存在显得很是特别，他吸引了许多人的注意，人脉很好。似乎大家都可接受之。

苏曼殊开始写作的时候，林纾的译文已经畅销许久了。林纾自己不懂西文，却译了许多佳作，一时名震四野。但林纾太古雅，是桐城派的中坚，把汉语与西洋故事有趣地嫁接着。苏曼殊则不然，他通西文，东亚的气息亦浓，便找到了精神的入口，东西方的意蕴似乎翕合无间。他谈拜伦，谈雪莱，体贴的地方多，且妙句连连。那就没有隔的意思，似乎融会贯通了。比如《燕子龛随笔集》云：

英人诗句，以师梨最奇诡而兼流丽。尝译其《含羞草》一篇，峻洁无伦，其诗格概合中土义山，长吉而镕冶之者。曩者英吉利莲花女士以《师梨诗选》滕英领事佛莱蔗于海上，佛子持贶蔡八，蔡八移赠于余。太炎居士书其端曰："师梨所做诗，于西方最为妍丽，尤此土有义山也。其赠者亦女子，辗转移被，为曼殊阇黎所得。或因是悬想提维，与佛弟难陀同辙，于曼殊为祸为福，未可知也。"（《苏曼殊集》，42页，东方出版社，2008年版）

因了阅读西文，曼殊的文字便柔软多样，和旧的士大夫不同者许多。"五四"白话文创作出现之前，他的文体，大概可以算是过渡期的代表。其小说文字，无意间也有了新的内蕴在。晚清文人欲在文章里搞出花样者大有人在。因为不懂外文则多被限制。苏曼殊后来写小说，以情为主，没有道德说教的那一套。故事的布局，作品结构，都面目一新，与西洋小说略有似处。鲁迅之前，他是重要的存在。许多新式的表达，在他那里已经萌芽了。

1916年，陈独秀为苏曼殊的《破簪记》写下后叙，对这位朋友给予很高的评价。他说：

余恒觉人间世，凡一事发生，无论善恶，必有其发生之理由；况为数见不鲜之事，其理由必更充足，无论善恶，均不当谓其不应该发生也。食色性也，况夫终身配偶，笃爱之情耶？人类未出黑暗野蛮时代，个人意志之自由，迫压于社会恶习者，又何仅此？而此则其最痛切者。古今中外之说部，多为此而说也。前者，吾友曼殊，造《绛纱记》，秋桐造《双枰记》，都说明此义，余皆叙之。今曼殊造《破簪记》，复命余叙，余复作如是观，不审吾友笑余穿凿有失作者之意否耶？（《独秀文存·为苏曼殊〈破簪记〉作后叙》）

陈独秀没有直说作者的小说的审美特点，但对其精神是赞扬的。在陈独秀看来，那是写了现代人的情欲，思想在感伤无奈之间。按陈独秀的性格，未必喜欢缠绵之作，但苏曼殊的精神在真与爱之中还是打动了他的吧。

在苏曼殊眼里，世间的文字，在文词简丽方面，梵文第一，汉文其次，欧文第三。所以他虽然喜欢浪漫诗人如拜伦、雪莱者，可是最可心的却是佛学著作。佛的高深，我们岂能及之？那是高山般的世界，后人只能仰视而已。而他的诗文小说动人的一隅，也是传达了佛音的。在清寂幽怨里淌着幻灭的影，人的渺小无奈都折射此间，真的让人动容。他写过政治性强的文章，印象均不深，不足为论。唯谈艺与小说诗文，情思万种，摇心动魄。见月落泪，听雨暗伤，此才子式的缠绵，真真可爱至极。而文词里玄奥偶存，时有佳句飘来，为晚清之独唱。章太炎、陈独秀、鲁迅对其亲近的感觉，都是有道理的。

我每读苏曼殊的文字，都有种沉潜下去的感觉，因为好似也写出了我们内心的一切。他在精神上的广和情感上的真，形成了一股漩涡，把我们带到冲荡的净地。那是佛的力量还是别的什么，我们真的一时无法说清。

不妨说这个是过渡时代的遗痕，昙花般的谢落很有点可惜。唯其时间过短，才显出意义。六朝文的时间不长，至今让人追忆，实在是个谜一样的存在。晚清的文人给我们后来的读书人的暗示，的确很多。有时候想想那时候的人与文，才知道我们今天的书写，真的是退步了。

四

士大夫文化在晚清的流变，有多条路。一是往上走，进入现代语境，鲁迅、胡适、郁达夫便是。一是往下走，和大众趣味结合起来，鸳鸯蝴蝶派的作家如此。而后者，在时隐时现中可谓命运多舛。

鸳鸯蝴蝶派的名声，其实在民间不一定坏，喜欢的人总比别人多些。原因在于日常人情缠绕，遂有了美音，曲调的引入自不必说。

那些谈情说爱的文字固然没有"五四"人的力度，但切实、贴真是没有问题的。《海上花列传》《九尾龟》都是文白相间，前者以吴语为基调，地方色彩很重。这样的变调的组合，使文字的密度加大，表达的空间也多了。我读包天笑的小说，才知道那派人的审美趣味，完全是旧中国式的，士大夫与市民的气息浓浓，遂有了许多中国人味道。只是太陈旧，有些闷损，新文化领军人物向他们开炮，也是自然的了。

包天笑是个翻译家和报人，晚清的时候译过许多域外小说。后来也写作品，写的是才子小说。多是青楼哀怨、市民苦乐、黑幕内外的东西。文人气是有的，在布局上，功夫未必逊于别人。《同名》写一男子久别妻子，独自在上海苦住，被人领进青楼，当得知陪伴自己的小姐与自己妻子同名后，良心发现，从迷途返回来了。《无毒》也是男子去苏州不幸与妓女相遇的故事，对沦落街巷的职业妓女的理解很深。所谓社会持证上岗云云，不过污泥一团的东西。《误绑》是黑社会的写真，穷弟弟被误认为其富裕的哥哥被黑道绑架，在囚禁中被意外礼遇。弟弟一时称快，哥哥逍遥在外。有点传奇的意味，但至于市民情调，幽微的内心都不得展开，文章就平平了。

有的作品本可以摇曳生姿，可是却沉到市民的庸常趣味里，不被理解也是对的。比如《武装的姨太太》，本有传奇色彩，又是梨园之趣，可是嫁给外交官后，只是在家庭大小房间的斗气，故事就消沉了。三姨太武功好，是武旦出身。这样的叙述本来有社会纠葛，包天笑却偏偏不。一切与社会无关，不过儿女情长，余者不可多谈。这是他的美学观。而"五四"的作家以为人是社会存在，怎么能够不涉猎社会矛盾呢？后来的新文学越来越激进，越来越革命，儿女伦常倒被淹没了。包天笑被人遗忘，也是没办法的事情。

鸳鸯蝴蝶派不是不关心社会，他们只是视角不同，不用道德的话语讲话而已。像《夹层》写穷人的疾苦，惨矣不可触目。隐痛是有的。《沧州道中》整篇写火车所见洋人与乞丐的面孔，未尝不是良心的发现，批判的意识是隐隐的。只是不带党派的意味，是个人独自的发言。那真切感和无力感都有。小说《黑幕》谈论出版社只注意社会黑暗诸事，看出文化的世俗观念的强度，忧患的意识还是浓的。《云霞出海记》对几个青年女子不幸命运的描述，笔力不亚于叶圣陶诸人，森然的气息流动在文字间。在塑造这类人物形象和故事的时候，笔触是看客似的。读者从中会有更真切的感受。历史的叙述与市民生活的叙述，倘以中立的态度为之，观众可能普遍接受。自然，叙述者可以有道德的立场与价值态度，隐秘起来的表达，百姓自然是觉得朴实无华，有真切的感受在。

喜欢纯小说的人，会对包天笑的作品觉得单调，似乎少了一点什么。但他结构小说的手段和文字功底，亦不可小视。《一缕麻》的叙述视角和文采，都有特点。其内功比郁达夫、茅盾不差，文字是好的。只可惜情绪一直徘徊在旧才子与新佳人之间，动人的图景竟未能出现。无论从哪个角度看，包天笑和新文人的界限是显然的。没有明显的政党意识和学术偏向，写的故事都普通得不能再普通的。他的文本是新旧杂陈的，现代的语境不太明晰。可是境界是大众式的，迎合大众而不是提升大众。个性的高蹈绝不出现，自我的内心在常态中。鸳鸯蝴蝶派不都是儿女情长，那里的精神朴素得不逾越社会的道德底线。只是过于沉闷，像说书人的陈述，市井的风四散，一切不幸与欢快，过去就过去了吧。

旧派小说家的弊病可能是在日常性里陷得太深，不能跳将出来，殊乏创意。但他们将古文和大众口语结合起来，形成了新的白话体。那些故事与隐喻有时候让我想起宋词的语境，市井里的繁华与闺房间的清寂都有，在根底上还是古文表达的延伸。士大夫气与市民气一旦合流，酸腐的与灰色的因素也同时涌来，真的是泥沙俱下，美丑杂陈的。上世纪30年代，人们强调大众化的写作，就是看到了这个问题，想寻找一种纯粹的民间体。这个倡导，因为后来掺杂了诸多政治因素，后来的路反与先前的设想迥异了。

新文化运动后，文人出现了新旧的分化。新文人普遍不喜欢鸳鸯蝴蝶派的文字，将其看成落伍者言。道理不是没有，只是把他们的价值低估了。鲁迅回到北京省亲，给母亲带的是通俗小说，知道那是母亲喜欢的。大众有大众的阅读，精英文人可以嗤之以鼻，可是百姓还是买他们的账，没有办法，文学的生态就是这样的。

五

所以我想，1917年的文学革命，是必然的事，总是要发生的。看多了鸳鸯和蝴蝶，才子与佳人，眼睛也生涩了，于是希望有新的作品出来。而到新文学阵营里的，就有旧派的人物。

刘半农是新文学的健将之一，写过鸳鸯蝴蝶派的作品。他后来的转向，大可以深究。与古文为敌，是一种什么精神所为，今人未必了然。

不过从他的积极参与白话文运动的文章看，对古文和半文言的小说是生厌的。那么说古文有黑色的幽魂，与人不利也有其道理。晚清后的读书人，是有一种厌恶士大夫气的内心在的。刘半农、钱玄同都是这样。因为八股取士的历史长，文章的风格都坏了。他们和周氏兄弟谈天的时候，议论到古文的优劣，对林纾的桐城遗风不以为然。在这些人看来，中国文人那时有两个倾向都不太好。一是林纾的桐城气，过于古雅，和今人理趣甚远，不足为道。一是鸳鸯蝴蝶派的市民情调，士大夫和庸民的习气四散，让人沉静到无我中，也是有问题的。问题在于，古文可否推陈出新，注入人的鲜活的气息？深味域外文学的人意识到了此点，走白话文与译介文字结合的路，未尝不是一个选择。

"五四"那代想象的白话文，和后来出现的语体不太一致。后人渐渐把那代人的思想忘记了。早期白话文倡导者以为，文章与艺术乃"自我表现"，释放精神的潜能。周作人介绍过"美文"，那是中国读书人少有的文体，对士大夫是一种冲击无疑。鲁迅则把自己的文章称为杂文，六朝的短札与日本小品，及日耳曼的玄思都有，和旧式文人的距离就远了。造就新的国文，不能没有这样的创造性的劳作。而李伯元、林纾都有点老旧了。那原因是拘泥于一点，似乎有点问题。周氏兄弟的不凡，是古今中外打开，文章就通达多致、颇有意思。周作人在《古今中外派》中说：

中国大抵是国粹主义者，是崇古尊中的，所以崇尚佛教是可以的，崇尚孔教是可以的；甚至于崇尚丹田静坐也是可以的，各学校里的许多蒲团可以作证；崇尚灵学也是可以的。除《新青年》的几个朋友以外，大家原都是默许了。

我不想提倡中国应当崇尚外国的宗教与迷信，但我觉得这种崇尚尊古的倾向，为中国文化前途计，不是好现象。我希望下一世代的青年能够放开眼界，扩大心胸，成为真的古今中外派，给予久经拘系的中国思想界一点自由与生命。（《周作人文选》一卷，155页，广州出版社，1996年版）

周作人后来真的成了古今中外派，鲁迅、胡适亦复如此。他们搞新文化运动，自己是亲自尝试各类文体的。但每个人，都保留一点古风。比如胡适晚年一直研究《水经注》，还抱着乾嘉学派的那一套。鲁迅在辑校古籍时，透着嵇康的风骨。"五四"新文人身上绝少迂腐的文气，他们把古老的语言置于盐水与血水里浸泡着，文字有了火辣的一面。西洋文字里鲜活的自我觉态出现了。

鲁迅、郁达夫、冰心的白话文里都有古文的成分，可是绝没有包天笑那样的老气，和魏源式的古雅也大异其趣。他们不用士大夫的语言来表述思想，总想摆脱一下旧的语言的束缚。比如翻译外国作品，主张直译，要引进新的文化表达式，就是再造新的句法。鸳鸯蝴蝶派也有翻译家，但他们的特点用包天笑的话说是"提倡新政，保守旧道德"。李楠在《晚清、民国时期上海小报研究》中介绍周瘦鹃译莫泊桑《伞》，看出他的士大夫气的要命的地方：

原作只说乌利太太脸色通红，周译成："两颊通红，一腔怒火，早从丹田里起来，直要冒穿了天灵盖，把这保险公司烘成一片白地，寸草不留，连这总理也活活烘死在里头。"小报文人的译作充满着传统语汇与腔调，使用负载大多文化联想的陈词套语，给人满篇滥调，而读不出西方原著新鲜的美感，无法传达西方原作的风格与情境。（《晚清、民国时期上海小报研究》，83页，人民文学出版社，2005年版）

士大夫的语言只有古意，而乏现代人的生命质感，是很大的问题。

新文化要革的，就是士大夫的命。可是要做到这一点，很不容易。大概在1925年，鲁迅在《咬文嚼字》里，就讥讽过翻译中的附会古人的旧习，以为那是不好的。古而且新，有今人的温度，是一些人的渴望。这样的文体是那个时代的产物，乃一份财富。胡适、鲁迅的深切的地方，就是既保留了古人的智慧，又去掉了读书人的迂腐气。不知道为何，后来的作家都不太有这样丰厚的韵致，似乎故意远离这些，文字越发无味，渐渐和他们隔膜了。只是汪曾祺出现后，古雅的一面和清秀的存在同现，文学才有了爽目的风骨。

我们现在看鲁迅的小说，觉得与鸳鸯蝴蝶的距离甚远，是真的知识界的文本。如果不是他的出现，我们现代文学，真的没有久远的亮度。鲁迅是超人，他走得远远的，我们跟他不上。他的路，不是唯一的，不要因为鲁迅的成功而否认别样的存在。鸳鸯蝴蝶的那一套，并非没有可取的地方，倘改变一下路径，也许会有新的特质，即把生命的感喟和人间的图景立体地描述出来。远离玩世的心态，精神在盘旋里飞升，有力量地冲击。张爱玲的出现，就使旧派小说从死胡同里走出，有了异样的风采。在这个民国女子的文字里，日常的那些存在，都获得了诗意。虽然不乏旧派小说的男女恩怨，可是笔锋才气袭人，总是有力度在的。她的作品像欧洲的一些古典的油画，忧戚里带着无望的寂寞，仿佛日暮下的街市，无奈地等着黑暗的到来。张爱玲的文字是明清式的才女的遗痕，《红楼梦》的大观园气被洋场的香风代替了。她有了切肤的痛感，那种个体生命的无奈，也有塞尚和莫奈色调的出没。于是便从旧派的滥调里走出，完成了一场革命。到此，与鲁迅不同的存在开始闪耀于文坛。远不失古雅的文人气，近弗隔民众的生活。泼墨为文间又拒绝成为党派文化的附庸，鸳鸯蝴蝶派的变调，成了纯文学的一部分，说起来是很有意思的。

古文可以被跨越，也可以被革新。它的古老的幽魂在近代的出出进进，跌跌落落，印证了我们文化的内在冲突的多样性。我们中国人用文言文，已经有两千多年的历史，而白话文，也是源远流长的。按照胡适的观点，一部中国文学史，就是白话文学延伸的历史，在古文之外，民间性的写作从未间断过。读书人喜欢游戏，有时候近一点士大夫的情调，遂有才子的诗文在；有时候到民间去，市井的与泥土的气息流散出来，那就是人间情怀吧。还有一条路，是既非士大夫的传统，也非民间小调的传统，乃纯粹的知识分子的写作。鲁迅在20年代说中国没有这样的知识分子，现在有否，还不好说。我觉得自己不是这样的人，所以无法描述那个世界的东西。但我觉得这是一个文化生态问题。我们的士大夫文化与市井文化已经存活过，只是知识分子的独立精神寥若晨星。中国未来的艺术总该有另一个样子，但古文化的因子和民间的因子都不会死去，那也是自然的。

原载《收获》2011年第1期

心　重

刘庆邦

我的小弟弟身有残疾，他活着时，我不喜欢他，不愿带他玩。小弟弟病死时，我却哭得浑身抽搐，手脚冰凉，昏厥过去。母亲赶紧喊来一位略通医道的老爷爷，老爷爷给我扎了一针，我才苏醒过来。母亲因此得出了一个看法，说我是一个心重的孩子。母亲临终前，悄悄跟村里好几个婶子交代，说我的心太重，她死后，要婶子们多劝我，多关照我，以免我哭得太厉害，哭得昏死过去。

我对自己并不是很理解，难道我真是一个心重的人吗？回头想想，是有那么一点儿。比如有好几次，妻子下班或外出办事，该回家不能按时回家，我总是不由自主地为妻子的安全担心。我胡想八想，想得越多，心越往下沉，越焦躁不安。直到妻子终于回家了，我仍然心情沉闷，不能马上释怀。妻子说，她回来了，表明她没出什么事儿，我应该高兴才是。我也明白，自己应该高兴，应该以足够的热情欢迎妻子归来。可是，大概因为我的想象沿着不好的方向走得有些远了，一时还不能返回来，我就是管不住自己，不能很快调动起高兴的情绪。等妻子解释了晚回的原因，我们又说了一会儿话，我压抑的情绪才有所缓解，并渐渐恢复到正常状态。我想，这也许就是我心重的表现之一种吧。

许多人不愿意承认自己心重，认为心重是小心眼儿，是性格偏执，是对人世间的有些事情看不开、放不下造成的。有人甚至把心重说成是一种消极的心理现象，是不健康的心态。对于这样的认识和说法，我实在不敢认同。不是我为自己辩解，以我的人生经验和心理经验来看，我认为心重关乎敏感，关乎善良，关乎对人生的忧患意识，关乎对责任的担当，等等。从这些意义上说，心重不但不是什么负面的心理现象，而正是一种积极、健康、向上的心态。

我不揣冒昧，做出一个判断，凡是真正热爱写作的人，都是心重的人，任何有分量的作品都是心重的人写出来的，而非心轻的人所能为。一个人的文学作品，是这个人的生命之光，生命之舞，生命之果，是生命的一种精神形式。生命的质量、力量和分量，决定着文学作品的质量、力量和分量，有什么样的生命，只能写出什么样的作品。我个人理解，生命的质量主要是对一个人的人格而言，一个人有着善良的天性，高贵的心灵，高尚的道德，悲悯的情怀，他的生命才称得上有质量的生命。生命的力量主要是对一个人的智性和思想深度而言，这个人勤学，善于独立思考，对世界有着独到的深刻见解，又勇于准确地表达自己的见解，这样的生命无疑是有力量的生命。生命的分量主要来自一个人的阅历和经历，它不是先天就有的，而是后天经年累月积累起来的。他奋斗过，挣扎过，痛苦过，甚至被轻视过，被批斗过，被侮辱过，加码再加码，锤炼再锤炼，生命的分量才日趋完美。沈从文在评价司马迁生命的分量时，有过精当的论述。沈从文认为，司马迁的文学态度来源于司马迁一生从各方面所得到的教育总量，司马迁的生命是有分量的生命。这种分量和痛苦忧患有关，不是仅仅靠积学所能成就。

回头再说心重。心重和生命的分量有没有关系呢？我认为是有的。

九九归心，其实所谓生命的分量也就是心的分量。一个人的心重，不等于这个人的心就一定有分量。但拥有一颗有分量的心，必定是一个心重的人。一个人的心轻飘飘的，什么都不过心，甚至没心没肺，无论如何都说不上是有分量的心。

目前所流行的一些文化和艺术，因受市场左右，在有意无意地回避沉重的现实，一味搞笑，娱乐，放松，解构，差不多都是轻而又轻的东西。这些东西大行其道，久而久之，只能使人心变得更加轻浮，更加委琐，更加庸俗。心轻了就能得到快乐吗？也不见得。米兰·昆德拉的观点是：生命不能承受之轻。他说过，也许最沉重的负担同时也是一种生活最为充实的象征，负担越沉，我们的生活就越贴近大地，越趋近真切和实在。相反，完全没有负担，人变得比大气还轻，会高高地飞起，离别大地，运动自由而毫无意义。

有一年我去埃及，在不止一处神庙中看到墙上内容大致相同的壁画。壁画上画着一种类似秤或天平样的东西，像是衡器。据介绍，那果然是一种衡器。衡器干什么用的呢？是用来称人的心。每个人死后，都要把心取出来，放在衡器上称一称。如果哪一个人的心超重，就把这个人打入另册，不许变成神，也不许再转世变成人。那么对超了分量的心怎么处理呢？衡器旁边还画着一条巨型犬，犬吐着红舌头，负责称心的人就手就把不合标准的心扔给犬吃掉了。我不懂埃及文化，不知道壁画背后的典故是什么，但听了对壁画的介绍，我难免联想到自己的心，不由地惊了一下。我承认过自己心重，按照埃及的说法，我死后，理应受到惩罚，既不能变成神，也不能再变成人。从今以后，我是不是也想办法使自己的心变得轻一些呢？想来想去，我想还是算了，我宁可只有一生，宁可死后不变神，也不变人，还是让我的心继续重下去吧。

原载《文汇报》2012年2月17日

革命和爱情

李洁非

————————

一

余怀《板板杂记》上卷"雅游":"旧院与贡院相对,仅隔一河,原为才子佳人而设。"

旧院,"人称曲中"。曲中,就是妓院。古代青楼有所谓"雅妓",即色艺双全者。她们的才艺,颇为广泛,可以是诗文、书画、琴棋以至烹饪等,而度曲、演唱是基础(在中国,妓女的古源是"女乐"),所以也称较高等的欢场为"曲中"。

随着需求扩大,这行业也在变化,慢慢开始出现无才无艺而仅供肉欲、以色事人者,如旧北京之八大胡同,一解饥渴而已,别无蕴藉,连留下的故事也是粗恶的。如众所皆知,当年同治皇帝私游其间,染了一身梅毒,死得很不成样子。

明末的秦淮香艳,不是这样。"原为才子佳人而设",点出了它的特点。其实,当时南京的欢场,已有不同类型和档次,如"珠市"和"南市"。珠市的客人，多为富商大贾，单论美色与豪奢，此处不在秦淮之下。"其中时有丽人，惜限于地，不敢与旧院颉颃。"公认为姿色第一的名妓王月，即属珠市。而论品位，珠市却距秦淮颇远。至于南市，"卑屑所居"，是廉价的去处。三个地点的服务对象大致固定，秦淮乃文人雅士的畛域，珠市为阔佬之乐园，南市则供下层社会消遣。

其之如此，环境使然。说到秦淮南岸的旧院，就不能不说北岸的贡院。

贡院，是科举高级别考场，用于举人资格的乡试。这里，指南京"江南贡院"，今大部已毁，明远楼仍存，上有"江南贡院"的匾额。不过，"江南贡院"是清初南直隶改江南省后而得名，在明代，它应该叫"应天府贡院"。

这座贡院，可同时容二万余人考试。虽然各省会以及北京也有贡院，却规模据说都不比南京。1905年废科举以后，它被拆除，如今尚能从照片窥其旧貌：排排号舍，密密麻麻，栉比鳞次，一望无际。倘若还原样保存在秦淮岸边，我们身临其地、放眼一望，对"旧院与贡院遥对，仅隔一河，原为才子佳人而设"的意味，或更易了然。

它的建成，并不很早。《典故纪闻》：

应天初无试院，每开科，借京卫武学为之，学地狭，每将仪门墙垣拆毁，苫盖席舍，试毕复修。至景泰五年冬，始以应天府尹马谅言，以永乐间锦衣卫纪纲没官房改造试院。

景泰五年即1454年，距明朝立国已有百年。另外，文中提到的纪纲，是朱棣手下大特务头子，替朱棣杀人无数，《永乐大典》主纂、名臣解缙，即死彼手，而他自己最终下场也很惨，被朱棣处以剐刑。不料，贡院便建于纪纲府邸旧址，令人不免心生异样——毕竟，在血腥酷吏与温文尔雅之间，反差太大。

从时间上说，河对岸的勾栏瓦舍，早于贡院之建。我们从元人萨都剌《念奴娇》"歌舞尊前，繁华镜里，暗换青青发。伤心千古，秦淮一片明月"，略知其为欢场，由来颇久。另参《板桥杂记》："洪武初年建十六楼以处官妓，轻烟淡粉，重译来宾，称一时之盛事。自时厥后，或废或存，迨至百年之外，而古迹寝湮，存者惟南市珠市及旧院而已。"则南岸旧院，洪武年间已有，为官妓十六楼之一。不过，我们推想，那时它与一般青楼或无太大差别，1454年贡院的建成，是秦淮香艳发展史的一大节点，随着"旧院与贡院遥对"格局确立，这一带妓院才逐渐衍为"雅游"之地。

二

关于秦淮香艳，要抓住旧院、贡院彼此呼应这一点，从二者因果求得对它的理解。南岸的旖旎，根本以北岸的文采为背景，而北岸的文采，反过来也受着南岸的滋养与激发。两相互动，而达成了余怀的概括："衣冠文物，盛于江南，文采风流，甲于海内。"衣冠文物、文采风流，此八字是秦淮香艳的灵魂，抽掉它们，所谓秦淮香艳与八大胡同只怕也没有分别，不成其"佳话"。

这八个字，还解释了另外一个问题，即为何贡院他省亦有，却不曾催生自己的秦淮香艳，也来一个"旧院与贡院遥对"。很简单，各地文物、文采之盛，不能达到南京的高度。关于这一点，话题需要拉得远一些。

中国的物质与精神文明，既因自然条件的变化，也因数次遭遇北方蛮族大的冲击，自晋代起，就向南偏移了。东晋、六朝是第一浪潮，南宋是第二浪潮，明代是第三浪潮。经此三大浪潮，经济文化重心南移，遂成定局。黄宗羲说："今天下之财赋出于江南。"董含《三冈识略》也说，有明三百年，"江南赋役，百倍他省"。或有夸大，但基本格局是这样。物力如此，文亦随之。截至唐宋（北宋），中国人文犹以北方为盛，查一查那时一流诗哲的籍贯，会发现多出于黄河流域。之后，尤其明代，明显转到南方，特别是集在东南一隅，北方文教则衰颓得厉害。有学者依省籍统计明代"三鼎甲"（含会试第一名的会元）人数，显示两个结果：一、东南一带（苏、皖、浙、赣、闽，大致为今华东地区）达一百九十三位，几乎是全国其余地方的四倍；二、其中，仅南直隶一省人数，已超过东南以外各地总和。

这种盛衰之比，甚至导致明朝出台一项特殊政策。大家可读《明史·选举二》，里面专门讲到"南卷""北卷"问题。"初制，礼闱取士，不分南北"，但洪武丁丑年会试，"所取宋琮等五十二人，皆南士"，惹得朱元璋大怒，"怒所取之偏"，竟将主考官或杀头或流放。朱元璋认为不公平，有他的道理。可是客观上，南北两地文教水准，反差确实很大。"北方丧乱之余，人鲜知学"，考生本身质量偏低，科举竞争力无法跟南方比，所以，单靠杀人解决不了问题。迫不得已，便想出"南北卷"的办法。强制名额分配，南人若干，北人若干，相当于把"全国统一录取"改为"划片录取"，硬性规定北方士子在进士中所占比例。

朝廷如此，是无可奈何。因为无论从文化平衡发展考虑，还是出于政治需要（官僚集团构成的合理性），都不能坐视南北差距过大。不过，尽管以"南北卷"加以扶植，终明一代，北方人才劣势都不能彻底改观，而只起舒缓作用。南方的强势，不仅保持，且一直缓慢然而坚定地增长。万历以降，这势头达于顶点，东林崛起便是这样的标志。东南士夫势力之强，居然足以和皇帝叫板。当中虽经奄党摧折，而无改基本走势，及至崇祯朝，无论朝野，政治和文化主导权已尽操东林—复社之手。

等清朝取代朱明，才真正将这势头扼制。清朝不独地理上处于"北方"，更在文化上属于"蛮夷"，明人蔑称为"北虏"。也恰恰出于这一点，清朝入主之后，不久即着手打压南人。康雍乾几次大的文字狱，哭庙案、南山集案、吕留良案等，对象均为南籍士子。血雨腥风，飘散百年。这当中，除民族矛盾、文化冲突，其实也隐含地域相抗之意味。到此，南方在文化上所居压倒优势，以及南方士林甚嚣尘上的情态，终于稍减。有清一代，其科举、学术及文艺，虽仍以南人略占上风，但北方却有强劲复苏，如今因影视剧热播而成清代文化明星的纪晓岚、刘墉，以及曹雪芹、蒲松龄等主要的文学作者，都是北方人。类似情形，元代也曾有而更不加掩饰，民分四等，以北人、南人区分中国人而置后者于最末等，清代好歹未至于此。

近代，南北间的抑扬再谱新篇。清室的衰微，果然表现为南人重执政治文化之牛耳。晚清重臣曾国藩、李鸿章、左宗棠等，戊戌变法中的康、梁、谭、翁同龢，悉属南籍。庚子之变，"东南互保"，南方数省公然拒奉清廷命令。辛亥革命，其实也不妨称之为南方革命（而与北方义和团的护清，相映成趣）。此后"五四"直到中共创建，活跃人物陈独秀、胡适、鲁迅……差不多个个来自南方。这种南北相抗，晋代迄今一千六七百年的时间，很少不与之发生关系，包括时下网络之中，也时常引发口水战。但这现象本身以及其中意味，实际并不口水而不无严肃，于中国文明的起伏、流向及况味，颇足揭橥。

以中国物质、精神文明重心南移为背景，会特别注意到南京这座城市的意义。在帝制以来二千多年的范围下，南京乃唯一堪与西安、洛阳、开封、北京等争辉的南方大城，是物质、精神文明重心南移趋势在地理上的聚焦点，并因这趋势而形成持续建都史。它整个历史共有三个峰值：一、从三国孙吴经东晋到六朝；二、明代；三、中华民国。三个时间点均极重要，第一个是夷夏冲突正式成为中国现实问题的时刻，第二个是向现代转型的前夜，第三个是中国揖别帝制、步入现代国家行列的开端。从中我们觉得，南京之于中国历史，一来有头等的政治意义，而更大特点在于似乎是文明的节点与标识，它的枯荣似乎总是拨动中国那根文明的琴弦，一个王朝在此崛起与消失，似乎不仅仅是政治的兴废，而每每有文化沧桑、沉浮的意味，也许，这就是为什么古代诸大城，独南京形成了"金陵怀古"这固定的诗吟主题，无数诗人至此难禁睹物伤情的幽思，为之感慨、怀想和悼亡。

此外从城市文明角度，二千年看下来，只有两座城市是真正具代表性的：汉唐为长安，之后是金陵。它们既各自演绎了北南两段繁缛，又共同呈示和见证中国文明重心的南渡史。中古以前的"西京情愫"，与中古以后的"金陵春梦"，相映成趣。汉唐时人心目中的长安，与明清时人心目中的金陵，具有同等的文化和审美价值，也唯有它们可以相提并论。《明夷待访录》"建都"篇曾谈到长安和金陵之间历史地位的变化：

　　或曰：有王者起，将复何都？曰：金陵。或曰：古之言形胜者，以关中为上，金陵不与焉，何也？曰：时不同也。秦、汉之时，关中风气会聚，田野开辟，人物殷盛；吴、楚方脱蛮夷之号，风气朴略，故金陵不能与之争胜。今关中人物不及吴、会（会稽，代指浙江）久矣……而东南粟帛，灌输天下，天下之有吴、会，犹富室之有仓库匮箧也。

此大势一目了然。故而我们看到金陵之于曹雪芹，一如长安之于司马相如、王维等。"昌明隆盛之邦、诗礼簪缨之族、花柳繁华地、温柔富贵乡"，这些字眼若在汉唐必属长安，而到曹雪芹时代，却非金陵不匹。

三

崇祯、弘光两朝，是秦淮香艳的真正鼎盛期。

这个时间点，过去似乎没有如何引起注意。说起秦淮香艳，往往囫囵吞枣地以为是从来如此的悠久现象。其实要做一点细分。单讲作为风月之地，秦淮的历史当然漫长，前引余怀之述显示，光是明代就可从洪武年间算起。然而，从普通风月场向"雅游"之地转化，并非一蹴而就。从现有线索推测，应该是于景泰五年北岸修建贡院之后才有可能。之前的情形，我们虽并不清楚，但从环境本身特点尚不具备来想，崇、弘间旧院那样高、精、尖的极雅妓院，恐怕还是无源之水。贡院之建，加上金陵文化和历史中固有积淀，两者相互氤氲，再经百余年含英咀华，终于崇、弘间达到绚烂的极致。而其为时并不算长，从头到尾不过十几年光景；换言之，真正播于人口的秦淮香艳，不过是明代之尾转瞬即逝的事情。

根据是，我们耳熟能详的秦淮名妓，无一出现在崇祯以前。

《板桥杂记》所记，为"崇祯庚、辛"即庚辰（1640）、辛巳（1641）年之前余怀在秦淮的闻见，这是基本的时间窗。而它所提到的诸姬，时龄多为十来岁。如董小宛、卞赛（玉京）十八岁，李香、李媚都只有十三岁，顾媚（横波夫人）稍长，亦仅二十多岁。另，《板桥杂记》未载之柳如是，据陈寅恪《柳如是别传》："崇祯十三年庚辰之冬，河东君年二十三。"从年龄看，很显然，明末这一群星璀璨的名妓群体，都是崇祯年间涌现出来；此前，她们或甫临人世，或尚处幼齿，不可能操此业。

由此，我们将所谈的秦淮香艳，做了时间段上的固定。随后，我们还要解释，其道理何在？为什么偏偏是崇祯后，而没有早些出现？刚才说景泰五年北岸建贡院是一大节点，然而从贡院建成到崇祯，中间长达一百七十年，却并没有诞生类似这样的群星璀璨的名姬群体，为何崇祯以后，却"忽如一夜春风来，千树万树梨花开"？难道我们对此，只能以"厚积薄发"之类虚言应对，而没有稍为实证的解释？

这样的解释是有的。我们可以明确指出，秦淮香艳的井喷，完全是因复社的缘故。

不过，如果只看到复社、旧院之间"狭邪"一面，则所见差矣。

庚午、南京、复社，这三个关键词相联，是有浓厚政治意味的。《思旧录》周镳条记道：

庚午，南中为大会，仲驭招余入社。

"大会"，是"金陵大会"；"招余入社"，组织、动员也。黄宗羲话虽甚简，我们却不难感受当时的紧锣密鼓。酒肆、寓所、游船、街头、妓院……为某日某件事，南京到处有人串联、拜访或邀约。那种气氛，古时少见，现代人反而不陌生——我们一般称之"闹风潮"或"闹革命"。或许，我的思考方式过多掺杂了现代生活的影响，但复社传递过来的信息，的确唤起了我对革命的联想。

茅盾回忆录"一九二七年大革命"一节，讲到热烈革命气氛中，也飘散浓郁的荷尔蒙气息：流行"五分钟恋爱观"，几位漂亮革命美人，"一些单身男子就天天晚上往她们的宿舍里跑，而且赖着不走"。昂奋、激情似乎会传染，就连早有家室的茅盾自己，也不免心旌摇荡："有一次，开完一个小会，正逢大雨，我带有伞，而在会上遇见的极熟悉的一位女同志却没有伞。于是我送她回家，两人共持一伞，此时，各种形象，特别是女性的形象在我的想象中纷纷出现，忽来忽往，或隐或显"。这是大革命时期的广州、武汉和上海，而其风范，我们于明末的南京，好像亦觉眼熟。

革命与荷尔蒙，总是相互刺激。虽然名士狎妓在中国算是老套子，但此番秦淮河边的喧谑，应该越出了那种单纯的放浪形骸。我们读《同人集》，复社诸人当时的体验与后日的怀想，都不仅止于荷尔蒙发作，而明显是革命情绪与荷尔蒙并作。于情场得意中自我崇高，又在自我崇高中征服情场。政治正确为他们赢得了性的肯定，而性的肯定又令政治激情益发高扬。对崇、弘间的秦淮风情，看不到革命的罗曼蒂克，只看到偎红依翠，实际没有读懂那个时代。

从庚午年起，南京似乎就有明末"青年革命中心"意味。北方饥荒和战乱，离此尚远，京师政坛的犬牙交错，这里亦无踪影。思想和文化，南京一边倒地处在复社影响之下。阮大铖曾警告："孔门弟子三千，而维斗等聚徒至万，不反何待？"言复社势力之大，足以造反，意在危言耸听，但复社势力骇人却是真的。其所集会，规模动至上万人，山呼海啸。东南一带，文脉尽为所控，有人愤愤不平："东南利孔久湮，复社渠魁聚敛"，《思旧录》吴应箕条一笔记载，可证不虚："复社《国表四集》，为其所选，故声价愈高。尝于西湖舟中，赞房书罗炉之文，次日杭人无不买之。坊人应手不给，即时重刻，其为人所重如此。"几有一言兴邦的能量。南京既为留都，政治神经发达而密布。复社在别处影响，或多体现为文化追星与膜拜，在南京，则以政治能量表现出来。谈到南京那段时间，吴梅村说：

往者天下多故，江左尚晏然，一时高门子弟才地自许者，相遇于南中，刻坛墠，立名氏。阳羡陈定生、归德侯朝宗与辟疆为三人，皆贵公子。定生、朝宗仪观伟然，雄怀顾盼，辟疆举止蕴藉，吐纳风流，视之虽若不同，其好名节、持议论一也。以此深相结，义所不可，抗言排之。品核执政，裁量公卿，虽甚强梗，不能有所屈挠。

这些人，连举人都不是，陈贞慧不过贡生，侯、冒只是诸生。然而，"执政"为所品评，"公卿"任凭短长。"虽甚强梗，不能有所屈挠"，是指对有很大权势的人，也不放在眼里。之能若此，其实并非因为"贵公子"身份。他们"雄怀顾盼"，真正原因是身后有复社这一强大组织的背景。

说到这一点，倒也真显出明末的某种特别，亦即，言论和精英派别、组织的力量，对政治影响越来越大，政治话语权一定程度上独立于官职或行政权力。而这特点，始显于复社，其前驱东林仍是在朝政范围以内谋求对于君权的独立性，复社领袖与骨干大多都没有进入政坛，他们是通过思想、舆论，通过掌握文化领导权，获取实际政治影响力。在只有"庙堂政治"的帝制中国，这既是新的政治意识，也是新的政治现象。他们实际上是在搞一场革命，读一读黄宗羲《明夷待访录》学校篇，便知他们乃是有意为之，并非步入仕途之前的权宜之计，"必使治天下之具皆出于学校，而后设学校之意始备"，复社就是这样的"学校"——一种置于政权之外而"品核执政，裁量公卿"的独立政治力量。

他们试图挑战政治秩序，开辟从官场之外参与政治的新途径。我们不必说他们尝试的是民主政治，但他们的确想要打破官僚系统的政治垄断。他们的组织化，明确指向这意图。他们有组织的行动，则将这意图直接付诸实践。

《留都防乱揭帖》是复社政治斗争史上辉煌一页，在南京人脉极广的阮大铖，居然被逼得遁形荒郊，不敢入城。历史上，揭帖事件有两个突出的意义：一、它的成功，完全是思想、舆论的成功，整个过程，复社学子手无寸铁，亦未以靠山为后台，仅仗秃笔击走阮大铖。二、表面看来，只是赶跑阮大铖，但我以为更重要的是第一次作为这样的实验，显示从精神和思想上组织起来，可以在权力之外单独形成社会改革力量，故而如果写中国的学生运动史，第一页应该从这儿写起。

诸般迹象显示，崇祯年间的南京城，是帝制中国一座非典型城市。此时南京，从传统角度说简直是令人陌生的城市。体制和官僚系统似乎失位，阮大铖广交政界，却无人替他出头，那些毛头学子，不但占领思想文化制高点、引领舆论，也在社会现实层面呼风唤雨、兴风作浪。它某些侧影，完全不像仅有"民氓"与"有司"的标准古代城市，两者之间似乎出现了第三者，一种不符合古代城市秩序与特点的新兴力量，而我们在近现代革命时期的城市，倒时常看见这样的自由的人流。

四

能够为明末南京上述独特氛围作表征的，与接踵不断的盛大集会、街谈巷议的政治热情、集体围观的大字报之类的景观同时，还有秦淮河上岸边容光焕发、纵情荡冶的情侣。将17世纪初南京上下打量一番，我们最鲜明的印象，集中在两个字眼。一个是"革命"，另一个是"爱情"。不妨说，革命与爱情相结合，是那段时间南京的基本风貌。这真是罕见的情形，整个帝制时代，我不知道还有第二座城市曾有过这种状态。

清代同治间诗人秦际唐读《板桥杂记》写道：

笙歌画舫月沉沉，邂逅才子订赏音。福慧几生修得到，家家夫婿是东林。

他将从书中得来的印象，归结于"家家夫婿是东林"。虽诗家极言之语，未必真到"家家"地步，但秦淮名姬与"东林"定情，确一时风行，要不然《桃花扇》亦无托名士名姬抒兴亡之叹的灵感。举如李媚姐与余怀、葛嫩与孙临、顾媚与龚鼎孳、董小宛与冒辟疆、卞玉京与吴梅村、马娇与杨龙友（杨以同乡关系，假意间与马士英近，而累其名声，其实崇祯时他本与东林、复社过从甚密）、李香君与侯方域、柳如是与钱谦益，等等。

革命与爱情结合，是近代喜欢的文艺题材，也是近代以来才有的题材，如外国的《牛虻》、中国的《青春之歌》。过去爱情题材，则不出爱情本身，一直到《牡丹亭》《红楼梦》，实际都没越过《子夜歌》"始欲识郎时，两心望如一。理丝入残机，可悟不成匹"的层面，虽亦足动人，但在现代人看来，终究是缺少一些宽广的东西。

可这一贯的爱情模式，到《桃花扇》却一下子打破了。我们从孔尚任笔下所见，不再是老套的郎情妾意，而是全新的革命加爱情。中国爱情文学真正破了古典藩篱而有近代意味，就得从《桃花扇》算起，大家如果把它跟古典文学任何有关爱情的诗歌、小说、戏剧做对比，可以一眼看出这作品处在前所未有的格局中。为什么能够这样？就应了艺术源于生活那句老生常谈，《桃花扇》的跳出旧窠臼，并非孔尚任拍拍脑门悟出来的结果，完全来自崇、弘间秦淮两岸现实本身。这部剧作，几乎是非虚构作品，孔尚任是在几十种史著和亲自走访基础上，依照史实写成，剧中主题、情节、人物，都是生活本身所奉献。所以，《桃花扇》之奇，首先在于现实之奇，是明末南京的全新爱情，哺育了这部作品。

事实上，只要对秦淮香艳有深入了解，都必在其男欢女爱中看到一些更具重量和力度的东西。所以，继《桃花扇》后，从同样背景引出的另一名作——陈寅恪的《柳如是别传》，也登高望远，皇皇其言：

披寻钱柳之篇什于残阙毁禁之余，往往窥见其孤怀遗恨，有可以令人感泣不能自己者焉。夫三户亡秦之志，九章哀郢之辞，即发自当日之士大夫，犹应珍惜引申，以表彰我民族独立之精神、自由之思想。

以"自由之思想"而赠一妓一士,很应该被深思和回味,可惜不少人于此书徒然作为学问来膜拜,老先生的满腔激情、萦郁索结都看不见了。

李香君与侯方域引出《桃花扇》,柳如是与钱谦益引出《柳如是别传》。两作都力能扛鼎,思其缘由,作者的功力及贡献之外,我们亦讶于那个时代蕴藏之富、气象之奇,短短十几年,却有那么多瑰意奇行、可风可传的人与事。以我所知,像顾媚与龚鼎孳、董小宛与冒辟疆、卞玉京与吴梅村的故事,精彩丰饶都不逊色,可惜还没有大手笔来写。

五

人类的驰荡淫佚,并不仅当朽腐没落时,面临解放或处在渴望解放的苦闷之下,亦有所表现。北美20世纪60年代性解放,多半就是社会变革苦闷所致,它与左派思潮、黑人民权运动、蓝调摇滚、大麻、反战同生共随。我们对明末崇、弘间南京的秦淮香艳,也觉得可以如是观,而非区区"反礼教"之类陈词滥调可明了者。

读《同人集》《板桥杂记》等,每每想到秦淮河畔的情形与"世纪末"时期巴黎塞纳河左岸颇有几分相似。那里,充斥着从精神和肉体自我放逐,自比波希米亚人,以漂泊、流浪为乐事的反传统艺术家。而崇、弘之间的南京,也有一个飘浮无根、萍水相逢、客居游荡的群体——那些因赶考而聚集南京的青年举子,很多人后来已经忘掉原来的目的,或把它降到次要的位置,他们几年以至十几年滞留南京(冒辟疆、侯方域都是如此),参加一轮又一轮乡试,而一次又一次失利,却仿佛乐此不疲、心满意足。

冒辟疆于桃叶渡大会即席赋诗放歌,头四句说:

昨日浪饮桃花南,今日浪饮恶木西。自笑飘流若无主,逃酣寄傲天地宽。

看看那些字眼：昨日浪饮、今日浪饮、飘流、无主、天地宽，这难道不是解放的一代吗？

他们热爱和享受南京的氛围，在秦淮安营扎寨，少数有钱可以住得阔绰，多数只是像20世纪30年代上海左翼文人那样住小阁楼、亭子间，却体会着自由、无羁、思想充实、四方"同人"其乐融融的全新生活，"今日姚兄送我一舟，即泊小寓河亭之下，又送媚兄来，朱尔兼、顾仲恭、张幼青诸兄俱在我舟，吾兄可竟到我处……"读此，觉得这些明代书生的生存情状没有任何方巾气，倒与很多现代自由知识分子、学生思想群落的景象，不分轩轾。

对这些精神流浪者，旧院成为极好的润滑剂。性的风骚和思想的风骚，天然投合，彼此激发，新鲜和解放的生命意识在放浪、驰荡之中获得更多的能量和刺激。整个古代，只有在崇、弘之际的南京，娇娃丽姬才超越买欢卖笑角色，而成为众星捧月的社交中心，和近代欧洲名媛一样，她们的居处，分明就是南京的思想和文化沙龙。

这样的场所，明显不仅是男欢女爱之地，而演变为公共思想的空间。它的出现，证明了南京公共思想的活跃，也证明了开展这种思想交流的强烈需求。它是对"庙堂"式思想空间的打破、破除，这里所论所谈，必非冠带之说、茧疥之思，而无忌无拘、放任自由。它是自由思想地带，也是个性地带，"狭邪之游，君子所戒"，青楼非书斋，君子可留书斋不必来此，来此即不必道貌岸然，而要嬉笑怒骂、真性示人。然而，秦淮河畔的个性，不再是"独坐幽篁里，弹琴复长啸"，不再是魏晋风度，不再是孤高自许、自外于世，这里的个性解放指向社会解放，以历史变革为己任，追求群体价值认同……

聚会、宴饮、放谈，追逐名媛、沉湎爱情。这样的场景，我们在18世纪欧洲（尤其法国）许多小说、戏剧、诗歌、传记、绘画中见过。比它早一百年，"衣冠文物，盛于江南，文采风流，甲于海内"的南京，也曾有过。这既非巧合，也非形似，而发乎同样的时代和精神气质。可惜"千古江潮恨朔风"，白山黑水的寒流，将此一扫而空。又可惜时湮代远，中间隔了三四百年之后，今人既不知道也不理解当时究竟发生了什么，说起秦淮香艳，仅目之为花间月下。

余怀以将近耄耋之年写就的《板桥杂记》，而今似乎已成一篇花柳实录，只从窥淫的角度引起阅读兴趣。无人去思考，那颗古稀之心，何以被年少之际狭邪往事久久稽淹；也无人注意他自序中的表白：

聊记见闻，用编汗简，效东京梦华之录，标崔公蚬斗之名。岂徒狭邪之是述、艳冶之是传也哉！

东京梦华之录，即《东京梦华录》。此书乃孟元老南渡之后，为繁华汴梁献上的追忆。余怀效之，以《板桥杂记》为锦绣南京——尤其是崇、弘间我所称的那段"革命和爱情"——奠祭。书中叹道，鼎革后，"间亦过之，蒿藜满眼"。尤侗为该书题言，亦曰："未及百年，美人黄土矣！回首梦华，可胜慨哉！"

余怀《后跋》说：

余甲申以前，诗文尽焚弃。中有赠答名妓篇语甚多，亦如前尘昔梦，不复记忆。但抽毫点注，我心写兮。亦泗水潜夫记《武林旧事》之意也，知我罪我，余乌足以知之！

他写的不是事和人，是心。而这颗心永远留在了"甲申以前"，那是中国的一段不幸夭折的历史，是一种我们今天已经触摸不到的过去。

原载《中华读书报》2012年8月15日

剑桥的星空

王安忆

————————

一

美国科学新闻记者黛布拉·布鲁姆所著《猎魂者》，在第二章"勇者无畏故不信"末尾写道："1871年12月的一个夜晚，迈尔斯和西季维克走在剑桥校园里，天气十分寒冷，空气很清新，却也如冰水般刺骨。头顶上，星星密布，无数小小的银色闪点看来如此遥远，如此不可触及。"

迈尔斯和西季维克是谁？

西季维克全名为亨利·西季维克，1838年出生于牧师之家，在这个家族中，供奉神职被视作正途，至最高位的是一位表兄，爱德华·怀特·本森，后来担任坎特伯雷大主教，要知道坎特伯雷是英格兰大教区，其主教为全英格兰的首主教，公认的高级主教。在上文所记述的那个夜晚，西季维克任教剑桥大学三一学院古典文学系，正致力写作《伦理学法则》。费雷德里克·迈尔斯则是西季维克的学生，出生于1842

年，同样是在牧师之家，是个神童，五岁写下布道文，十七岁进剑桥大学。这一对年龄仅相差五岁的师生将在1882年，再加上一位埃德蒙·盖尼先生，组建"英国灵魂与精神研究学会"。埃德蒙·盖尼于1847年出生在英格兰上流社会，多少是将学习当作高贵的消遣，于是选择进剑桥攻读法律和哲学。

"英国灵魂与精神研究学会"第一届主席为西季维克；迈尔斯和盖尼负责研究灵异幻象；威廉·巴雷特主导"意念传递研究分会"；诺拉·西季维克——顾名思义，她是西季维克的妻子，具有数学天赋，身为统计学家，被任命负责调查鬼魂。在此人事安排中，还需要对威廉·巴雷特说几句。威廉·巴雷特，生于1844年，都柏林皇家科学学院的教授，研究项目为铁合金的电磁性，曾经在1874年英国科学会主席约翰·廷德尔的实验室工作，可想而知，巴雷特进入灵学界激起了导师何等的愤怒，约翰·廷德尔的愤怒代表着整个正统科学界的反应。

那是一个科学昌明的时代，标志性的事件大约可说是1859年查尔斯·达尔文发表《物种起源》，挑战了上帝创造世界的神话，引起科学与宗教的大论争，其中最著名的一场舌战发生在1860年，英国博物学家赫胥黎与牛津地区大主教之间。与此同时，法国化学家路易斯·巴斯德创立了现代微生物学，发明巴氏杀菌法；瑞典化学家阿尔弗雷德·贝恩哈德·诺贝尔发明炸药；美国发明家托马斯·阿尔瓦·爱迪生发明电灯……一项项新发现证明着世界的物质性，犹如水落石出，隐在未明中的存在显现实体，那全是可触摸、可感受而且可解释的，人类的认知大大地进步了，称得上是启蒙。然而，另一种怀疑悄然降临，那就是当一切存在全被证实来自于物理法则，人们是更幸福了还是不够幸福？由于西季维克出身的宗教背景，他天然倾向于相信存在着更高的意志，使人心生敬畏，从而能够约束行为，这便是道德的缘由吧。他追崇并以承继的先师康德，描绘引发敬畏之心的说法是："头顶满天星斗，及其内含的道德法则。"在亲手组建的"英国灵魂与精神研究学会"里，西季维克负责的始终是务虚的部分，也就是理论建设，这可见出他对"研究学会"寄予的希望，希望能够提供给他材料，证明在实有的同时，还有一个无形的空间。在唯物主义的大时代里，勿管信不信的，人们全都服从一条原则，就是耳听为虚，眼见为实，倘若承认乌有之乡，那就是倒退。

再来看看"研究学会"组建之开初，主创者几乎平分为两部分人：一是具有宗教背景的人文学家，比如西季维克、迈尔斯；二是科学家，比如巴雷特、诺拉，还有诺拉的姐夫、著名物理学家瑞利勋爵，化学家威廉·克鲁克斯，达尔文进化论合作者、自然主义者阿尔弗雷德·罗素·华莱士，等等。颇有意味的是，有一大帮作家跟进，比如文学史上赫赫有名的英国桂冠诗人阿尔弗雷德·丁尼生；艺术评论家约翰·罗斯金，他在1853年到1859年关于绘画、建筑、设计的演讲，以《艺术十讲》为书名，于2008年在中国人民大学出版社出版发行；《爱丽斯漫游奇境》的作者查尔斯·道奇森；美国作家马克·吐温；弗吉尼亚·伍尔芙的父亲莱斯利·史蒂芬——《英国传记大辞典》编辑之一，等下一个世纪开始，将会以这个大家庭为中心而辐射形成著名的布鲁姆斯伯里集团……我想，这三种人群其实代表着三种不同的愿望：科学家追求真相；哲学家企图在实证世界内再建设一套精神体系，以抵制道德虚无主义；文学家总是相信他们愿意相信的事物，他们本来就生活在虚拟中，灵学研究的对象，在某种意义上，与想象力不谋而合。

"英国灵魂与精神研究学会"成立之后半年的光景，1882年深秋，一个美国人来到伦敦，他就是哈佛大学威廉·詹姆斯教授。威廉·詹姆斯医学出身，然后专攻心理学，几乎是与英国剑桥那拨灵学研究者同时，他也开始对超自然现象产生兴趣。从《猎魂者》的描写来看，詹姆斯的家庭令人想到英国作家奥斯卡·王尔德的小说《坎特维尔鬼魂》。

新任的美国公使来到英国，住进历史悠久的坎特维尔庄园，和许多老宅子一样，庄园里阴气森森，出没着一个冤鬼。始料不及的是，鬼魂留下的血迹，被这家的儿子用平克顿牌的去污剂擦拭一净；受鬼魂惊吓随时要昏厥的老管家太太，公使以索赔的法律手段治好了她的神经衰弱症；每每在夜间响起的锁链镣铐声，来自新大陆的房客赠送给一瓶旭日牌润滑油；至于时不时的凄厉惨笑，则轮到公使夫人出马了，她开出的是一服肠胃药，专对付消化不良引起的打嗝……总之，这古老鬼魂的所有伎俩都在美国人新派的物质主义跟前失效。老詹姆斯就是一个富有的持无神论观念的美国人，纠缠他不放的不是"坎特维尔"勋爵庄园里那个老衰鬼，而是生于1688年、死于1772年的瑞典人史威登堡。这位北欧金属技师，做过艾萨克·牛顿和埃德蒙·哈雷的学生，前者发现著名的牛顿定律，后者的名字则用来命名一颗彗星。而正当人生飞黄腾达的时候，却放弃科学事业，走入虚妄的类似邪教的信仰世界。他声称要重新诠释《圣经》，自称上帝委以先知的使命。然而，老詹姆斯远不如那个美国公使幸运，能够轻松将鬼魅搞定，少年时遭遇一场不测而导致终身残疾，尽管只是出自鲁莽的淘气，却让他体味到命运的无常，史威登堡大约就是在这个背景下引入生活，具体表现为"不可预知性"的人生观念，它使詹姆斯一家都处在动荡不安的情绪里。这种粗糙简单的结论到了威廉·詹姆斯，经过科学和人文教育的陶冶提炼，深刻为一种世界观。这世界观就是史威登堡的对应理论，用《猎魂者》里的话说——"在这个世上的物质生活和灵魂世界之间存在切实关联，有不可见的线索将两个世界的居住者们扣在一起。"

当威廉·詹姆斯来到英国，住在弟弟亨利·詹姆斯的公寓里——亨利·詹姆斯作为一个作家的事业，正在崛起之时，可说蒸蒸日上，以后的日子里，将会写作一本小说，名叫《螺丝在拧紧》。在现实主义文学史观里，它被纳入18世纪后期的哥特小说流派，而到了现代的文学分类里，它不折不扣就是一本灵异小说，或者说惊悚小说。但是，倘若了解亨利与威廉这一对詹姆斯兄弟的亲缘关系，继而再了解威廉·詹姆斯的思想探索，以及当时英美科学界所发生的这场边缘性质的革命性研究，才会明白《螺丝在拧紧》真正意味着什么。亨利·詹姆斯有个英国朋友，正是埃德蒙·盖尼，"英国灵魂与精神研究学会"组建者之一，专负责灵异现象的领域，亨利自然会介绍认识哥哥威廉。这一邂逅，不仅使两人彼此找到知音，还将英国和美国两地的灵魂研究从此联络起来。三年以后的1885年，"美国灵魂与精神研究学会"成立，与英国研究学会的建制同样，亦是由正统科学家领衔，担任会长，那就是天文学家西蒙·纽科姆，是为强调主流科学精神，表明将以实证的方法进行研究。然而，这个想法很快就被证明是过于天真了。西蒙·纽科姆的专业方向是分析测量计算太阳、月球、行星的运动，还有光速和岁差常度，是以精确为要义，而灵魂和精神研究最大的疑问在于采证，一切都是在无形中进行，假定与想象是推论的主要方式。我觉得，细看英国和美国两个研究学会的成员组合，大约也可见出这两个民族的不同性格。相对英国学会的人员成分，美国学会中有科学家和哲学家两部分是没错了，但至少从《猎魂者》书中记载，没看见如英国学会那样，拥有一个文学群体。看起来，美国要比英国更加纯科学，多少有些一根筋，新大陆的人民显然思想单纯。而古老不列颠则比较浪漫，于是更有弹性，能够变通，在灵魂研究来说，余地就大得多。就好比王尔德《坎特维尔鬼魂》中描写的，美国人远比英国人不信邪，这也预示着，美国学会的工作比英国学会将要经历更多的挫折。

二

已经说过，灵魂研究的采证是最大的问题，它很可能取消整个学说的安身立命。关于那些超自然的现象，作为传闻实在是太多了，除去本书中所列举的那些，在其他作家的笔下，也有过记录和描写。捷克诗人亚罗斯拉夫·塞弗特的回忆录《世界如此美丽》，有一章，名叫"积雪下的钥匙"，写二次大战之前，诗人居住在布拉格，住宅的院子由一扇临街大木门锁着，古老的门锁钥匙很巨大，几乎有一公斤重，携带十分不便，所以他们常常是将它藏在门底下的沟槽里，探进手就摸得到。可是，在一个雪夜里，松软的积雪填满了沟槽，将钥匙深埋起来。诗人，当时还是一位年轻的编辑，不得已只能拉响门铃。过了几分钟，照例是，睡眠最轻的房屋管理员，一位老奶奶，穿过院子来开门，也是照惯例抱怨和数落了一番。当他进了屋，将遭遇告诉妻子，妻子却大骇道，老奶奶已在当晚去世，就停灵在小客厅里。你要说当事人是诗人，诗人总是有着丰富的想象力，难免会混淆虚实，亦真亦幻。比如，《猎魂者》中特别提到的马克·吐温的一个梦境。在他成为作家马克·吐温之前，是水手赛缪尔·克莱门斯，和他的弟弟亨瑞·克莱门斯一同在密西西比河上的蒸汽轮船上接受培训，有一晚，赛缪尔做了一个可怕的梦，梦见弟弟亨瑞躺在棺材里，胸膛上盖满鲜花。这个梦境在三天之后变成现实，轮船锅炉爆炸，亨瑞去世了，入殓的情景与梦中一模一样。假如认为作家的经验不能全当真，那么科学家呢？我亲耳听一位早年留学剑桥，师从诺贝尔物理奖金获得者，专事基因研究的中国科学院院士描述所亲历的一件往事。那还是在他幼年的时候，因母亲重病，被送到相隔数条马路的外祖父母家中生活，一日下午，他与邻居小伙伴在弄堂里打玻璃球玩。下午的弄堂十分寂静，忽然间，却觉有人，一个男人，伏在他身边说道：你怎么还在淘气，你妈妈不行了！抬头一看，并无他人，起身飞奔回家，外祖父正接起电话，母亲那里报信来了。一个科学工作者，一生以实证为依据，他的讲述应当要比艺术者更为可信的。

　　对神秘的事物好奇是普遍的人性，每个小孩子都曾经在夜晚，浑身战栗着听过老祖母的鬼故事，如何分辨哪些是真实发生，哪些又是臆想？为了听故事的快感，宁愿相信是真的，可一旦要追究，却又都落了空，发誓赌咒，究竟也无奈何举不出一点凭据，最后只得任其遁入虚妄。而猎魂者们就是要从虚妄中攫取实体，听起来颇为荒谬，极可能劳而无功，但是，假如将其视作对人类智慧的挑战，就不能不承认勇气可嘉。

倘若说，这一代灵学研究者确实给我们留下了一些接近于实证的材料，那么有两个人物是关键性的。一是剑桥圣约翰学院学生，澳大利亚人理查德·霍奇森；二是波士顿一名小业主的妻子，利奥诺拉·伊芙琳娜·派普太太。前者是灵学研究者，后者是灵媒。我相信有关他们的记录一定收藏在某个重要的专业机构里，将会在某一个重要的时刻被展示，而当下他们在这本非虚构类的大众阅读书籍中的出场，多少染上文学的色彩。理查德·霍奇森出生于墨尔本一个商人家庭，先在墨尔本大学修法律学士学位，终因提不起兴趣转向哲学，成为西季维克的学生。他天性崇尚自然和诗歌，或许是这两条，使得西季维克下定决心要引他加盟灵学研究。灵学研究带有空想的成分，或者说是浪漫主义的性格，在严谨的科学者看来，不免是离谱了。但从另一方面来说，它又是向认识领域的纵深处开发，存在的物质性挡住了去路。科学锲而不舍、再接再厉，将一切现象全解释与证明为实有，世界成为铜墙铁壁，而你分明感觉到另有一个无形的疆域，忽隐忽灭，闪烁不定。

对于这虚妄的存在，中国人的态度要比西方人灵活得多，我们更承认现实，甘于将它置放在它该在的地方。当进行抽象认知的时候，绝不会错过它，哲学里有老庄，文学里有志异；但轮到现实秩序的时候，则是"子不语怪力乱神"，这一些又凭借中国民间社会普遍的诗意性和谐地共存于一体。也因此，那一个灵异的所在，于中国人留下的多是抒情的篇章。我很欣赏明代徐渭的一则笔记，"记梦"，写梦中来到青山幽谷之间，见一道观，欲走入，却遭观主婉拒，说这不是你的家，然后又取出一本簿子，翻开检索一番，说：你的名字并不是"渭"，而是"哂"。
《红楼梦》的太虚幻境，更是一个大境界。《牡丹亭》的生死两界，则更
加自由随意，带有瓦肆勾栏的佻达韵致。而在西方二元论的思想体系，
却此是此，彼是彼，非此即彼，定要搞个一清二白。即便是产生于近代
的电影工业，其中的惊悚片，人鬼两界也是划分严格，不像中国的鬼故
事，界限相当模糊，只需要一两点条件，便可互通往来。

我想，理查德·霍奇森最后被老师西季维克说动，参加"灵魂与精
神研究学会"，不只是出于诗人的爱好幻想的浪漫天性，更可能是与生
俱来的唯物精神，要将未知变成已知。理查德·霍奇森接受西季维克的
委派，着手调查计划，第一步就是到印度孟买。印度是一个奇异的地
方，似乎天然与灵魂有涉，它对存在的观念比中国人更要广阔与宽泛。
在他们的世界里，有形无形，是没有边界的，任何的发生，哪怕只是一
个闪念，都是事实。所以，霍奇森去往印度就像是履行一个仪式，象征
着他从此踏上一条不归路，虽然这一次出行本身并没有什么收获。霍奇
森去孟买专为会见一位灵媒，布拉瓦斯基夫人，俄罗斯人，曾在西藏居
住，据称与喜马拉雅山的神有心灵沟通。听起来，她真是采灵异之气场
集大成，对于急切需要信仰的教众，这已经足够有说服力了，但到了霍
奇森这里，就没那么容易过关。结论很快出来了："彻头彻尾就是场骗
局！"

在这之前几十年里，就不断涌现灵媒问世：纽约州海德丝村的福克
斯姐妹；从爱丁堡移民到美国纽约的修姆；能用意念摆布家具物件，水
牛城的达文波特兄弟——为测试他们的超自然能力，哈佛大学调查团将
他们捆得结结实实，关在封闭的密室中，观察动静如何产生。这让人想
到魔术师哈里·霍迪尼，从锁链中脱逃。这一幕魔术十分悚然，似乎暗
示着幕后有着残酷的真相，比如脱臼之类的身体摧残。就在本书中，写
到达文波特兄弟中的一位，曾经向魔术师哈里·霍迪尼坦白所谓"特异

功能"里的机关，而霍迪尼推出从手铐中脱逃的表演，是在之后的1898年，两者间的关系就很难说了。总而言之，这些灵媒的命运大体差不多，先是被灵学研究者检验，检验的结果多是无果。我以为一方面因为他们自己无法掌控异能的显现，免不了就要弄虚作假，自毁信誉；另一方面也是无论真假，研究者都不知道下一步该把他们怎么办，又如何将研究进行下去，只能放任他们于江湖。其中有能耐如布拉瓦斯基夫人，建立起一套理论和组织系统，成为职业灵媒，而更普遍的下场是在杂耍班子里挣钱糊口。与此同时，降神会大量涌现，几乎成为社会时尚，降神会的副产品就是魔术，从中收获形式和内容的灵感，多出许多玩意儿。先前提到的达尔文进化论合作者华莱士，1875年在府上举行降神会，转瞬间客厅里鲜花怒放，我们知道，一直到今天，许多魔术是以百花盛开作一个繁荣的谢幕。上足当的霍奇森联手魔术师戴维，举行降神会，然后揭露实情，是企图用排除法来正本清源，以筛选出可靠的证据。而他内心已不再相信，其实他从来不曾真正相信过，会有非物质灵魂这东西的存在，参加调查研究，多半是看导师西季维克的面子。倘若不是遇到一个人，他也许终身都将坚持唯物论的世界观，这个人就是派普夫人。

1885这一年，关于灵学研究的事情有："美国灵魂与精神研究学会"成立；霍奇森与布拉瓦斯基夫人在孟买纠缠；"英国灵魂与精神研究学会"出现内讧，争端起源于灵派信徒和科学者之间，因此可以见出灵学研究实是走在刀刃上，稍不留意便滑到邪教门里去了。这一年，派普夫人二十六岁，她的通灵禀赋只在亲朋好友中间流传，当然，没有不透风的墙，有时候，人托人的，也会接待陌生人。这一日，来请求招魂的客人是威廉·詹姆斯的岳母，就这样，一位隐于坊间的灵媒与灵学研究接上了关系，由此而和务实肯干的理查德·霍奇森结下了称得上"永恒"意义的友谊。

直到两年之后的1887年，霍奇森受老师西季维克派遣，去到波士顿，帮助式微的"美国灵魂与精神研究学会"重整旗鼓，工作之一就是见派普夫人。他是本着打假的意图，打假并非颠覆灵学研究，而是为剔除伪灵学，扫清道路，使灵学健康发展。《猎魂者》将霍奇森与派普夫人交手写得又紧张又谐谑，非常戏剧性。通常灵媒都有一位导灵，如同中国民间社会里的神婆，也有地方称关亡婆，一旦入化境，就摇身一变，音容举止全成另一人。但在关亡婆，变成什么人都是随机的，也就是说，变成请灵者求见的那一位故人，然后与之对答，在英美灵媒，却是由专人承担这一角色。书中写道："派普夫人的'导灵'自称为法国人，名为菲纽特博士，生于1790年，卒于1860年。"派普夫人被菲纽特博士附上身后，立刻"从纤弱淑女变成粗鲁男人"。灵魂研究者大约费了不少工夫，去查证这位菲纽特博士究竟何方人士，结果一无所获。

初次接触，霍奇森被这个来历不明的家伙弄烦了，直指他就是个"假货"，菲纽特也火了，宣布再不和"这个男人"说话。但似乎双方都咽不下这口气，决定再来一个回合，所以，霍奇森又一次来到派普夫人府上，而菲纽特显然也是有备而来，他带来霍奇森已故表弟的口信。这一回，霍奇森从头到尾默默地坐在椅子上，显然受了震动。可是，还不够折服他，霍奇森并不就此罢休。他使出侦探破案的手段，对派普夫人严密监视。监视包括跟踪，检查来往信件，搜索社会关系。一个月的辛苦工作过去，事实证明了派普夫人的清白，却也激怒了派普夫人，深感受到侮辱。与那些出身底层的灵媒不同——灵媒们往往是在市井社会，生活贫贱，意识混沌，境遇又使得他们言行举止鄙俗粗陋，信誉度很低。而派普夫人却是在中产阶级，受过教育，具备良好的修养。事情就这么一波三折，也应了中国人一句老话：不打不相识，最终，他们还是结成一对合作伙伴。在派普夫人，她也很期待有人来帮助她解开这个谜，那就是她为什么会有这种古怪的禀赋。可以想象，这种禀赋并不是十分令人愉悦的，窥见那么多陌生人的私密，不仅惊惧，还很忧伤。

　　无论之前还是之后，灵学研究都曾经和将要遭遇形形色色的灵媒，可是没有一个具有派普夫人高超而且稳定的通灵能力，从某种方面说，也许正是派普夫人的教养帮助了这种特异功能的持久。她沉静，文雅，理性，实事求是，一点不神经质，而灵媒们免不了都是神经兮兮的。在对灵幻现象进行普查，几乎必定无疑会遭受挫败的过程中，因为有了派普夫人的存在，而鼓舞起沮丧的心情。无论有多少骗局，将通往幽冥的道路阻隔，可是，派普夫人让人相信，终还有一条通道，传来那渺渺世界的信息，游丝般的，一触即灭，若明若暗，若即若离，维系着和我们的联络。

<h2 style="text-align:center">三</h2>

　　灵魂与精神研究，在科学与伦理的动机之外，有没有其他的需要呢？不知事实如此，还是出于本书写作者个人的观念，我们从《猎魂者》中，还看见这项研究事业更被一种私人化的情感经验推动着，那就是亲人亡故的伤痛。近在身畔的人忽然间不在了，令人难以接受。他们究竟去了哪里？科学祛魅固然不错，可是，彻底的唯物主义者其实是面临更大的虚无。就好比霍奇森在派普夫人的导灵菲纽特博士口中得到了故人的消息，应该是会感到一些慰藉吧。这慰藉表明降神会也罢，通灵术也罢，并非完全无聊，除去满足庸人的猎奇心，一定程度上还是有着感情的需要。那一个无数生命去往的彼岸，究竟是一个什么样的空间？又与此岸保持如何的关系？是存在的一个巨大黑洞。倘若能有丝毫，哪怕丝毫的信息传来，就可让这边所谓"活着"的人——不是吗？倘若"死亡"不再是原有的概念，"活着"就不定是活着——所谓"活着"的人大约就可对"死亡"抱有比较乐观的态度。尤其是当宗教不再能够维系生死之间的连贯性，神学被实证科学揭开了神秘面纱，科学能不能继

续前行，突破壁垒，打开另一个通道，让人遥望彼岸呢？

前面说起过的埃德蒙·盖尼，"英国灵魂与精神研究学会"创建者之一，与费雷德里克·迈尔斯一同负责"灵异幻象"的那一位富家子弟，1873年，他的三个姐妹在尼罗河游船，发生意外溺水而亡，书中这么描写他的茫然："关于生命之有限，科学家们给出了精确无比的定论，但他不知道他们是否弄错了。"

1876年，费雷德里克·迈尔斯深爱的安妮·马歇尔沉湖自杀。她本是迈尔斯的表嫂，当表兄罹患精神疾病送入医院，迈尔斯一边为表兄寻医求药，一边安抚表嫂，他的努力付出没有奏效，却坠入情网，深陷不可自拔。之后的岁月里，他恋爱结婚，生儿育女，但从来不曾忘记安妮。为了与冥界的安妮联络，他见过无数灵媒，结果总归是真假难辨，有失望有鼓舞，直到将临20世纪之际，他遇到一位新灵媒，英国的汤普森太太，她给迈尔斯带来了一个幽灵，"简直明亮得像上帝"。与汤普森太太的导灵"小耐丽"的谈话，迈尔斯没有纳入调查的记录，这是属他个人的隐私，他独自占有了。但他公布说，汤普森太太给了他一份预言，那就是20世纪过后，他将与安妮聚首。

1885年，威廉·詹姆斯的小儿子小赫姆，一岁半，感染了母亲的猩红热与百日咳，夭折了。前面说到威廉·詹姆斯的岳母去见派普夫人，就是为了这个可怜的小外孙。对这转瞬即逝的至亲骨肉，威廉·詹姆斯无以寄托哀恸，他给亲友的信中写道："他应该还有一次机会可以活得更好，肯定就是现在了。"其实是以来世的想象来说服自己，接受伤心的现实。在此，这位哈佛大学的哲学教授与中国民间的生死观简直不谋而合。对于早逝的孩子，人们通常会这样劝解自己和他人，那就是：他是来骗骗你的啊！意思是别当真了。《红楼梦》高鹗的续书中，最后一回里贾宝玉科考后弃家而去，父亲贾政说道："岂知宝玉是下凡历劫的，竟哄了老太太十九年！"高鹗的续书不可与曹雪芹同日而语，粗糙许多，处处可见村俚乡俗，这话想也是从坊间得来。在中国知识阶层，没有严格意义的宗教，而古老偏远的乡村社会，自会生出慰藉精神的法则，难免是鄙陋的，但基本路数却与宗教接近，承认灵魂与肉体的相对关系。威廉·詹姆斯的思想追索，在很多处与中国人殊途同归，他毕十二年时间精力完成的《心理学原理》，依《猎魂者》所介绍："他甚而进一步提出更具风险性的假设，提出人际关系组合的另一种可能性，即超出人眼可看到的物质现实局限而形成的另一种人际关系。"这就极近似于"缘"的说法了。

1888年，埃德蒙·盖尼前往调查一幢著名的"鬼屋"，在酒店客房里猝死。死因迷离，有一种猜测，是过量服用帮助睡眠的氯仿。他的妻子答谢朋友们的吊唁，信上写道："他现在会比生前更快乐……我觉得，要是我从未听说过'灵魂不朽'的说法，现在我也会相信他并未消失……"话语中很微妙地表示了讥诮，还透露出他们并不是一对亲密的夫妇。盖尼心思不在俗世的生活，他就好像是他著作的名字——《生者的幻影》。现在，他终于到了朝思暮想的冥界，会不会传来一些消息呢？他可说是一位先驱者，在他之后，还会有同道者继往开来，那将是本书《猎魂者》中最激动人心的章节。

1892年，威廉·詹姆斯的考验又一次来临，他的小妹妹爱丽丝患癌症去世。辞世前，爱丽丝对灵魂学说表现出极大的反感，她对威廉哥哥说："我希望，那个讨人厌的派普夫人别口不择言地拿我不设防的灵魂说事。"要等灵学来克服死亡恐惧还远着呢！

同一年里，理查德·霍奇森的好朋友，哲学系学生乔治·佩鲁，在纽约中央公园坠马身亡，年仅三十二岁。生前，他与霍奇森争论有无灵界存在，说道，倘若真有那个世界，而他又早一步离开人世，他一定会现身，来为灵学研究作证。只有年轻人才会百无禁忌，口无遮拦，说出这种不吉利的玩笑，因没有领教过命运的不测。而这一回，正巧或者正不巧，一语成谶。

距离乔治·佩鲁去世五个星期，派普夫人徘徊于灵肉之间的呓语中，忽然出现一个新的声音，道出"乔治·佩鲁"这名字。就是从此刻开始，导灵菲纽特博士销声匿迹，取而代之以G.P.——霍奇森为这个新人格起的名字，用乔治·佩鲁姓名的首字母——G.P.希望用自动书写来沟通，于是，派普夫人手中的铅笔便在纸上移动起来。霍奇森最大限度地调动人事资源，甄别检验G.P.是否真的是乔治·佩鲁的灵魂，比如请来他的亲友与他对话，也夹杂着陌生人，类似警局请目击证人认人。一些极其私密的细节从派普夫人的铅笔尖流淌出来，举座皆惊，没错，就是他！测试引起的狂乱平息下来，G.P.进入宁静的交谈。我并不介意《猎魂者》记叙所根据材料的客观程度，我只是为它所描述的景象动容，即便是在一个多方合作的虚拟之下所产生——当通灵会已经制造如许繁复的骗局，又有如许不可思议的魔术诞生，还有什么是人力不逮的呢？那生者与死者的遥相远望依然透露出无限的哀伤与欣悦，对话是这样的——

G.P.通过派普夫人的书写说道："一开始我什么都分辨不清。黎明前最黑暗的时刻，你知道的，吉姆。"在座的名叫吉姆的朋友问："你发现自己还活着，难道不惊异吗？"G.P.说："惊异极了。这大大超出了能够解释得通的能力。现在，我已经完全弄明白了，好比在太阳底下看清一切。"

从冥界终于传来合作的声音，要与这物质世界联起手，建立起实证与信仰之间的桥梁。当20世纪即将来临的时候，那一个英国灵媒汤普森太太，她的导灵，多年前失踪的女儿，小姑娘耐丽，曾经预言新世纪的拂晓过后，迈尔斯会与安妮重逢。这一句灵媒之言可视为隐喻，那就是跨入20世纪之后，事情会发生本质性的转变。被预言跨过冥河去往灵界的迈尔斯举步之前，1900年8月28日，西季维克先行一步，去世了。第二年，1901年1月17日，迈尔斯死于肺炎引起的窒息，留下一份残稿，题目为《人类性格与其肉体死亡后的存活》，由霍奇森接手，但是看起来，却更像是迈尔斯以自身的实践来完成这部论述。埃德蒙·盖尼早在1888年6月23日亡故。至此，灵异研究的排头兵全部故去，又好像是一次集合，集合起来探涉那个未知的世界。这边的人等待他们传递来消息。有了G.P.的来临，这份期望不再是荒诞不经，异想天开了。

然而事情却似乎走向了下坡路，1905年早春，派普夫人的丈夫去世，由于伤心还是另有说不明的原因，比如磁场改变，派普夫人的通灵能力下降了。G.P.甚至预言派普夫人客厅里温馨的聚会时日不长了，就好比中国人的古话，千里长席没有不散的时候。然后，这年的深秋，有一晚，理查德·霍奇森望着满天寒星，说道："有时候，我都等不及想到那边去。"不幸的是，又一次一语成谶。12月20日，霍奇森在手球比赛场心脏病突发。就在这一天夜里，派普夫人平静的梦中闯入一个男人，酷似霍奇森，独自走入一条隧道的入口。

霍奇森与派普夫人长年合作，已成为心神相通的朋友，他们之间应该有着较为畅通的桥梁，果然，他来了！派普夫人的铅笔写下这样的字句："能来我真开心，但太艰难了。我明白了，为什么迈尔斯很少出来。我必须走了。我待不下来……"真是伤心啊！那是个什么样的世界，有着什么样的秩序，人还是不是原来那个人，事还是不是原来那个事！盖尼、西季维克、迈尔斯，现在又加上霍奇森，他们前赴后继，涉向空虚茫然之中，攫取无形的真相。

在那个世界里，事物是否还保持原有的形态？就像诺拉·西季维克夫人，"英国灵魂与精神研究学会"的开创元老之一，她出于正统科学严格的本能与训练，第一个提出，为什么会有穿衣服的鬼魂？这问题乍听来很荒唐，细究却颇有意味。假如我们都能接受，如书中所说"鬼魂代表的是一个亡者之灵，或曰精神能量"，那么，如何解释衣服这样的身外之物却能够一成不变地显现，在那虚空境界中，它们持有着什么样的能量呢？诺拉因是负责调查鬼魂，她首先需要甄别鬼魂事实的客观性，而穿衣服的鬼魂更像是一种想当然，或者说接受了生活经验暗示的错觉。就好像要帮助回答诺拉这个疑问，逝去的人们开始发出信号。

玛格丽特·福润夫人，丈夫是剑桥的哲学教授，本人则在另一所学院任古典文学教员，和西季维克、迈尔斯夫妇交往甚密，耳濡目染，受到灵魂研究吸引，朋友去世之后，便生出要与冥界联系的念头。她独自练习"自动书写"，三个月来，在胡涂乱抹的希腊语和拉丁语之中，忽然出现了"迈尔斯"的字样。福润夫妇的女儿海伦，也在练习"自动书写"，她的笔下也奇异地出现同样的字句。此时，远在美国波士顿的派普夫人，并没有受过希腊语和拉丁语的教育，使用英语"自动书写"，但是内容竟然与英国这一对素昧平生的母女交叠互通。于是，交叉通讯浮出水面。更重要的是，在交叉通讯的实验中，灵媒表现出高于自身的智慧和教育，比如，派普夫人的导灵，又是一个新人格，教区长，接受拉丁语的指令在纸上画下图式，这是一个新成就，它从某种方面提供了灵魂存在的证明。

交叉通讯的范围继续扩大着，就好像人世间藏匿着一个信息辐射的网络。这一日，"英国灵魂与精神研究学会"收到印度的来信，写自一位名叫爱丽丝·吉卜林·佛莱明的女性之手，是著名作家拉迪亚德·吉卜林的妹妹。信中说，她自觉具有通灵的特质，读过迈尔斯的，由霍奇森最后完成的书《人类性格与其肉体死亡后的存活》，因不想让人以为荒唐，一直保守着秘密，但是近来却有一些事情令她困惑，按捺不下。在某一日的自动书写中，那些潦草无序的笔迹联系成相当具体的指示，其中有"迈尔斯"的名字，极为神奇的，让她把信寄给剑桥的福润夫人。佛莱明夫人并不认识福润夫人，但她自动书写描绘的福润夫人的客厅就好像她是一位常客……鬼魂究竟穿不穿衣服暂且难说，可是有一点，在那个与此界不同质的空间里，它们似乎是摆脱了生前的某些束缚。它们的行为脱离了原先的轨迹，留给人们漂移的印象。它们漂移地寻找前一世的遗踪，令我想起香港作家李碧华的小说《胭脂扣》，鬼魂如花到世间寻找爱人十三少，找到第五天上，渐渐绝望，她说："一望无际都是人"，何等凄凉！《猎魂者》中的灵学研究者，却终于联络上了，在那些降神会上——"私下开的玩笑，亲密时分的细节，尴尬的回忆……"又是何等的亲切，慰藉着饱受丧失痛楚的心。倘若灵魂真的存在，我们对生死聚离的感受大都会不同，生命不再是有限与间断的，幸福的观念也许有所改变。

然而，交叉通讯的实验是相当危险的，因为不需要现存条件的制约，无限地扩大范围，更加难以取证，连同已经受到考虑的事实都变得脆弱起来。派普夫人又一次受到主流科学界严苛检测，主持检测的是美国克拉克大学校长斯坦利·霍尔，是灵魂研究公开反对者。检测的结论是：第二人格症。斯坦利·霍尔校长的助手艾米·坦纳，出版了新书《对灵学的研究》，则是从现代心理学及社会学的方法，详细分析派普夫人双重人格形成的原因。可能是因为女性富于幻想的天性，她还是为派普夫人的异能留下一条出路，那就是，超能力也许会受疾病与年岁的影响增强或者减弱。

19世纪80年代，盖尼和迈尔斯搜集问卷，经过筛选甄别，汇编超自然事件，因工作巨大，中途招募了第三位合作者，牛津大学研究生弗兰克·鲍德莫，共同完成这本奇书《生者的幻影》，于1886年出版。1887年1月，威廉·詹姆斯所写的评论发表在主流科学期刊《科学》杂志上，无论它受到了多么强烈的指摘与讥诮，但是回想起来，却可说是超自然研究的全盛时代。风华正茂的科学、哲学精英，积极昂扬地工作着，未知世界初露端倪，好比雾里看花，云中探月，待到云消雾散，反倒什么也看不见了。埃德蒙·盖尼和迈尔斯先后去世，1910年8月19

日，弗兰克·鲍德莫溺毙在湖水中。要说，《生者的幻影》三位作者的死亡都有些诡异，好像染了他们投身的事业的魅影。

"英国灵魂与精神研究学会"的新任主席，西季维克的遗孀诺拉·西季维克，不再像过去那样勇往直前，并不是说她要放弃什么，而是她重申了谨慎与严格的原则，强调学会工作应当服从科学研究程序的定义和操作。

最可信的灵媒派普夫人在斯坦利·霍尔校长几近折磨与侮辱的测试之后，正式宣布退休。

……

就在弗兰克·鲍德莫溺毙之后一周，1910年8月26日，威廉·詹姆斯去世了。顿时，小道消息满天飞，四处都是威廉·詹姆斯亡灵显现的传闻。其中，某位灵媒的降神会上送来一个口信，听起来，与威廉·詹姆斯的精神相当接近，它说的是："我很平静，平静——无论是我还是全人类。我意识到有一轮新生命，远远高于在我身为尘世凡人时所能料想到的一切。"当然，更可能是一位熟读过詹姆斯理论的崇拜者的杜撰。波士顿联众教堂的牧师宣称他感受到詹姆斯亡灵的接触，引起"灵魂的震颤"。这似乎又与威廉·詹姆斯的世界观颇不一致，他以终身而不懈投入灵魂的研究，前提是他放弃有神论的传统宗教观念，因此很难解释他在身后去拜访一位牧师的行为。事情的结尾多少有点荒唐，是由《纽约时报》向爱迪生求教，此时，爱迪生正攻克一个新课题，就是让无声电影变成有声电影。至此，已经非常像王尔德的鬼故事，《坎特维尔鬼魂》，美国人用平克顿牌去污剂擦拭鬼魅的千年血迹。但爱迪生最后的回答又使尾声一幕回到正剧上来，他说："我们的生命太有限，无法理解一切。至今，我们还不能掌握那真正宏大的奥妙。"看起来，科学尽管严格遵守已知世界的法则，但对未知的世界依然抱着敬畏的态度。它有一句说一句，对不曾证实存在的，且不敢轻举妄论，而文学，尤其是小说，则欣然接过手去。

<h2 style="text-align:center">四</h2>

《猎魂者》第九章，名为"灵魂存放地"，写到威廉·詹姆斯的兄弟亨利·詹姆斯，于1898年出版小说《螺丝在拧紧》，故事来源于亨利·西季维克的表兄爱德华·怀特·本森府上的"幽灵之夜"。这位表亲身为坎特伯雷大主教，却酷爱鬼故事，以此来看，那时候的宗教已经呈露罅隙。大主教家的故事会上，来宾们一个接一个地讲述关于鬼魂的传说。这种消遣一定来自民间，不过是从老奶奶的炉灶边移到了书房里。阿加莎·克里斯蒂笔下的马普尔小姐，所在的英国乡间小镇，也有一个"星期二晚间俱乐部"，与大主教的"幽灵之夜"路数差不多，区别只是"俱乐部"会员的神秘故事，结尾多是以刑事案件的方式给出了现实的答案。很难考证《螺丝在拧紧》与"幽灵之夜"的直接关系，但亨利·詹姆斯参加过本森的故事会是不争的事实，而且，小说的开头是人们围坐在火炉边讲鬼故事，那情景很像是对"幽灵之夜"的摹写。《螺丝在拧紧》在文学史上，当归类于浪漫主义派系里的哥特小说，"哥特小说"的命名起源于1764年，贺拉斯·瓦尔浦尔的小说《奥特朗托城堡》，副标题为"一个哥特故事"，是借中世纪建筑风格而暗示压抑恐怖的情节构成。但在这里，我宁可认为《螺丝在拧紧》来自超自然研究的影响。你想，亨利的哥哥威廉正从事这一门，亨利自己在伦敦，埃德蒙·盖尼就是他的老熟人，由盖尼牵头的哲学家俱乐部"八人谈"，我想他也曾去过旁听，这帮研究者苦思冥想的，如这一章的题目所说"灵魂存放地"的问题，免不了的，同样困扰着他——科学无法认证有还是没有，倘若有，又是如何的境地？而虚构是自由的，小说不必为现实负责，它可以使灵异学合法化。更重要的是，"灵魂"本来就是小说描写的核心。假定肉体死亡后，灵魂依然活着，便拓开了永恒的空间，小说

所向往的，不就是永恒性的乌托邦吗？如此这般，写实性格的小说不仅在哲学意义，也在材料供给上，都从灵异研究里汲取了可能性。我想，大约这也是鬼故事吸引某一类小说家的原因。写鬼故事的作家其实和不写鬼故事的作家同样，决不会忽略客观存在的秩序，比如亨利·詹姆斯，他并没有因为虚构的现实豁免权而放纵自己为灵魂建构一个更为具体的存放地，《螺丝在拧紧》中的鬼魂，依然服从着从科学出发，即使是灵异科学的限制，它们踪迹模糊，出入无定，不知所向。

《螺丝在拧紧》写一个年轻的家庭女教师，接到聘任，来到偏僻乡间的大宅子里就职，所遭遇的故事。故事的结构使人想到早于五十年诞生的《简·爱》，也许那个时代正统社会的女性只有担任家庭教师，才有机会发生奇情故事，于是就形成了套路。这一位家庭教师和简·爱一样，在东家的宅第里撞上一系列诡异的迹象，和简·爱不同的是，这些迹象看上去要平静得多，也因此暗示出更危险的隐秘。没有夜半的号叫惨笑，没有伫立于床前的怪影，没有紧闭的阁楼、形貌古怪的女仆人、兀自点燃的蜡烛……相反，一切都是美好的，明媚的风景，轩朗的厅堂，小主人，也就是她的学生，乖巧和顺，在这和悦的表面之下却潜藏着一种不安：被寄宿学校退学的小男孩，一去不复返的前任女教师，从不露面的男主人……阴森可怖的气氛就在安宁中酝酿积累，终至显山显水。彼得·昆特，主人的已故男仆出场了；再接着，杰塞尔小姐，那个死去的前女教师也出场了——故事在这里与《简·爱》分道扬镳，循着鬼魂的轨迹，走入灵异小说。如先前说的，它们的活动都是有限制的，彼得·昆特总是只有上半身，下半身或者遥远地挡在塔楼的箭垛后面，要不就是挡在窗台外面；杰塞尔小姐则是在池塘的对面。偶尔，它们也会进入室内，但也总是离开一段距离，或者隔一面玻璃。显然，它们并不因为是鬼魂就行动自由，无所不至，而是只能在一定程度上涉入这一个世界。那时候的鬼魂要比后来的吸血僵尸一类守规矩许多，因此也优雅许多。是时代的缘故，作者和读者的胃口都撑大了，难免粗糙，还可能是作者亨利·詹姆斯目睹哥哥和朋友们所进行的灵魂实验，举步维艰，超自然现象扑朔迷离，难以捕捉，使得笔下的鬼魂有了谨慎的态度，不敢过于造次。也或许因为亨利·詹姆斯体察到哥哥研究工作里的情感动因：那些逝去的人究竟去了哪里？难道我们真的再也不能聚首了吗？他故事里的人和鬼都透露出一种难言的哀伤。年轻的女教师渐渐发现她与小主人之间的隔阂，那是以周全的礼貌与教养体现出来的，他们是和她周旋呢！事实上，他们与死者守着默契，谁也介入不了。说服与训导无能为力，阻止不了孩子们与旧人伺机交往。那两个孩子日益显出孤独的面目，在惊悚小说中，凡被死灵魂吸引的人全都有一种孤独的面目，是这类小说中最动人的情感。故事的结尾在我看起来，略微有些扫兴，小男孩迈尔斯——奇怪，男孩为什么叫"迈尔斯"，和"费雷德里克·迈尔斯"有关系吗？当然，"迈尔斯"是一个相当普遍的名字，最后，小男孩迈尔斯被鬼魂摄走，在女教师怀里留下他的没有生命的肉体。对于一个鬼魂故事，不免是太过具象了，可是不这样，又怎么办？故事总是要有个结尾的，而虚无缥缈的鬼魂又究竟能往哪里归宿呢？惊悚小说的结尾确实很难办，不了了之是小说家渎职，一旦落实却又失了余韵。

曾经读过一本比较新近的美国惊悚小说，《窗户上的那张脸》，与此类型小说差不多，不外是异域的老旅馆，发生过不为人知的事故，亡灵出没。这通常的套路里，却散布着一股极度抑郁的情绪。那小鬼魅越来越攫住客人的心，他渐渐与家人疏远，再也离不开这房间了。情节过渡到一个现代的幽闭的故事，但幽闭之中却是阴阳两界，住不得，往不得，无限绝望。客人与鬼魂厮磨良多日子，最终也没展现那一界的景象，永远地隐匿在不可知的冥想深处。即便是灵异小说，似乎也严格遵守着实证科学的约定，不逾雷池。知道就是知道，不知道就是不知道。

美国电影《第六感》，情节是在阴阳两界之间展开，最后，世间纠葛终于厘清，人鬼情了，那一大一小两个鬼魂相携相伴走在去往彼岸的路上，年龄和阶级的差异全都消弭了，很使人动容。可是，到底也没让观众看见那一岸的情形。

前面已经说过中国人的灵活性，这灵活性一定程度上缓解了生死暌违的痛楚，可能有些佻达，但却不乏意境，有一种抒情性。我很欣赏中国民间社会，对那一个世界的假想，既朴素又相当开放。在这里，人们常以转世投胎来解释生与死的交割，而转世投胎又并不是生命的单一延续，而是从一物为另一物。最著名的如"梁祝"神话的"化蝶"；《孔雀东南飞》的连理枝、鸳鸯鸟；《聊斋志异》更比比皆是，或为蚁穴，或者狐蛇……在这些传说背后也许是老庄的哲学，物物相通，天地贯彻，是从玄思而起，到玄思而止，离科学远，却与文学的本质接近。我以为《聊斋志异》里"王六郎"的故事，可说是对"灵魂存放地"中国式的完整表达。故事说的是渔人夜晚撒网，一人独坐小酌，酒香引来了美少年王六郎，渔人便邀他入座，从此两人常在夜晚河边对饮，结成好友。王六郎其实是个新鬼，因贪杯醉酒，失足堕河身亡。不久，王六郎做鬼满了期限，得以投胎，两人高高兴兴地告别。不料，代他做落水鬼的却是一个女人，怀抱嗷嗷待哺的婴儿，王六郎生出恻隐之心，放弃了这投胎机会，女人从水中挣扎而起，王六郎则继续同渔人夜饮。又过些时候，上天褒奖他有德行，纳王六郎入仙籍，为远地一镇的土地神。王六郎专来向渔人告别，嘱咐千万要去辖地探望，捕鱼人疑虑："神人路隔"，如何相逢？王六郎则一味要求。分别之后，捕鱼人日益思念心切，决定前往。一旦进入地界，只见男女老幼蜂拥而至，家家留宿，户户请饭，说是土地神有托梦，百般叮咛盛情款待，将回报以五谷丰登。告辞回乡路上，旋风平地起来，缭绕脚下，随行十余里，那就是王六郎在相送。多么美妙啊！《红楼梦》是这境界的最高级，三生石畔绛珠草，受赤瑕宫神瑛侍者的甘露浇灌，为报滴水之恩，决定陪伴下凡做人，"但把我一生所有的眼泪还他，也偿还得过他了。"于是，演绎了宝黛之爱情。到了高鹗的后四十回里，这境界就又变得村俗了。黛玉死后，宝玉等她托梦，独眠一夜无所得，叹气吟了两句白居易的《长恨歌》："悠悠生死别经年，魂魄不曾入梦来"，将这木石前盟的仙气扫荡一空，余下的就只是男欢女爱。我经常猜测，倘若曹雪芹写完《红楼梦》，那绛珠草与神瑛侍者会不会在三生石上重逢，经历了红尘一场故事，之间的宿债是了还是未了，他们又是不是原先的他们？如今一切隐匿于幽冥之中，真可谓天机不可泄露。三生石在中国文学里，大约可充当得"灵魂存放地"，有了这地方，事情就变得不那么哀绝，有前缘，又有来世，生命可经久绵延，生生不息。但其实还是与物质无关，全是在精神层面，是生命美学，不能用作解释客观世界。对于中国人的思想，是足够用的了，我们习惯于接受未知事物，多少是为回避虚无主义，于是绕道而行。但在物理学基础上建立起来的西方世界观，却远远不能满足坐而论道，他们就是抱定耳闻为虚，眼见为实。

最近，读到一本日本前辈作家远藤周作的小说《深河》，作者介绍中说，远藤周作为"日本信仰文学的先驱"。"信仰文学"这个概念对我们很陌生，不知道内容究竟是什么，或者是指宗教的意思？因为介绍中又说，作者"出生于东京一个天主教家庭，十岁时接受洗礼，深受天主教思想的影响"。想来，科学与神学对峙而后又和解的过程，也会影响到近代亚洲的天主教传播。小说《深河》是一本奇异的著作，它在西方科学主义的立场上发展情节，却终结于东方神秘哲学。倘若与作者的背景联系，猜想远藤周作先生大约也是对灵异研究有兴趣的吧。

故事从妻子病危开场，丈夫矶边绝望地看着妻子渐渐远离，一无所措。当诀别的时刻来临，矶边发现平素感情并非十分亲昵的妻子竟然于他无比重要，难以接受丧失之苦，陷入痛苦不能自拔。妻子临终前断续说出一句话："我一定会转世，在这世界的某处。我们约好，一定要找到我！"这一句梦呓般的爱情誓言一直萦绕在矶边心头。偶然间，他了解到美国弗吉尼亚大学医学院精神科人格研究室正进行死后生存的调查，多半是出于排遣苦闷的心情，他给那个机构写信。若干日子过去，研究室真的回信了，告知在他们搜集到转世的案例里，唯有一件与日本有关。但那是早在多年前了，出生于缅甸乡村的少女，四岁时声称自己前世是日本人，战争中是一名列兵，曾经遭遇飞机轰炸，被机上机枪击中而死亡，她时常说要回日本，自语着一些谁也听不懂的话。听起来挺离谱，但矶边先生却认真地拜托继续查找。经过一段时间的收集与核对，弗吉尼亚大学研究室又得到一个案例，看起来比较接近矶边太太转世的条件。那是在北印度卡姆罗治村的小女孩，自称前世是日本人，其他资料未详，但因矶边先生的急切心情，还是提供了这个简单的讯息。于是，矶边踏上了印度之旅。这真是一个大胆的举措，以如此写实的情节将怎样来处理这虚妄的悬念？转世投胎的说法虽然由来已久，长盛不衰，但多是神话志异，在小说的写作，亦是奇情，比如李碧华的小说——我以为李碧华在小说家中是个另类，她天生异禀，能将世外的人事拉入世内，又将世内推到世外，但前提是假设，假设两界存在并且互往，无论写作还是阅读都需承认这前提，建立起信任感，于是顺利进行。而在《深河》，则让人担心疑虑，因整体是具象的，全是由现实的材料砌成，严丝密缝，从哪里破开缺口，好向空茫出发？这一上路会有什么样的命运呢？叙述始终在严肃的态度中进行，不敢称它为荒唐，那简直是亵渎矶边先生对亡妻的心情了。

矶边先生前往的那一个地方大有考究，印度。《猎魂者》中，澳大利亚出生的剑桥哲学系学生理查德·霍奇森，接受"英国灵魂与精神研究学会"第一份任务，就是到印度孟买调查灵异事件。诺拉的助手爱丽丝收到的那封怪信，声称"迈尔斯"要与剑桥的福润夫人联系，那信也寄自于印度的一位佛莱明太太。印度，在我们有限的认识中是那样一个深不可测的地方，爱·摹·福斯特的小说《印度之行》中，那山洞里究竟发生了什么，几乎将成为千古之谜。当然，这些印度图像多是得之于西方人的眼睛，在印度本土，也许一切都是平常自然。读过几本印度作家的小说，倒也未见得有什么奇突的事情发生。但泰戈尔的诗句，却透露出一种别样的世界观，无论是与西方理性主义，还是与中国的儒或是道都大相径庭。《吉檀迦利》中，比如"旅客在每一个生人门口敲叩，才能敲叩到自己的家门"；比如"被我用我的名字囚禁起来的那个人"；比如"我不知道从久远的什么时候，你就一直走近来迎接我"；比如"那使生和死两个孪生兄弟，在广大的世界上跳舞的快乐"；比如"当我想到我的时间的终点，时间的隔栏便破裂了"……"我"和"你"，"生"和"死"，"终点"和"隔栏"，在相对中相生，没什么是绝对规定的，还是以总量计，不以个体为单位，呈现出弥漫遍布的状态。所以，我想，远藤周作将矶边的寻找带入印度，是有用心的。

矶边先生所要寻找的女孩，所在卡姆罗治村，正是在孟买的恒河附近——作者始终没有放弃写实主义的笔法，凡事都保持现实生活的面目，充满琐细的日常细节：加入旅行团，行程中结伴，宿寐起居，旧识新交而思故……就这样越来越接近那个转世所在的村庄，很难想象水落石出的景象，于是，这景象就越加让人渴望。叙述依然不疾不徐地进行，并不见得直取目的地的迫切，却也没有迹象是要规避结果，不兑现向读者的承诺。寻访循序渐进，矶边先生终于搭上出租车，怀着对妻子的思念，向那个素昧平生的村庄去了。炎热中的贫瘠令人心惊，矶边先生心生抑郁，迎面而来乞讨的孩子，浑身赤裸，饥饿得失神，抢着将手伸到眼前，哪一个会是妻子的转世呢？倘若真的是，又将如何呢？一切依然不显得荒诞，而是格外严肃——"矶边尝到了类似人生道路上失败的那种悲伤"。事情再怎么继续下去？远藤周作先生真是执着，他不让矶边就此掉头，而是接受出租车司机推荐，去找算命师，算命师给出又一条线索。依了指点，矶边走入嘈杂街市一家修车铺，得到的回应相当暧昧："一个掉了牙的老人指向道路深处，说'拉——兹——尼'。""拉兹尼"是弗吉尼亚大学研究室所提供的那小女孩的名字，在此却像是咒语，又像是谶言，不知暗示什么。绝望的矶边，在消沉的醉酒中走向恒河，呼喊："你到哪里去了！"恒河在印度教徒中被认为，通向更好的来世，要是相信它，妻子就不应当是这不幸命运中的一个。事情终是守住了现实主义的壁垒，但在矶边的故事，毕竟算不得完满，而是妥协的意思了。好在，之后还有数十页码，或许，还有机会峰回路转。

旅行进行，沿着恒河，一个码头接一个码头，尽是沐浴的人们，还有，火葬场。为什么要将火葬场建在河边，难道是方便于转世吗？不得而知。从小说中看，这火葬场似乎也成了观光景点之一。场面奇异而又残酷，人头攒动的游客中，抬尸的队伍，蜿蜒向焚尸炉走去。尸臭弥漫在滚烫的空气中，尸灰直接倾进河水，和着悼念的花朵，顺流而下。混乱杂沓之中，却有一条严格不逾的戒律，那就是不许照相。这意味什么？是不是意味死亡有着不可涉足的密约，千万，千万不要偷窥？这一条戒律，在后来爆发的冲突中得到特别强调，哲学的抽象性也由此外在成具体情节，平衡故事的全局。现在，矶边先生的寻找有了答案，逝者的去向，也终于被安置，安置在郑重的遮蔽之下。

五

加拿大著名女作家艾丽丝·门罗，有一篇小说名叫《法力》，写的是一位先天生有特异功能的女性泰莎，她可以隔着衣服看见对方兜里的钱包，以及钱包里的东西，她还能报告失踪者的踪迹。总之，她就是那类被称作有超感的人。在小说家的笔下，这超自然能力将被用作于什么样的虚构情节呢？泰莎爱上了。泰莎爱上的那个名叫奥利的男人，很难说是真正被泰莎的人格吸引。泰莎长相平平，甚至称不上匀称，穿着陈旧而且背时，缺乏女性的妩媚，虽然她自有一种从容镇定的风度，可这又并不能刺激人的情欲，所以，奥利更可能是迷上了泰莎的特异功能。奥利是一个异想天开的人，而且，野心勃勃，期待做一番惊人的事业，却不知从哪里着手。我想，奥利说是从事灵魂研究，充其量不过是业余爱好者，对这一门科学的认识仅止于道听途说，泰莎显然是一个极难得的标本，于是，如获至宝。从此，泰莎便步入了灵异研究者的实验室，小说这样描写道："简直就是一间审讯室，泰莎每回出来都像给挤干了似的。"泰莎一定是出于爱情才能够那么顺从，随奥利摆布，到东到西，走进各式各样的"审讯室"，贡献她的耐心和尊严，接受考验，力图得到研究者的满意，好为支持奥利的论述提供实证。可是，就像《猎魂者》里描绘过的超感者，他们的异能很难经得起追根究底，大多是被科学抛弃。也同样，泰莎和奥利走上了街头，泰莎表演，奥利宣讲他的观点。他们不得不借用马戏团的场子，跟着跑码头，过上了江湖艺人的生活。事情离奥利的期望越来越远，而泰莎的能力也变得越来越可疑，不知是使用过度，磨损尽了，还是本来就不存在，只是被世人渲染夸张的。总之，这样的生活似乎到了该结束的时候，怎么办？奥利将泰莎送入了精神病院。最耐人寻味的一节到了，那就是，当奥利口袋里揣着与医院签署好的书面材料，和泰莎拥抱告别的时候，他不安地想到：泰莎的法力究竟有还是没有？她若是看得见他上衣口袋里的文件，以及文件的内容，他立刻将文件销毁，就像没发生过这件事一样。可是，泰莎什么都没说，什么也没问，驯顺地由着奥利送她去那个"可以让她休息一阵子的地方"，然后放下她，一去不回。也许泰莎真的完全丧失了法力，抑或是，她的法力更强了，能够穿透衣服、口袋、文件、肉体，看到奥利的内心，看出她的爱人是想摆脱她，回到自由的生活里去。于是她无怨无艾，在那地处偏僻的精神病院里，度着被囚禁的余生。泰莎的特异功能在此担负起爱情的至深的理性，成为普遍人性中的超自然。小说家的手才具有着真正的法力，既能够化腐朽为神奇，又能够化神奇为常态。

倘若将小说还原成素材，显然，泰莎就是《猎魂者》里众多灵媒的一个，他们都走过了差不多的历程。先是能力超拔，神迹连连；接着是衰减，不得不以骗术替代；然后被揭穿，遭到唾弃，于是漂泊江湖；最后销声匿迹，不知所终。然而，就当他们完全退出视野之后，偶尔地，却又会显现出异禀。那一对最早吸引眼球的福克斯姐妹，童年时能够与鬼魂沟通，从老房子的地窖里，寻出多年前被杀害的尸首，一时辉煌之后是困窘潦倒的一生，两人的晚年都是贫病交加，相继在五十多岁的年纪去世。1893年，姐妹中的一个死了有三年，另一个也快不行了，奄奄一息中，忽然向守在身边的邻居女人要了纸笔，胡乱写下足有二十几页文字。邻居女人发现写的全是她的一生，她从未向这个萍水相逢的邻里谈过自己的生活，更让人吃惊的是，文字中反复提到一封遗书，是邻居女人的母亲留下的，藏在某人的书桌抽屉里，能证明情况属实。也许，她们，以及那些被认为是骗子和魔术师的灵媒，真是具有超自然的能力，可是，事情似乎是，越要证明越是漏洞百出，到底也不知道真相是什么。

我不禁想起上世纪80年代前后，中国出现一位能用耳朵认字的少年，之后，掀起一波热潮，对超自然能力的好奇心席卷全国。那时候资讯不发达，长年耳目蒙塞，不晓得世界上有多少学科，又是在如何发展，我们只能在有限的范围内搜索材料，进行见证。当时我所工作的《儿童时代》杂志，开设科普知识栏目，也对此事件投向关注。有一日，我们从南市区某小学请来一伙小学生，大约有六名还是七名，据称，他们都能够不用视力而用身体辨识字样或图样。那是一个冬天的阴霾很重的下午，杂志社内的编辑，还有社外听闻而来一探究竟的人们，将孩子们围得严严实实。他们将写上字和画上东西的字条折起来，掖在棉袄底下，坐在桌子边，一动不动，任凭时间过去。似乎并没有显著的奇迹发生，多数孩子声称累了，有一两个说出来却又不全对，这场检测不了了之。大家却并没有感到太大的失望，因为相信，如此划时代的奇迹不是平凡如我辈有幸目睹的。事实上，这样的实验在一百多年的时间里不断地重复着，却还没有划下时代的坐标。那些闪烁的奇相，其实一直没有彻底冥灭过，时不时地，就会冒出头来，这里或是那里，这样或者那样。

科学继续在实证的道路上进步，越来越多种物质从无形中提炼出有形。1884年，奥地利精神病学家，著名的西格蒙德·弗洛伊德出版论文《对可卡因的研究》，致幻麻醉品制造出相当客观的兴奋、快乐，甚至"不朽"的灵光闪现；"潜意识"的理论从意念传递的实验中浮出水面；心理疗法在奠定正统科学中的合法地位；催眠术的临床应用悄然扩大着范围；1890年，威廉·詹姆斯的《心理学原理》问世，提出精神、意念与肉体的关系；1896年，弗洛伊德第一次正式使用"精神病学"术语。进入20世纪以后，物质性有了更广义的体现：越洋电话的电波；双面灌录唱片的音频；照相机的成像；量子论；弗洛伊德再创建树，出版《梦的解析》；齐柏林飞船完成测试首航；物理学中电力、磁场、电流传动与隔绝；大气化学，氩气的发现获诺贝尔奖金；1909年，细菌学家发明治疗梅毒药剂；无线通信日臻成熟，一架小飞机飞越英格兰海峡，全活动的照片出现了，然后就有了"好莱坞"……一百年后的今天，看似平常的这些，当时却都是从无到有，从虚空茫然中浮出轮廓，灵魂依然飘忽不定，一伸手就是一个空。

当派普夫人与福润夫人建立交叉通讯，企图与往生者联络，自动书写与导媒共同努力，筛选出几个关键词：希冀，星星，布朗宁。然后，人们寻找到迈尔斯最爱的布朗宁诗歌，其中有一句："只找到了流离之星，并将其锁定。"同时，人们在猎魂者霍奇森遗留下的文件中，翻出一张纸片，上面写着一些单词，其中也有"星星"，还有"凝视"和"眼泪"。总是有星星在，那遥隔几亿光年的光明，看着人们，试图传递什么呢？

原载《十月》2012 年第 1 期

给小水的三封信

史铁生

孤　独

孤独不好，孤独意味着自我封闭和满足。孤独感却非坏事，它意味着希望敞开与沟通，是向往他者的动能。以我的经验看，想象力更强、艺术感觉更敏锐的人，青春期的孤独感尤其会强烈；原因是他对未来有着更丰富的描绘与期待。

记得我在中学期间，孤独感也很强烈，但自己不知其名，社会与家人也多漠视，便只有忍耐。其实连忍耐也不意识，但确乎是有些惶然的心情无以诉说。但随着年龄增长，不知自何日始，却已不再恐慌。很可能是因为，渐渐了解了社会的本来面目，并有了应对经验——但这是次要的，根本是在于逐渐建立起了信念——无论是对自己所做之事，还是对生活本身。

那时我还不像你，对学习有着足够的兴趣，只是被动地完成着功课。所以，课余常就不知该干什么。有时去去阅览室，胡乱翻翻而已。

美术老师倒挺看重我，去了几回美术组，还得到夸奖，却不知为什么后来也就不去。见别人兴致勃勃地去了田径队、军乐队、话剧队……心中颇有向往，但也不主动参加。申请参加，似乎是件不大好意思的事，但也不愿承认是不好意思，可到底是因为什么也不深问。然而心里的烦恼还在，于是，更多时候便只在清华园里转转。若有几个同学一块儿转还好，只是自己时，便觉心中、周围乃至阴云下或阳光里都是空空落落，于是很想回家。可真要回到家，又觉无聊，家人也不懂你，反为家人的无辜又添歉意。其实自己也不弄懂自己，虽终日似有所盼，但具体是什么也不清楚。

到了"文革"，先是害怕（因为出身），后是逍遥（实为无所事事），心情依旧。同学都在读闲书，并津津乐道，我便也跟着读一些，但对经典还不理解，对历史或单纯的故事又没兴趣，觉得生活好生地没头没脑。

那时我家住在林学院，见院里一些跟我差不多大的孩子在打篮球，很想参加进去，但就是不敢跟人家说"也算我一个"，深恐自己技不如人（其实也未必），便只旁观。人家以为我不会，也就没人邀请我。没人邀请，看一会儿我就回家了。时间一长，就更加不敢申请加入。甚至到食堂去买饭我都发怵。我妈让我先去买好，等她下班来一起吃，我却捏着饭票在食堂门前转，等她来了再一块去买。真不知是为什么，现在也不知道，完全是一种莫名的恐惧。

十六—十八岁，此状尤甚。记得我妈带着你妈——那时她才三四岁——到邻居家玩去了，喊我去，我也不去——可能是因为，觉得跟些妇女一块混很不体面。她们都以为我在读书，其实我是独自闲呆，在一间十几平方米的屋子里，一会儿坐，一会儿卧，一会儿想入非非，一会儿茫然张望窗外；仍不知这是怎么回事。烦恼，不过是后来的总结，当时也就那么稀里糊涂地过。

现在回想，我的第一本能是好胡思乱想，常独自想些浪漫且缥缈的事，想罢，现实还是现实，按部就班地过着。对这状态最恰当的形容是：心性尚属蒙昧未开——既觉无聊，又不知那就叫无聊；既觉烦恼，又不知烦恼何由；既觉想象之事物的美好，又不知如何实现，甚至不知那是可能实现的。至于未来，则想也没想过。现在才懂，那就叫"成长的烦恼"。身体在长大，情感在长大，想象与思考的能力都在长大，但还没能大到——比如说像弈棋高手那样——一眼看出许多步去，所以就会觉得眼前迷茫，心中躁动。就好比一个问题出现了，却还不能解答；就好像种子发芽了，但还不知能长成什么树；或就像刚刚走出家门，不知外界的条条道路都是通向哪儿，以及跟陌生的人群怎样相处；烦恼就是必然。如果只是棵树，也就容易，随遇而安呗。如果压根是块石头，大约也就无从烦恼，宇宙原本就是无边的寂寞。但是人，尤其还是个注重精神、富于想象的人，这世间便有了烦恼。人即烦恼——人出现了，才谈得上烦恼。佛家说"烦恼即菩提"，意思是：倘无烦恼，一切美好事物也就无从诞生。

想象力越是丰富、理想越是远大的人，烦恼必定越要深重。这便证明了理想与现实的冲突。现实注定是残缺的，理想注定是趋向完美。现实是常数，理想是变数。因而，没有冲突只能意味着没有理想，冲突越小意味着理想越低、越弱；冲突越强，说明理想越趋丰富、完美。善思考，多想象，是你的强项；问题是要摆清楚务虚与务实的位置，尤其要分清楚什么是你想做也能做的，什么是你想做却没有条件做的，什么是你不想做但必须得做的。只要处理得当，这——现实与理想的——冲突超强，创造力就超强。

所以，我看你从事艺术或思想方面的工作也许更合适。但不急，自始至终都是一条笔直而无废步的路是没有的。路是蹚出来的，得敢于去蹚。但话说回来，对每一步都认真、努力的人来说，是没有废步的，一时看不出作用，积累起来则指不定什么时候就有用，甚至有大用。况且，一切学习与思考的目的，并不都是为了可用，更是为了心灵的自我完善。

我能给你的建议只是：直面烦恼，认清孤独，而不是躲避它、拖延它。内心丰富的人，一生都要与之打交道；而对之过多的恐惧，只是青春期的特有现象。就像你，考试之前紧张，一进考场反倒镇静下来了。就像亚当、夏娃，刚出伊甸园，恐惧尤甚，一旦上路则别有洞天。要紧的是果敢地迈出第一步，对与错先都不管，自古就没有把一切都设计好再开步的事。记得有位大学问家说过这样的意思：别想把一切都弄清楚，再去走路；比如路上有很多障碍，将其清理到你能走过去就好，无需全部清除干净。鲁莽者要学会思考，善思者要克服的是犹豫。目的可求完美，举步之际则勿需周全。就像潘多拉盒子，每一答案都包含更多疑问；走路也如是，一步之后方见更多条路。更多条路，又只能选其一条，又是不可能先把每条都探清后再决定走哪一条。永远都是这样，所以过程重于目的。当然，目的不可没有，但真正的目的在于人自身的完善。而完善，惟可于过程中求得。譬如《命若琴弦》。

舅舅 07-10-18

恐　惧

孤独源于恐惧，还是恐惧源于孤独？从现实中看好像是互为因果，但从根上说，应该是恐惧源于孤独。就是说，人最初的处境是孤独，因为人都是以个体身份来到群体之中。你只能知道自己的愿望，却不知别人都在想什么，所以恐惧。恐惧，即因对他者的不知，比如一条从未走过的路，一座从未上过的山，一个或一群不相识的人。这恐惧的必然在于，无论是谁，都必然是以自己而面对他人，以知而面对不知，以有限而面对无限。可以断定，无此恐惧的倒是傻瓜。反过来说，这样的恐惧越深，说明想象越是丰富，关切越趋全面。比如说，把路想象得越是坎坷就越是害怕，把山想象得越是险峻就越会胆怯，把别人想象得越是优秀就越是不敢去接近。惯于这样想象的人，是天生谦卑的人。

谦卑，其实是一种美德。有位大哲说过：信仰的天赋是谦卑。谦卑而又善思的人，一定会想到"压根"和"终于"这两个词——我们压根是从哪儿来，我们终于能到哪儿去？换句话说：人生原本是为了什么？人又最终能够得到什么？——只有谦卑的人才可能这样问，自以为是的人只重眼前，通常是想不起这类问题的。甚至可以说，谦卑是一切美德的根本。惟有谦卑，可让人清醒地看待这个世界；惟有谦卑可通向信仰；惟有谦卑能够让人懂得，为什么尼采说爱命运者才是伟大的人。（关于"爱命运"的问题，以后再慢慢说。）

电视剧《士兵突击》你看了吗？士兵许三多总是说"人要做有意义的事"。人们问他什么是有意义？他说"有意义就是要好好活"。人们又问他，怎样才算是好好活呢？他说"好好活就是要做有意义的事"。看似可笑，循环论证，但他绝对是说出了一个根本真理——人最初的愿望一定是"要好好活"，而最终所能实现的，一定是由自己所确认的"有意义"。为什么？因为，以人之有限的智能，是不可能把世间一切都安排得尽善尽美的，而只可能向着尽善尽美的方向走。所以，只要是在走向你认为的"有意义"，就是"好好活"了，就是活好了；反过来说，为了活好，就要做自己确认是"有意义"的事。此外，还能怎样好好活呢？

不妨把许三多的话翻译得再仔细一点儿：事实上，没有谁不想好好活，然而，却非人人都能为自己树立一种意义，确信它，并不屈不挠地走向它。原因是，人常把外在的成功——比如名利——视为"有意义"。可是，首先，面对无限的外在，走到哪一步才算是成功了呢？其次，外在的成功，也可以靠不良手段去获取，但这还能算是"好好活"吗？

其实，从根本上说，什么是好，什么是善、是美，乃是一个自明的真理，不用教，谁心里都清楚。否则也就不能教，不能讨论，因为，倘无一个共同的坐标系——即善与恶、好与坏、美与丑的基本标准，人与人之间是根本没法儿说话的。有人以此来证明神的存在。

所以，只有内在的成功，才真正是"有意义"。何为内在的成功？我想，只要人确信自己是在努力地"好好活"，不断地完善自己，就是内在的成功。至于外在的成就有多大都无所谓，至于跟别人比是高还是低都可以忽略。你发现没有，一跟别人比，你就跑到外在去了？一到外在，恐惧就来了，意义就值得怀疑了，脚下就乱了，不知道怎样才算是"好好活"了。

《士兵突击》中那个班长，让许三多做一个单杠动作，许三多总是数着数儿做，三十个已觉不易，便掉下杠来。班长说你数个屁数儿呀，只想着做动作！结果他做了三百三十三个。

佛家和道家都讲，要心无旁骛——即不受他人、他物、总之是一切外在因素的影响。啥意思？说的也就是：要抱紧自己心中的"好好活"，那本身就是"有意义"；要一心走向自己确认的"有意义"，这本身就是"好好活"。所以，许三多的话绝非循环论证，而是一个完美的自洽系统——你只有靠内在成功来确保意义，你只有在自己确认的意义中才能获取成功。

但是，谦卑的敌人是胆怯。不过呢，谦卑与胆怯常又是双胞胎。如何能够既保持住谦卑，又克服掉胆怯呢？真是挺难。但只有细想，你就会发现，谦卑又是内在的，从不跟别人比，而胆怯必定是因为又跑到外在去了——惧怕他者。爬山怕山高，走路恨路长，而面对他人则害怕被看不起——岂不是又跑到外在去了？所以，千万要保持住自我——这并非是说称王称霸或轻视他人，而是说，一切事，都以完善自我为目的。帮助他人也是为了完善自己，向别人讨教也是为了完善自己，爬山、行路、做题、交友，一切事都是为了完善自己，即便是遭人嘲笑，也一样能够从中完善自己。一旦太要面子，就又跑到外在去了——是以别人的目光在看自己。很多应该做的事，不想做，不敢做，这时只要想想我是为了完善自己，事情就好办多了。完善自己，当然不是为了满足虚荣，而是就像老财迷敛钱那样，一点一滴地壮大自己心灵、品德——如此，何怕之有？

其实，你的一切问题，都在于胆怯。其实我也是，一上讲台，看台下黑压压的全是人，脑袋里立刻一片空白。细究其因，还是因为跑到外在去了，生怕讲不好，落个名不副实的名声。有几次坐在台上，我忽然想到了这一点，心说去他妈的，只要讲的是我真心所想就行，于是立刻回归内在，便也滔滔不绝起来。交友也是一样，一怕，准就是想到了别人的目光和评价。我知道这事改起来难。本性总是比理性强大。但这不说明不应该去试试。为什么要试呢？为了自我完善：看看我能不能放下虚荣，不怕嘲笑（也未必就会遭到嘲笑），看看我的胆量，看看在我通常的弱项上能否有所改善。是呀，完全不怕几乎是不可能的；但是，怕着，也要去试试，视之为历练自己的一个步骤、完善自己的一步行动——我的经验，只要一这样想，就不那么害怕了，就什么都是可能的了。事后，果然有人嘲笑你的话，是自己错了自己长见识（又完善一步），是别人错了却还嘲笑你——你慢慢体会吧，这其实并不太难过。

舅舅07-11-8

最有用的事

以我的经验看，不管对什么人来说，也无论在什么局面下，有三件事是最重要的。第一是分析处境，做到"知己知彼"。所谓知己，即清楚自己想干什么，能干什么；知彼呢，就是要弄清楚外部条件允许你干什么，和要求你必须干什么。前者是估计了你的能力，而后设定的理想或愿望。后者则包括：你想干，或者也能干，但阻碍巨大到希望非常渺茫的事；以及你不想干，但必须干的事。也可以说，前者是目标，后者是为达到目标而铺路。

想干什么，直接就能干什么，世界上几乎没有这样的事；除非是在极偶然的情况下，运气又是出奇的好。好运气来了，当然要抓住它，但任何时候都不要指望它。任何时候都要立足于自己的清醒、决断和行动。

这就说到了第二件最重要的事：决断。即在"知己知彼"之后，要为自己做出决定。决定的要点在于，一旦确认方向，就不要再犹豫。正所谓"用人不疑，疑人不用"，决定也是这样，做决定时要谨慎、周全，一旦决定就不再怀疑，做到心无旁骛，切勿浅尝辄止。人们常说：成功就在"再坚持一下"之中。

第三件事叫作：开始。前两件事完成之后，就要立刻开始，万万不可拖延。拖延的最大坏处还不是耽误，而是会使自己变得犹豫，甚至丧失信心。不管什么事，决定了，就立刻去做，这本身就能使人生气勃勃，保持一种主动和快乐的心情。

　　总而言之是三件事，或三个步骤：知己知彼→做出决定→立即行动。这三件事或三个步骤，不单对一时一事是最有用的，在人的一生中都是最有用的。

原载《收获》2012年第1期

莱山之夜 (随笔十章)

张 炜

————————

这是一场无始无终的奔波。莱山之夜，山雾笼罩，疲惫不堪，却常常无法入眠。林涛阵阵，不断听到小鸟的叫声一荡一荡远逝。再次打开笔记，注视这幽深的莱山夜色，这所见所闻所思……

烧焦的黎明

这个让人无语的冬天。这个噩梦一般的真实。它是在这片土地上、在这个冬天里发生的吗？

不幸的是，它记录得准确无误——时间、地点；还有，无数人共同目击……

这就像我们刚刚经历的亲人的死亡那么真实。它们几乎同时发生在我们眼前……

这真是个无语的冬天。我曾一遍遍地谴责遗忘，但我此时宁可遗忘。我现在终于明白了人们为什么要遗忘。一个人既无法规避又无法逃离，只得求助于遗忘……

而我求助于长吟。

我只让自己的长吟接续下去。我想起了那个携琴走遍大地的歌手。这就是我的回应吗？

我不知道，因为我此刻只想着那个挥动手臂、鲜血四溅的歌手……

因为我记住了那冲天的红焰和／凝结中缓而不畅的流淌／那声戛然而止的呼号／我记住即不敢遗忘的／那个一生只会经历一次的黑夜／还有等待酷夏的烧焦的黎明／／此刻一切都潜伏在瓦砾之后／黑洞洞的枯目里有顽石／它会弹跳出灾殃和死亡／她已在传说中永生／美丽的黑发消失于腥咸的雾霭／跟随那个传说的是一个幸运者／一个更为纯稚的男孩／／这是多么恐怖的长路／让同行者忍受一生的耻辱／从此只有咽下污脏的残渣／在阴风积聚之地痛苦喘息／磷光飘流的旷野与谷地／没有一丝五彩霞光／／怎样回告那声炙烫的呼救／怎样忆想母亲的眼睛／我顽石一样的躯体啊／我等待破碎的双拳啊／电火飞蹿的弧光里有什么在爆响／有什么在尖利地泣鸣／一切消弭净尽的空地上／是不散的浊烟和狐臭／是洗而又洗的独子的泪滴／／静静地流淌 缓缓地走过／它在默想自己的平原／一路的渺渺无声和低徊／长长的蜿蜒寸进与决意／它汇集了多少不屈的无辜灵魂／／静静地流淌 缓缓地走过／……

我这会儿只渴望听到无声之声。这种倾听不曾让我失望，如同一个独立的时刻中，目测那平静的大洋……反复翻找这一沓报刊，只想找到一个声音。没有——我不得不正视的是，在整个的一次悲惨长旅中，几十个人，唯一曾经高声反抗过的，仅有一人……他们在令人惊栗的残暴面前，都出奇地相似：胆怯与冷漠。

我总觉得冥冥中有一种神秘的力量，它在对我们的全体实施一次抽样检查。它这样做的目的只是为了一个日久不获的结论：人类还配不配活下去？

这是一个久而不获的结论……

这次长旅……

"智识者"们——我不由得又想起那个城市，那个小窝，那一次又一次的争执、莫名的聚会……据那些一再倒霉，也的确是生不逢时的人说，他们直到今天才幡然醒悟："恶"才是推动历史的杠杆呢！于是要理所当然地对"恶"树立莫大的敬畏才对！

我恍惚中尚不知就里，但不知怎么首先想起的是我居所前的那个公园——所有的公共设施都遭到无端的破坏；那些美丽的、做成各种造型的园灯，刚刚安装一个星期就被全部砸毁了。那座城市的大街上一度再也找不到一部投币电话、磁卡电话，因为刚刚安装了30多部，不到三个月就全部被拆掉、砸毁……今年春天，在植树节里刚栽上的珍贵树木，特别是街道旁的，一夜之间都被人一一拧折……

我嗫嚅道："可是……"朋友说："你就别'可是'了，你先要适应……"

我在漆黑的夜色中惊惧地望着，口吃地说："不过……"

朋友们惊愕地互相对视，发出"他！他！"的惊叹。后来他们又笑了。我从笑声中听出了怜悯……

今天我突然觉得这次长旅中就有我，有我的朋友们；这次长旅似乎根本就没有终点……

可是我不想退出

朋友激动得双手颤抖。他不停地说下去——

我长时间为怎么评判这个时代而痛苦。因为我只要一刻不把这个问题想个明白，心里就不会安宁，也不会有正确的、合乎时宜的行动；我的生活将变得没有意义。已经许久了，我习惯于从全局而不是局部、从长远而不是眼前去看待问题了；我变得不那么以偏概全，也不会简单地意气用事；我有能力从全部的繁杂中综合出最重要的结论。如果我从根上否定眼前的一切，我是指我们正在做的、经过我们多年努力形成的生活状态，那么我就等于否定我自己。我不能这样，也不是为了自己对自己的安慰，而是其他：是实话实说，是为了能够对生活有一个科学和理性的评判。眼前的混乱无序、肮脏，都达到了一个极数。可是任何人同时也会发现这是个充满了活力的时代。惊人的创造力像一夜之间从地底冒出来似的，我们拥有了从未有过的速度，拥有了从未有过的模仿力和创造力。我有时真想为这些放声高唱起来。我真的无法不为这些而兴奋。这里面包含了许久以来梦寐以求的东西，这些都来之不易。我如果不懂得珍惜这些，那我就太简单也太褊狭了。要指责一个时代是非常容易的，但要做到准确和公允就不那么容易了。眼下我们的生活走到这一步，也许包含了许多必然性。我明白，我们既然走过来了，那就必须如此，舍此我们就没有了出路。但这只是结论的一个方面。

我同时也看到，我们付出得太多太多了。我们一边向前，一边践踏，而且常常在毁掉至为宝贵的东西。请相信我说的都是自己看到的，经过深思熟虑的，我不是过忧，也不是随意乱说。我们也许在这么短的一段时间内，一下子释放出的恶魔太多太多了，多到了我们已经无力承受，快要毁掉自己的地步。我们在设法最大限度地遏制它们的事情做得实在太少。我们在犯罪。有些东西的失去是不可复得的，这些不必我来解释了，它的恶果已经非常明显了。也许我不适合做这样一个进程中的最激进的参与者，因为我还不够强大，特别是心理的强大。可是我不想退出。

我看着朋友。我想说的是，我也不想退出。

人所不知的交易

到了深夜，惊魂甫定，我才开始细细回忆小时候，回忆那场可怕的大水，那次死里逃生，不知什么时候才睡去……

睡梦中我却清晰地看到了水中精灵的模样——它们嘻嘻笑，要与我做一场可怕的交易。交易的细节在睡梦中那么清晰，以至于醒来许久我都当成了真的，吓得一动不动。我躺在那儿想：我将对家里人藏匿这场交易，所以谁也不知道我是经过了那样可怕的一场才得以生还的。

我从睡梦中得知，我那次大水中的生还，带回的只是一个躯壳，我的魂灵已经变卖了，从此我成了另一个人。

极力回忆全部的细节。

那一天，精灵们说需要我的"魂灵"，这对它们有用处：它们每造一个新人都需要索取一个"魂灵"。它们又要造一个新人了——这个人以后我会看到的。精灵们要用一种奇怪的方法先使我丧失记忆。因为我如果记住这场交易，他们也就算失败了——我会把失去的魂灵重新辨认出来，寻找回来。精灵们让我丧失记忆的方法，就是在送我离开的时候，给我喝一碗迷魂汤——它们盛在粗瓷碗里，有点像稀泥浆，喝下去就把什么都忘记了。

值得庆幸的是，我以前听外祖母讲过类似的故事，所以那时我悄悄地留了个心眼——我趁精灵们不注意时，只喝了很少的一口，而且没有下咽，它们一转脸，我就把汤吐了。就这样，我摆脱了它们的魔法。

它们认为我真的失去了"记忆"，开始让我进入作灵魂交易的场所。一个精灵把我领进去，厉声问："你进来不后悔吗？"我说："后悔，没有不后悔的——你们送我回去吧。"这样说时，我害怕地看着前面的一片沼泽。我知道从这儿走去就要经过那片沼泽，走进那片沼泽将会发生什么？这是再明白不过的了。一个精灵摆了摆手，一个和我差不多大的人出现了。那个精灵指着他对我说："看见了吧？他像你一样进来了，可又很倔强，不愿交出自己的魂灵，那么我们只好放他走了。"说完挥一下手，那个人就往前走去。

我亲眼看见那个人在沼泽前犹豫了一下；但别无他途，只得举步向前。他刚刚走了不远，两腿就开始往下陷，接着陷到了胸口。他喊着："救救……"最后一个字还没有发出来，沼泽就漫过了他的头顶。那儿冒出几个气泡，什么都没有了。

一片死亡的沼泽。

这时我才明白，不知有多少好孩子都在这里消失了，他们谁也回不去。我如果能够生还，那就必须留下自己的魂灵。多么可怕啊！从此以后我将变成一个没有魂灵的孩子。我心里发憷，说我这样回去时，家里人会认不出来……

精灵们笑了，它们说放心吧，你看上去哪里都不会变，只不过是把内心深处一个很小很小的闪闪发亮的东西交出来而已，其他地方一点儿没变……我觉得那个精灵说话时带着很重的土音，后来才知道它是河湾里千百年来的一个土著，这个土著尽管变成了魔鬼，却仍旧葆有很重的乡音。可这确实是死亡的声音。

它又说："孩儿哩，交下那个发亮的东西就好哩。那时候你拍拍屁股走哩，你看。"它说着一挥手——沼泽上马上出现了一道铁桥，在阳光下闪亮……我明白，当我把自己的灵魂交出来之后，就可以踏上那座桥，平安地到达彼岸，重新回到家里。

这是多么可怕的交易啊。

我在任何时候都不会同意，我知道这是欺骗，欺骗自己的亲人。可是没有办法——我害怕那片死亡的沼泽。我哭着，望着天空。我不知哭了多久。我要回去，我不愿淹没在这片死亡的沼泽里——就这样我伸出了乞求的手。我闭着眼睛。我觉得手里有了东西。我知道那是无形的钱币——出卖魂灵的报酬。接着它们说：

"好吧，你进到里面去吧，一会儿就成。不要怕，一点儿不痛。"

我全身颤抖，脸都发青了。我在地上滚动。"救救我，救救我，快呀，救救我……"

一些穿白衣服的人，他们戴着口罩，将我推到一个小黑屋里。

我知道这就是换掉魂灵的地方了。我慢慢昏迷过去。不知什么时候，突然有个闪电一样明亮的东西掠过我的双目——我知道就在这一瞬，我的最可宝贵的东西被取走了……不过真的一点儿也不疼。只是一瞬，什么都结束了。

我心里空空的，多少有点被抽空的感觉，但一会儿也就习惯了。

我眼前出现了一个亮闪闪的铁桥，它架在沼泽之上，我踏着它跨出了沼泽……

那一个夜晚我身上一直湿淋淋的。我大概是蹑手蹑脚溜进屋子的。所有人都睡着，午夜刚刚划过它的标界线。

那一天，我梦醒之后就哭起来。我是一个被摘走了灵魂的人，我完全变成了另一种人。可是我最大的不幸，恰是我依然记住了那一切——那场不光彩的交易。我要带着这种屈辱和所谓再生的沮丧，过完我的一生了……怎么办呢？

这就是我仍然记得的一个梦中的故事，一个直到中年还仍然不能遗忘的清晰的梦境。

"救救我，救我——"我这时仿佛又听到了那长长的呼喊。这声音来自昨天还是今天？我不知道。

我站起来，觉得内脏一阵抽痛。

我们有许多不同

这之前，我曾通过一个朋友的关系，到一处废弃了的宗教旧址居住过一段时间。很久以前，那里的庙宇就拆掉了，已经改成了军事封锁区，真正是"闲人免进"。可那里只有简单的几个兵在看守，他们也很寂寞。果然，当我住到那儿的时候，很受欢迎。我在离他们营房很远的地方找了一个小住所，一口气住了十几天。满山遍岭的野生果实，还有野兔和松鼠之类。松鼠在高高的树上从一个枝丫跃到另一个枝丫，让人欢喜得喊出声来。我常常出去采很多浆果，桑葚一会儿就可以采下一大包。整个的一片山林几乎没有一处露着泥土，只在山的顶部才有一些岩石裸露出。我那次真是一个人独处了，只带了很少的几本书，但几乎没怎么读。需要读的深奥东西实在不少了，但它们不全是停留在字面上。我一想起许久以前这里有一帮与尘世隔绝的人物，他们在过另一种生活，就有些激动。这种奇怪的选择充满了诱惑。那个秋天，我望着那些坍塌的庙宇，心事怎么也收不住。我知道他们是为了免除烦恼，或者是为了追逐一种心境而来。可是烦恼在当年真的可以远离他们、真的进入了另一种心境吗？我看到的是满目青山，一片碧绿，是各种各样跃动的野物……在这片与悠远神思浑然一体的世界中，我试图在冥想中沟通那些远逝的古人，猜悟叠生……

旅途上，我还能想起在宗教旧址度过的日子。夜深了，几条鱼在黑漆漆的水里炫耀自己。它们发出扑通扑通的声音，一阵阵诱惑旅人。好了，天亮时我一定设法逮到你。火苗蹿跳着，夜的声息远远逝去。水已开过好久。我取一点儿茶。春夜的清冷被篝火驱掉，我离火很近，脸被烤得发痒。但那种温暖的感觉让人舒服极了。我的帐篷在火苗下闪动。多好的一个单人帐篷。这些年里我背着它走了很远。围绕它我曾经有过不少愉快的联想，它究竟给了我多少欢乐，简直无法历数。它与奔走、旅途，与一切活鲜动人的经历连在一起，消融了痛苦，滋生了希望。

还是初到一个杂志社工作不久，有一次在一个俱乐部认识了一位女棋手。她刚刚从一场赛事上下来，战绩不错，非常得意，圆脸庞上那一对眼睛显得非常纯洁。她看上去比实际年龄要小得多。我们一块儿喝咖啡，谈了很多故事。不知我们的话题怎么拐到了帐篷上来了。她说：

"现在的男人哪，没劲。干吗不带一杆双筒猎枪，背着帐篷到大森林里过上一段？打裹腿，扎腰带，如果可能的话，再领上一条狗……"女棋手神往地看着我。那一刻她的小鼻子红红的。大概是刚刚做了一回胜者吧，整个人容光焕发，欲望高涨。

那次相聚不久，她打听着找到我家。时值夏日，她穿了一双很别致的布料凉鞋，没穿袜子，一双脚白得刺眼，像一个不谙世事的少女。实际上她的年纪已经不小了。她要教我下棋，还再一次谈到了带帐篷和猎枪到森林里去的事情，热情洋溢。但后来我发现她对人对事对书本，都缺乏一种执着认真的劲儿，不过是向往一种并不新鲜的概念而已——谈过也就忘了。

这个夜晚我又在想那个女棋手。奇怪的是，我一直有一顶小帐篷，这是我的一个附属品，一个当年让我发烧的东西，纯粹是个人拥有；但我就是没有对她说起过这些……火苗蹿跳着。我在想，此地离我的东部还有多远？我知道从这儿一直往前就能走到芦青河的发源地——砧山和鼋山。我发觉自己在一种混混沌沌的感觉中，在苍苍茫茫的大山里，从来都会活得挺好。人和人的生活有多么不同啊，也许在这个时刻，我熟悉的那些人正在玩一些古老的把戏哩。还有那个女棋手，她只是说说而已，我们之间有许多不同……

爱耍一根大棍

朋友约我去看一个现代派画展，说是这些年来这座城市里举行的最棒的一次画展。"那是真正的现代派，不是伪现代派。"

他送来了门票，可我不知为什么耽搁了几天，这张票也就废掉了。后来他又约我看一个故去的老画家纪念馆，我答应了。

纪念馆建在一所几十年前的庄园里。这座庄园是一个清代遗老留下来的，保存完好。深宅大院里每一块砖头、每一块怪石，都向我们诉说着主人的故事。那个人可能活得很来劲，具有超人一等的耐心，在当年竟然处心积虑地搞了这么一处居所。

朋友说，当时这所庄园所处的位置恰好是一座城市的边缘地带，靠近西郊。现在你当然很难感觉当时这里的气氛了。我说无非是有点荒凉吧？朋友说主要是有泉水，"那个老头很懂地理，他会看风水，修建时把一处不大的泉子圈在了里面。你看到这些小拱桥了吧？弯弯曲曲都有水，在整个庄园里循环，都是活水。现在的水都臭了，黑了，里面生不出鱼了。那个活泉干了。"

我想这世上大概没有不干的泉水。一个一个厅看下去。故去的老画家声名显赫，他的一生就是一幅丹青长卷。"有很大的天才吗？"我一边看一边自问。我在想这个大天才究竟对于我们的生活有多少意义？不错，它们一幅一幅罗列在墙壁上，被当成了珍品，在铝合金橱子里静静地待着，里面有柔和的灯光，有经过调节的温湿度。其实它们当初只是那个老人用一支毛笔在宣纸上涂成的罢了，老人喜欢这样玩——这会儿就该如此珍惜吗？

朋友在一边讲得口吐白沫。他说这个天才画家如何如何了不起，并且有一个怪癖：爱耍一根大棍。我笑了。"在院子里装神弄鬼，大声吆喝，嚷叫一些京剧唱词。还有个毛病，爱打老婆。"

这引起了我的注意。"他老婆是一个很贤惠的小脚女人，为他端茶送水，对他无比崇敬。在她眼里，老画家是一个神。他高兴起来就打老婆。他可能是太烦了。"

"打老婆可以解烦吗？"

"大概可以吧。"

"那大家的老婆都活不久了。"

我想起了身材娇小的一个女子，她可爱的、像猫似的一张圆脸。如果将她痛打一顿，让她泪流满面，委屈得要死要活，那不仅残忍而且简直——幽默。

每个展厅都冷冷清清，好几个展厅里一个人都没有。一个二十岁左右的女孩背着书包，拿着一个写生本，一边看一边偶尔画上几笔。朋友小声告诉我：她可能是艺术学院的学生。这个小女孩打扮得很洋气，不是特别漂亮，但很吸引人。我觉得她很帅。这么帅的小女孩也爱艺术，我真为艺术感到自豪。

他瞥着墙上的画，有时也瞥几眼那个小女孩。好的女孩谁都喜欢，指挥千军万马的那些将军也不例外。你本身就是一件艺术品，还这么热衷于艺术。太多的艺术堆积在一块儿就会发腻。女孩老在画画停停，心很细。我们终于没法和她步调一致，不得不遗憾地先一步离开了这个展厅。另一个展厅里悬挂了据说是画家最杰出的一幅大画，差不多占据了整整一面北墙。不过我实在看不出这幅大画有什么好。它有些芜杂，线条紊乱。朋友说：

"你看他的用笔，大气啊！"

大气个屁。

"你看他的笔就那么一弯，嘿，就是一只小鸟啊。你眯着眼看一看。"

我什么也看不出。

寻找那些大心灵

我眯着眼看了许久，看不出这幅画妙在哪里……这个展厅里的人相对多一点。朋友也不知多少次来看过这幅画了，这一次还是那么专注。他越瞅越近，不动了，到后来不得不回头寻找我。他提高声音喊着，我躲在边上没有应答。他激动万分地用手朝那幅大画猛地一指，然后又反身奔到我的面前，说：

"不可思议！"

这时有一个尖头尖脑的四十多岁的男人，一直在不安地看我。我觉得他在慢慢地向这边挪动。我没有在意。后来由于他走得太近了，我才不得不认真起来。我发现走过来的这个男人长着一对三角眼，脸色蜡黄，有稀稀疏疏的红胡子。我真是厌恶极了。可就在我最厌恶的时候，他突然伸出手来说：

"你是……先生吗？"

我点点头，一只手很不情愿地往上抬了抬。他一下就把它捉住了："哎呀，我终于看到您了。"

我一愣。

"我是您的崇拜者，我听过您……我听过您，哦，那是在一个夏天的……"他搓着手，"可惜我没有纸……这样吧，"他在衣兜里急急地翻找，后来又把手插到了裤兜里，他掏出了一个很小的纸头，把它托在掌心上说，"您能给我签个名吗？"

我像突然来到了外星球似的。不过我毫不犹豫地抓起笔来，在那个纸头上签了名字。

"谢谢，谢谢。我太激动了，谢了……"

他把纸头捧在眼前认真地看了一会儿，然后又小心翼翼地折叠一下，掖到了衣服最里层的一个内衣兜里。

这时候我招呼了朋友一声，向这个男人点个头，赶紧溜了。我有些慌。

走出展厅，朋友嘴里咕哝着："伟大的艺术啊！"

我不知道他是说那幅画，还是在说其他。"伟大的艺术的力量啊……"他这样咕哝着，看着脚下的鹅卵石小径。我提议在小径旁的一个石桌那儿坐一下。刚坐下，朋友就到一边的一个小冷饮部里搞来了两瓶饮料和几袋鱼干。

我们撕吃着鱼干，喝着饮料。我发现朋友背了一个很时髦的挎包。

他松松垮垮地背在肩头，就是不愿摘下来。我拉开挎包翻了一下，发现里边是一个速写本。我笑了。停了一会儿，他说：

"怎么样？你生活在这些艺术品之间，偶尔还能遇上个把崇拜者，不是挺好吗？我们其实用不着惶惶不安，像丢了什么东西似的……"

我没有作声。他的话题可够沉重了。他又说："从来没有人让我签字，不过我的字可比你棒多了。我的毛笔字写得尤其好。"这一点我倒承认。他说："妈的，有个人名气比我大多了，走到哪里都有人围着他。实际上他倒不是成就大到那样，不过是名声大，动不动就参加艺术讲座，上电视办展览，熟悉他的人多。这家伙办画展的次数特别多。他的性格很外向，这样的人看上去，我是说和实际才华比，显示出来的往往要多上一两倍！"

我想他估计得如此准确，很有意思。

"不过老签字也捡不了多少便宜。有一次他把一支几千元的金笔给弄丢了：在大学里老有一帮少男少女围住他，他累得满头大汗，最后走出大厅，一拍衣服说，坏了，那支笔不知随手交给了哪个热爱艺术的毛小子……他赶紧反身，大厅里的人已经走散了。"

我笑了。

他咂着嘴："就这样，那支笔算给弄丢了。挺棒的一支笔，我们都没有那样的一支笔——你有吗？"

我说我没有，我顶多用过几百元一支的金笔。

"还金笔？几百块钱也算金笔？"他转而又说那个人："这小子极幽默，常常编一些奇怪的滑稽歌谣，写在笔记本上。他一口气能写很多，这会儿不知都丢哪去了——什么'长得虎背熊腰／其实是个流氓／积极要求进步／冬天穿条皮裤'。"

他说着合掌大笑，"孩子年方十八／从来不穿裤衩／长征去了延安／吹牛一个顶俩。"

我们离开石桌时，又听他念了几首滑稽歌谣。

离开这所美术纪念馆的时候，他问："怎么样，玩得有意思吗?"

"我觉得这座深宅大院很棒。可惜现在给糟蹋了。"

"天哪，我第一次听人这么讲。不要忘了你是一个什么人，你应该沉浸到真正的诗意之中，去寻找那些大心灵……我相信你会好起来的。现在不行，看什么都无心无绪的。你的精神需要调整……"

我觉得在这整整一个下午的时间里，他总算说了几句有意思的话。尽管全是书上的话，但好像挺深刻。我将记住他刚才的劝导——后来当我一个人的时候，就常常琢磨这几句话。不错，也许这回真的让他给敲准了。我只是这个世界上微不足道的一个生物，也许我真的应该老老实实地待在这座城市里，做点得体的、体面的事情，不再东张西望，更不要想三想四——我要静下来，读读书，好好地做点事情了。

我们喝得更来劲儿

"现在已经没有了'大心灵'。"我牢牢地记住了这句告诫，不看现代人的诗章，不看那些胡涂乱抹的奇怪话语。我只想寻找更冷峻、更庄严的东西。我想听听屈原的歌，想听听"坎坎伐檀兮"，想听听"诗三百"。我记得很早以前，我曾经在打开的那些陈旧书页面前激动得热泪盈眶，打湿了诗行。可是啊，那毕竟是很早很早以前的事情了——这种激动已经很久没有来临了，偶尔来到也不像过去那么强烈。我想这就像我观察童年走过的那些印象深刻的田野景物一样，今天已经再也没有往日那种奇怪的感受——心灵深处猛地一颤——没有了，消失了。想一想，最可怕的问题是，作为一个生命的性质改变了，我已经没法感悟真正的美与崇高，丧失了这种能力。我变得更加成熟也更加冷漠了。这就是问题的症结所在。不过我要尽可能地使自己在这个黄昏里沉浸……

不断地翻找着伟大的诗章。我找到了那位大诗人屈原，他对有香味的植物真是入迷；还有艾略特，他有个奇怪的感觉，特别是对荒原景色——他说在身后的冷风里，甚至听见了"白骨碰白骨的声音"……

伟大的天才思路怪异，敏锐而生僻，像一位老小孩一样。我见过艾的照片，额头鼓鼓像个大头娃娃……屋子里真的太冷清了，其他人都走开了，我面对的只有这些沉默的巨人，他们装订成一册一册的大书。我强迫自己走进他们的世界。可是我很容易就能从这些世界里走出来。我现在觉得这屋里除了沉默的巨人之外，在一天天漫长而又短促的时光里，还应该有一些会叫会走的小生灵，比如说一只猫，可爱的像少女一样美丽的猫。不过以前我们曾养过一只，后来是它自己的恶劣行为把不错的前程断送了。家人总是抱怨说：

"好是好，就是胡乱解溲。"

我不知在一种没有灵感也没有激情的日子里，一个男人怎么活下去。灵感这个东西据说不可以寻找。既然如此，就得等待它自然而然地慢慢降临。要有耐性，要学会忍受。可是等待灵感，这对于一个诗人来说不是一桩真正的苦差吗？太苦了。我发现那些真正的天才都有一些了不起的机会，灵感简直就放在手边上。就像我在平原上看到的那些幸福的老头一样，他们手边总有一个痒痒挠。什么时候要用，抓起来就是一下。可是我们这些庸人到哪儿去找那样美妙的机会呢？我又想起了"职业"问题——家人都鼓励我找一个"职业"，好像我真的没有"职业"似的。不错，我在很大程度上可以说是失业了，自己也有这样的感觉；可我既然是一个能够纵横涂抹的人，那事儿难道不可以称其为"职业"吗？有人不止一次告诉我：这个世界上可不需要这样的一门"职业"。如果真是这样，历史上一位又一位巨人难道都是纸扎的老虎吗？不，心灵之歌永远是属于心灵的，健康的人不会拒绝心灵之歌。那些拒绝者的一颗心已经被暗中抽掉了，他们是空心人。

无论是眼前的庸人和故去的圣杰，无论是侏儒还是巨人，那些前赴后继的寻找者绵绵不绝。有人显示了空前的才能，甚至建起了自己的纪念馆，一座高耸的丰碑——尽管来去匆匆，但还是把自己活的灵魂凝固在纸页和砖石之上——凝固了，死亡了。谁看到一个活鲜的生命是凝固的？你看到的只是黑白分明的眼睛，是热情四射的眸子。他们之所以动人，魅力无限，就因为他们是活着的。可是我却在不断地被告诫：要凝固，以某种方式凝固在这座城市里……

这座城市里有很多雕像，它们之所以令人崇敬，就是因为它们已经凝固了。它们显得庄严、伟岸、牢靠。

是的，一种稳固和牢靠感赢得了普遍的尊敬。人的一生总会听到一种隐隐的呼唤，呼唤你快快成为一座雕像。一个人只要活着，就开始自觉不自觉地雕凿自己，寻找心目中的蓝本，有的还真的"成功"了。可是有人不愿凝固，于是就不断地舞蹈、喝酒、幻想，我"担心腰子出毛病……"可是我们喝得更来劲儿。

人类最可怕的顽疾

人在二十岁以前，要忘掉一个感动的场景是很难的。我甚至直到现在还能回忆起某一天在石榴树下看到的那个身上有着白色斑点、靠伸缩躯体而爬行的一只软体虫——我胆怯地伸出食指探摸时体味到的那种奇怪的、无以名状的触感……它怎么也不能够从记忆中驱除。而后来，我经历了多少足够大的事情，其中的许许多多差不多全忘掉了。我在生活中所进行的所谓的重要思索和推导，有时会在一转眼的工夫就忘个一干二净……

可怕的退化。我们将用什么办法与之抵抗？无数的遗忘会把我们引入某种背叛——一个人如果允许自己这么快地遗忘，人类也就太危险了。我自己知道，人在某个时刻对于事物的领悟和质询有多么重要。缺少这些，人就会处于难堪的幼稚和肤浅之中。一个人不能不去领受崇高的体验，不能不去思索关于意义、希望、爱和被爱，以及诸如此类的一些问题。可惜这种时刻在人的整个生命当中只占小小一瞬，稍纵即逝。一个人将很快把这一切重要的经历和感觉全部遗忘，就像电脑中被删掉的磁盘一样。这种损失是无可挽回的，甚至不能够复制，难以追忆。

随着时间和事件的不断推移和积累，激动、铭心刻骨的震撼，一切波澜，都会逐渐减弱，以至于了无痕迹。于是我们每一次寻找就不得不从零开始，并且没有了总结和比较的机缘。重犯一些原有的错误是必然的。我们不可能把某一个时刻所感知的全部加以发展和贯彻，灵感的闪电不再刺破茫然的夜色。

怎样战胜遗忘？这将是人类所面临的最大难题。就我个人而言，在我无所留意的那些日子里，或许已经永远地丧失了无数至关重要的感觉、事件和经验。

多少痛不欲生，令人不忍回想。

类似的事情还有很多，比如我们曾经遭遇过的巨大苦难和危机，仅仅相隔几年的时间差不多也就忘掉了。可怕的遗忘啊，是它使我们不断地流血流泪……我们的堕落、所有的耻辱，差不多都与遗忘有关。我多少次默默地下定决心，要与遗忘挑战，要记录昨天的一切，观察到的一切、感觉到的一切——一切事件，一切激动、忧愤、慨叹，以及它们之间的联系；我特别要记下那片平原和山区，还有我的茅屋，连同潜于深处的情思、朋友、同胞，所有的故事……只要是感知的、目击的、可以交给明天的，都一一记录下来——不仅记录在心中，还要记录在纸上，要无一遗漏地转叙给无数的朋友，让他们与我共同拒绝和提防一种人类最可怕的顽疾：遗忘……

这个想法曾使我陷入长长的激动。激动之后又是担心：如果战胜遗忘的决心也被遗忘呢？

天哪，遗忘，我们到底用什么来战胜你呢？难道你真的是一个不治之症，比癌症、比正在蔓延的艾滋病还要可怕十倍吗？

也许真是这样。我们真的要听任一次又一次的重复，让悲剧循环往复，以至于无穷……苦难和欢乐不断重现，血泪成河，欣悦似海。欲望和悲伤，无边的苦难，惆怅连接着绝望；找到的可以丢失，丢失的可以当成崭新的东西重新找到。也许没有这一切，没有这么多的抱怨和不可挽回的缺憾，没有黑色与残杀，也就没有了世界，没有了天空旋转的星体……

比如一个活生生的人死于非命，当时大家何等惊讶和恐惧……也仅仅是几年过去，现在很少再有人提到这个人了。我们甚至回忆不起他的双目和下巴……遗忘使人变得冷酷，使滚烫的心变凉。可是有时人们又乞求遗忘，让它援助，让它疗伤。

比如眼下，我多想忘掉那片平原，忘掉剩下一片残枝败叶的田园、那生出水草的荒凉沼泽、黑水浊流的芦青河……

平原上一段长长的时光，竟然是由一分一秒堆积而成，如今又被挤压成一个薄片。薄薄一片，上面叠印着一些乱七八糟的痕迹，像是由一只手不经意涂抹而成。我低头辨认昨天，想从中发现什么，想听到往日的声音，哪怕是一声微弱的呼唤——这呼唤真的出现了……漫漫时光啊，它耗去了我的青春，可是它仅留下这张薄片……我不知更迭不息的岁月最后还会留下什么……

我与那个茅屋附近的村庄，还有海滨小城形形色色的人物，积下了多少恩恩怨怨。欢乐和痛苦，无法解脱的纠缠、大大小小的故事，一时纷至沓来。我有时不愿回忆，只想把一切都忘掉，以重新开始自己的生活。命运也许真的让我忘掉奔走的欲望，只呆在青灯黄卷的日子里。我将迷恋纸页，依恋城市，在此地而非他乡，培植起老酒一样醇厚的友谊。我将伴随着衰老，走进自己新的光阴。

痛苦地陶醉和消受

我在这个小小的空间里，不由得想象散落在这座城市中的各色朋友——如今你们身在何方？忧伤？欢愉？

久违了。我怎么会闭塞在自己的角落里，看地老天荒……将远途上的朋友一个个想过。蓦地，一股熟悉的悍拗之气扑面而来。渐渐沉浸到一个世界中，以至于流连忘返，忘记了时间，空荡荡的感觉一扫而光。这种撞击会让我打个愣怔。是的，生活总是在猝不及防的时刻，向我发出一声呼唤。一种更逼真更切近的感觉再次攫住了我。

我凝望窗外。我不知道在这个时刻里，那位遥远的朋友怎样了。想象中他应该弹起自己的三弦琴，在大地上行走——不，他的那双满是老茧的大手正攥紧一把斧子，噼啪有声劈开一块疤节盘结的木头，准备一盆过冬的炉火。

我自惭形秽，爱着，想念着。我在一种巨大的温情面前谦恭而真实。我因为这种爱而安定下来，鼓励自己终将坚定踏实地走上大道。

很久很久没有这样感动了。我的探问和遥望无休无止，最后等待感奋像退潮的海浪一样淡远，露出一片斑驳的滩涂……家人厮守的是一个不值一提的男人：有时满嘴疯话，一无是处，肮脏而慵懒。他卑微的灵魂，他的低劣和粗俗、无可挽回的沦落……可他有时也纯洁无私，宽容而狭促，却怀有无所不在的悲悯和感激。是的，天生的悲天悯人，不是一个懦夫；他富有同情心，他善良——非常善良。他这样自我鉴定和追究：他将因为不可饶恕的恶习而加倍地惩罚自己。他懂得自责也懂得犒赏。他会记下自己的忏悔……他在小屋中，就像牢笼里关着的一头卷毛狮子，打着瞌睡吼叫，声声低沉。

是的，我怀念着荒原，那儿有各种各样的动物，那儿是我的故地、我真正的家！我睡梦中也将奔向那里，我低沉的咆哮里压抑了多少狂妄和欲望。这个可爱的牢笼就筑在一座城市的心脏，忍受着这座熊熊燃烧的、从四面八方汇集而来的人欲之火——那个神话中的一只金猴在炉中炼出了一副火眼金睛，而这座城市的高炉啊，毁掉的却是一个勇敢的骑士——先毁掉他的骨骼和精神，让他变得像破棉絮一样肮脏，再随便扔在一个角落里任人践踏……

朋友，让我们尽快地聚到一起吧，喝酒，听刺激的音乐，以此求得一点疼痛的缓解，逃离这城市的恐怖……今天我们如此不安、焦躁、困倦，一双利爪伸而又蜷！此刻谁也不会理解我们，无论是神灵还是鬼怪，都听不到我们真正的声音！曾几何时，那两个胡须浓密而蓬松的老人互相对视，然后感叹：

"一个幽灵，在欧洲大地上徘徊……"

如今这幽灵啊……我和我的朋友为了追逐和捕捉这个无所不在的幽灵，曾秉烛夜读，通宵达旦。我们年纪轻轻就流出了昏花的眼泪。眼泪啊，不仅冲走了一切懊恼和悔恨，还带来了欢歌。我们把自己的歌唱给了少不更事的姑娘，唱给了一对对纯洁无邪的眸子，回报丰厚。有一个空洞的、常常豪情万丈的诗人，歌唱着炉中之煤——我们于是就自诩为这种煤。可是我们燃烧成何等模样！21世纪说来就来，现在的年轻人、中年人，都不再是那样的煤了，都不再燃烧。大家都在忙着寻找一个现实的支点。因为没有支点就没法撬动这个星球。

待下去？这个城市所能搞出的所有奥妙和神秘，只不过在消磨好人的时光。去看画展，去听音乐，去咖啡厅，去那些隐蔽角落里沾一手奇怪的肮脏，去痛苦地陶醉和消受，直到死亡……

你将逃往何方

这个城市看起来真是越来越热闹了，比十几年前热闹得多，简直是从头到尾都变了，变得面目全非，像一个淳朴村妇浑身挂满了珠宝。实际上我们都知道，它也许根本就不是那么回事，这些令人眼花缭乱的饰物大多都是一些仿真品……透过窗户看去：不远处的立交桥、街道，到处都在拥挤，到处都人满为患。可是我觉得那熙熙攘攘的人群中也许没有一个不寂寞，他们恰恰是因为寂寞才走到了一起。

那个若有若无的声音暂时被我甩在了身后——那是无时不在的催促之声——"走啊！走啊！"……是的，就是它在催促我，催促我上路，它已经在我的耳畔回响了几十年。还好，有一段时间我真的听不见那声音了，它不知何时渐渐变得淡远，以至于彻底消失了……都认为一个浪子早就应该迷途知返了。可我知道，如果真是一个浪子，他将再一次逃离。这是怎样的一座城市啊，地处交通枢纽，各处的人蜂拥而至，人流如织。你走到广场上、车站前，会时不时地在拥挤的人海面前感到震惊：这么多人，他们从哪儿来？到哪儿去？无论是白天黑夜，雨天雪天或隆冬酷暑，总有一群群的人在这座乌烟瘴气的城郭里穿行、挣挤，发出无穷无尽的喧哗。这真是一个谜，一个无从破解的奇迹。一个人面对着这座城郭，有时会惊得目瞪口呆，手足无措，但最后也许就习以为常：人么，不能像一个围棋子那样，一经落下就得定在自己的点上，直到有一只大手把它剔掉为止——这种等待其实是一种煎熬和苦挨，你只要有灵魂，就会被烧灼。你忍不住了就得赶紧跑开，跳起来，一口气逃得很远很远……

下一步你又将踏向何方？在哪里停留？哪里才是你命中的驿站、最后的归宿？

我站在窗前，有时不知不觉间揪疼了自己的头发。一切都需要从头开始了。我像大街上这些匆匆赶路的人一样，走啊走啊，像被什么催逼着，一刻不停地走了几十年，就像骏马摘掉了缰绳，让秋风吹拂着蓬乱的鬃毛，迎风一跃跑下去，跑下去，直到今天的困顿踉跄……当我独自待在小窝里时，很快会坐立不安。我打开了音响，想闭上眼睛好好听一会儿音乐。多么好的、久违的享受。可是要享受这个可得有个能力有个心情啊。在这安静的时刻里，一个人倾听吧，好好听吧。倾诉之声，不，一个男人的激越之情；还有对我来说绝不陌生之物——寂寞！他，遥远而伟大的朋友，他也在用声音吐露一腔幽情，告诉自己的寂寞。正因为寂寞，他才开始了伟大的倾诉。他的倾诉化为庄严而又神秘的经典，永远萦绕在人世间……

大街上的人行色匆匆，各自奔向自己微不足道的猎物，或赶回自己的小窝——这当中的许多人都在不为他人所知的某个地方焦虑和欣喜，有的还疯狂着呢。有人想抓住自己的鹰，梦想之大比得上蒙古可汗。妈的，白日梦再好，让现实的浊水一冲，什么都完了。而我呢，好日子都留在了昨天。昨天等于进取心和约束力，而今全是壮志未酬身先死之类的浩叹、感慨、烦死人，等等。如今我摇摇荡荡，倒也显得自由而真实。我觉得现在的世道上也真的难找一个坦然自如、无牵无挂的人了。要真能这样，多了不起啊。我怀疑这个城市里有谁能做到这一点。

我踏上离家不远的立交桥，在人行道上溜达了一会儿，再拐到下面一层。桥下黑洞洞的。大桥上是隆隆而过的各种车辆，而下面却是另一个世界。在一个个粗壮的桥墩下面，永远有做不完的各种把戏。卖报的、摆书摊的、算命看手相的，还有卖工艺品的——我买了一个木雕，雕刻的是一个非洲女人，耳朵上还有仿金耳环，脖子上有粗笨的项链。那个女人的脖子很长。我一眼看出这不是出自东方人之手，它跟我在国外跳蚤市场上看到的木雕一模一样。当时我的一个同伴就买走了这样一个木雕，他很兴奋，说要把它摆在自己的客厅里。我这会儿竟然在家门口买到了一尊完全相同的木雕，而且价格便宜十倍。小摊旁边是一个看相算命的人，我正被他的目光所吸引：双目锐利，从一开始就尖利利地盯住我。我明白他们这种把戏，很早就领教过，可这时倒痒痒得想试一下。他们无论如何算的是"命"啊。我蹲下来……

　　夏日即将逝去。我的焦虑啊，像潮水一样把人淹没。潮水过后该裸露出欢乐的岛屿。那一双双眸子啊，将把我引向远途。我抚摸着胸部，那里正在不停地敲击，传递出一种清新有力的节奏……

原载《北京文学》2012年第5期

探 梦

赵 丰

————————

　　在所有的西方哲学家中，弗洛伊德的名字是我最早知道的。这是因为我经常做梦的缘故，而且我坚信梦和人的经历和命运有着千丝万缕的联系，这就不能绕开弗洛伊德。忘记了哪一年，哪一天，他就和我有了缘分。起初，我只是读到他的只言片语，直到20年前的那个寒冬，我才系统地阅读了《梦的解析》。

　　弗洛伊德的职业是精神病医生，精神分析学家，这对他关于梦的研究提供了帮助。1900年，他出版了《梦的解析》。这本书被后世人推崇为弗洛伊德最伟大的著作，出版后却遭到质疑，出版后的8年间只售出600册，而弗洛伊德从中只获得相当于209美元的稿费。一部思想超前的著作，在当时遇到冷遇，几乎是司空见惯的事。

　　上世纪90年代初，我忽然产生了记录梦的想法。于是，在枕头下压一本笔记本，每当梦中醒来，第一个意识便是取出笔记本，飞快地记录下梦中的情节和细节，之后又昏沉地睡去，延续着自己的梦。这样断断续续坚持了几年，写满了3本。第一本是绿皮的，行间很窄，我的字迹非常细小。由于怕那些情节和细节飞逝而过，记录时总是匆忙的，字迹也就潦潦草草，以后索性连自己也不认识了。残留在大脑的梦总是断断续续的，很难有完整的情节，只是一些细节，一些模糊的影子，因此记录它不是一件容易的事情。有时记录完很难再入睡，索性打开弗洛伊德的书，分析那些梦的象征意义。这样，大脑兴奋起来，很难再入睡了。

《梦的解析》是弗洛伊德对人类学、宗教、心理学和文学著作进行了五六年的研究，又连续两年对自己所做的梦作了分析之后写出来的。在这部独创性的著作中，他分析了梦的凝缩、梦的转移和梦的二重加工，讨论了梦的隐意内容，解析了愿望满足的原理，描绘了俄狄浦斯情结，还说明了幼儿生活对成人条件作用的不可避免的影响。他曾经预言，从写作《梦的解析》时开始，精神分析已不再是一门纯医学的学科了。他通过对梦的科学探索和解析，发掘了人性的另一面："潜意识"，揭开了人类心灵的奥秘。他所提出的理论是"在梦中"，我们白天的劳作与娱乐，欢乐与痛苦是从不重复的。而且相反，梦的唯一目的是让我们从中得到解脱，即使有时我们的头脑装满了一些事情，或我们受痛苦的折磨，或我们的精力全部投入一件关注的事，"梦也是以某种象征的方式进入我们的头脑"。他断言道："梦是清醒生活的继续"，梦与我们不久前存在于意识的想法有关，准确地观察总会找到梦与白天的经历有些关联——日有所思，夜有所梦。

关于梦的来源，弗洛伊德解释说，梦是潜意识的欲望，由于睡眠时检查作用松懈，趁机用伪装方式绕过抵抗，闯入意识而成梦。梦的内容不是被压抑与欲望的本来面目，必须加以分析或解释。释梦就是要找到梦的真正根源。

光顾我的梦最多的是我的童年。童年里，我的目光常常落在这些地方：一个院落，一片乱石，一堆瓦砾，一条小道，一只蛐蛐，排水沟中的一块西瓜皮，嗡嗡的苍蝇正在攻击一只死去的蝉……现在，精神疲倦时，我会去偏僻的乡下寻找这些物象。在沧桑的目光俯视下，那些物象带着一些禅意，如欣赏着凡·高的油画，诱导我进入一种高僧才可以悟解的境界。

童年是生命的印记。对童年意义的发现是弗洛伊德的伟大发现之一。按照弗洛伊德的理论，一个人的性格在七八岁时多多少少已经定型。他以大量的临床事例表明，早年的事件特别是引起心灵创伤的事件如何使儿童的性格达到了这样的地步，以至弗洛伊德可以假定，早在青春期之前，一个人的性格就已定型，再也不发生改变，几乎无一例外。弗洛伊德指出了儿童懂得多少事情，他有何等程度的敏感，成人觉得无关紧要的事件如何深深影响儿童的发展和他以后的神经病症状的形成。他相信，从幼年时的事件中可以寻觅到以后人生发展的钥匙。大量的临床资料表明，弗洛伊德的观察是正确的，机智的。

在弗洛伊德的诱导下，我常常陶醉在自己童年的梦境里，并把它理解为灵魂里的伊甸园。我以为，童年的梦是一种自我反省，心理自救。唯有童年，才显现出人类的真实面目。在岁月的染缸中浸泡过之后，人们学会了忍耐、克制和约束，去适应祖先们约定俗成的生活理念。他不能像童年那样无所顾忌地哭，或者肆无忌惮地笑。就人的本质来说，这是一种压抑。而要排解这种压抑，只有依托于梦境了。

在中国古代，释梦者认为梦是神灵的启示。《后汉书·冯异传》中记载冯异劝刘秀做皇帝，刘秀随声附和他昨夜梦见自己乘赤龙上天。刘秀乃一介草夫，坐龙椅、穿黄袍欠缺根基，梦竟然成为借口。无须考证刘秀是否做过此梦。梦是绝对的隐私，是一个人的精神载体。西方哲学家认为梦生活的基础是心理活动的一种特殊方式，赞美这种状态是一种向更高境界的升华。例如舒伯特便宣称梦是精神从外部自然界力量中获得的解放，是灵魂从感官的束缚中获得的自由。弗洛伊德则指出梦是一种精神活动，"其动机常常是一个寻求满足的愿望"。

梦如同人的身影一般，既司空见惯，又神秘莫测，既虚无缥缈，又真实可见。若说梦是幻觉，然而梦中的人物事件，甚至细节，醒后却历历在目。有时日有所思，夜即梦之；有时梦中所见，日即遇之。梦之神秘至此，我们的祖先亦早知之，即产生梦文化。在弗洛伊德之前，我们的祖先就有关于释梦的书籍，如《周公解梦》《梦林玄解》等。不过，它们只是列举了梦的现象，对应着具体的梦作出解释，缺少理论的依据，难登大雅之堂，只是在民间流传。是弗洛伊德用科学的方法把梦上升到了理论的高度，这就开了一个先河。

如尼采所言：梦释放视觉、联想、诗意的强力。弗洛伊德在《梦的解析》中说得更透彻，指出梦是潜意识的自我表现，潜意识被压在人心灵的最深处，但它很活跃，千方百计要突破潜意识的领域冒出来。当"自我"在既要休息又得不到完全休息，处于浑浑噩噩的状态而放松了戒备的时候，潜意识便开始活动，于是出现了梦。由于做梦的人有不少愿望是违反道德的，于是潜意识便以改头换面的形式冒出来。梦之所以奇特而不可理解是由梦的化装造成的。事实上，许多梦是没有逻辑关系的，甚至是荒诞的。梦中，我忽然间赤身裸体。走在大街上，低头一看，发现自己连裤头都没有穿。所有人的目光都呈直线射向我的害羞处。裸露的阳光，斥责的目光，风的旋转，还有女士歇斯底里般的嚎叫。她们捂着眼睛，惊慌失措地逃离现场。我渴望地面出现一个空洞，失魂落魄地寻找。裸体的梦是人的性格的真实写照。人在梦境中审视裸体的真理。弗洛伊德在分析裸体的梦时，指出它是对童年的怀念。他的看法无疑回归了人的本质：真诚、袒露。当婴儿从母体中分娩出来，其裸体并不代表邪恶。通常，我们沐浴在风中。风说，我永恒，我是裸体的。风还说，阳光是女神，我是侠客。风的解释让人联想到性。风的性欲让阳光宁静致远。这样的比喻让我爽快。

情感和生理的释放是人类的天性，是一种真理。压抑性是一种心理变态行为。梦携带着人的本能赤裸而来、赤裸而去。我们的身体被性梦耕耘过后，舒适，清爽。揉揉睡眼，伸伸懒腰，打个哈欠，阳光或者月光在窗头俯视你，道声早安，对你灿烂地笑。我在30多岁时曾经暗恋过一个女孩，这种潜意识让她频频出现在我的梦里，和我牵着手跨过一条小溪，走进一片竹林……我在一篇文中这样写道：我的梦里有一片湿润的天空，我的爱人在天空下出现。她应该是这样一个女孩：眉宇间荡漾着无法掩饰的忧郁。她是一棵纤细的小草，栀子花般清晰而明媚，开放在我的梦境中。她闭着眼，身上的衣服一件件地褪下，裸露出维纳斯一样的肉体，白皙，细腻，光滑，圣洁，放射出炫目的光芒。她被我拥抱，亲吻……梦醒后，闭上眼，禁不住流连忘返在梦的情节里。

　　弗洛伊德认为，在人们心目中最大的禁忌就是"性"，而"性"又是人的本能，对于"性"这个禁区，人们既想闯入，又迫于道德限制，所以只有在梦中释放自己的愿望，使精神得到满足。基于这样的理论，弗洛伊德在对梦的解释中，除了个别十分明显的是对普通欲望的满足（如饥渴、排泄等）的梦外，大多数梦在他的眼里都与对性的渴望脱不了干系。

　　年轻时迷恋《西游记》，梦见自己如孙悟空一般驰风驾云。幼时还读过一本《宝葫芦的秘密》，是本连环画。梦中，那宝葫芦就归了我，想要什么就有什么。我小时和祖父睡一条炕，祖父的脑袋里装着许多皇上的故事，我就梦见自己做了皇上，拥有无数的宫殿和美女。那时我还幼稚，以为幸福就是财富。在弗洛伊德看来，梦是一种愿望的幻想式的满足。日有所思，梦有所得。梦是因愿望而起，它的内容是"愿望的达成"。梦不仅使思想有表现的机会，而且借幻觉经验的方式，以表示愿望的满足。期望自己有一个宝葫芦，想要什么就有什么，是在满足我对财富对美女以及地位的追求。我曾幻想腰缠万贯，像救世主一样向土地播种着硬币……白花花的银子啊！父老乡亲背着笼，挎着篮，提着罐，甚至脱下裤子用绳扎了裤口去收获——这是符合逻辑的想象。想象中，乡亲们激动的泪水大把大把地流淌，让大地诞生了一条崭新的河流。

现在，那些有关财富的梦已经被一个又一个句号阻断，没有什么比来自现实生活的障碍更残酷，也没有什么比精神的向往更珍贵。拥有宝葫芦之类的梦了无踪影，并非我已经腰缠万贯。从本质上说，我对生命、对幸福的理解已经实现了从物质到精神的战略性转移。

祖母的炕角有一个黑色的瓦罐。父亲每次给她些硬币，她都装进瓦罐里。装进瓦罐之前，她要用清水洗净硬币上残留的污垢。我的记忆里，她用那些硬币给自己买过一个发卡，聚拢起花白的头发。还买过一个糖葫芦，让我高兴了一个下午。祖母离开人世那年，我9岁了。她把那个黑色的瓦罐交给了我。"娃呀，婆这一辈子，一分钱都没乱花过。"

是祖母教导我珍惜每一分硬币，并将我引导到关于硬币的梦境中。年轻时，我曾困惑于捡拾硬币的梦境中。那时，还没有百元票面的人民币，最大面值是10元。我很难拥有10元的纸币，连抚摸都是一种奢望。因此，我对钱的认识是始于硬币的。梦中，一片旷野，一座峡谷，一面河滩，硬币的光辉星辰般灿烂。上天赐给我收获硬币的机遇，我提着一个篮子，或者脱下上衣，硬币一枚枚地落进……按照古印度人解梦的观点，梦可以成为我们所在的物质世界中的现实，那么第二天我肯定要获得钱财。可是，现实是，第二天我仍然衣袋空空。我很失落，揪着头发对梦的预示产生着疑问。有时晚上睡觉前，放一只篮子在枕旁，以免梦中获得的硬币失去。那可笑的举动后来成为长辈们的笑料。

魔术师伸手空中一抓，几张白纸变成了一叠钞票。这是后来我看到的舞台上的表演。白纸可以变成钞票？如果时光可以倒退，我也许会幻想成为魔术师。

弗洛伊德的著作一直为人所阅读，他被视为最具影响也富有争议的描写心理和社会的作家之一。他以奇特的方式影响了人生。他风趣地说，他打扰了世界的睡眠。他的《梦的解析》出版百年以来，世界上不知有多少人在研究它，参照它分析自己的梦，分析自己生命的轨迹。悲伤与忧郁，幸福与快乐，乃至生命的蛛丝马迹，其实都是掩藏在梦境中的。

有人说，弗洛伊德是旅途中的躺椅。我觉得这个比喻形象极了，恰当极了。在这个世界上奔波了许多日之后，我们忽然发现自己累了，从身心到精神都疲倦了，于是便需要一个温馨的梦来缓解自己，梦醒之后觉得又要为这个梦寻找一个合理的解释，或者说要找到这个梦对自己的象征意义，此刻，弗洛伊德就像一个救星一样，降临在我们的身旁。读了他的著作，听了他的解释，我们会恍然大悟，觉得生活依然可以继续，你的生命还会有许多奇特的现象。

1923年春，弗洛伊德被诊断患了口腔癌，这与他每天抽20支雪茄的习惯有关，即使在癌症被发现后他也没改变这一习惯。1923年到1939年间，他接受了33次手术。虽然非常痛苦，但他拒绝使用止痛药。他的头脑仍然十分清醒，并继续为病人诊疗和著述。1933年纳粹执政后迫害犹太人，他们在柏林公开烧毁弗洛伊德的著作，理由是他夸大性问题来毁灭灵魂。1938年维也纳被占领后，他仍不愿离开。最后，由于他女儿被捕，房屋屡遭纳粹匪徒抢劫，他才去了伦敦。

在二战爆发三个星期之后，弗洛伊德于1939年9月23日逝世。他的葬礼在伦敦内城附近一个叫格德尔斯·格林的火葬场举行。弗洛伊德同下腭癌做了17年的斗争，经历了许多痛苦的手术。他的医生马科斯·施努尔按照弗洛伊德的要求，为他注射了大剂量的吗啡。那是一种安乐死。跟弗洛伊德一生的信念一样，这是勇敢的死亡。

弗洛伊德的骨灰放在一个希腊花瓶中，葬在由大理石、雪花石膏和金属骨灰坛组成的骨灰坛安置所里。他的妻子玛塔和女儿安娜的骨灰也安息在这里。

希腊那个花瓶，是弗洛伊德梦的摇篮。在其中他会做着许多关于悲伤、关于幸福的梦。无论幸福还是悲伤，在他看来，都是人类精神的财富。

原载《雨花》2013年第7期

从解释世界到改造世界

吴　亮

————————

今天我的主题和马克思有关，和马克思对世界的不满有关。假如我强调说马克思的不满，可能很多人就会有兴趣了，因为他们现在都对这个世界很不满。我先把我今天要说的关键词写在书板上——马克思的不满，马克思的计划，马克思的遗产——前天发生了一个小意外，我把右肩摔坏了，这个意外使我今天的讲座内容发生点变化，也就是说，不仅吴亮出了意外，马克思的叙述也出了意外。

我们从这个大题目开始：解释世界还是改造世界？这是马克思非常重要的一句名言，这句名言出自他早期作品，也就是1845年的《关于费尔巴哈的提纲》，一共有11段，这是最后一段，说"以往的哲学家他们所要解决的问题是解释世界，而问题在于要改变世界"，这是整个论纲的最后一句话，非常有力的一句话。

马克思在1845年是一个青年黑格尔主义者，但那时候他又开始着迷于费尔巴哈的人本主义，这使马克思的黑格尔思想得到了一个彻底的转变，开始把辩证法放在一个唯物主义的基础上面。唯物主义有好多来源，马克思阅读了大量的哲学著作，从古希腊到18世纪的法国唯物主义，但更近期的是费尔巴哈的人本主义。他说"我们当时都像被闪电一样震撼了"，"闪电"就是指费尔巴哈，他把人放到第一位。马克思的特点是，他在黑格尔身上学到很多东西以后，他会坦承自己受到黑格尔的影响，但是黑格尔是错的，因为他的辩证法是颠倒的。同时他还会说，费尔巴哈影响了我，像闪电一样影响了我，但是费尔巴哈也错了，费尔巴哈没有从人的实践去理解世界，这个世界并不是一个旧唯物主义所理解的纯粹外在世界，理解世界必须从人的实践角度去理解。所以马克思总要比别人高出一筹，这就是马克思厉害的地方。虽然马克思有过很多别人的思想，我们可以说他明显地使用了黑格尔的语言，使用了费尔巴哈的语言，但是我们可能还是认为这是具有马克思风格的语言，实际上马克思的许多思想包括表述风格和这两个人是不能完全分开的。

马克思的这个预言，这个哲学任务向政治任务的转向，解释世界到改造世界，毫无疑问应该有一个内在的原因，为什么要改造世界呢？毫无疑问，马克思对世界很不满意。那么对世界很不满意，是马克思一个人的问题吗？当然不是。在马克思成长与成熟的19世纪初期及到他的中年，我们讲19世纪的前半叶，欧洲所谓的知识分子，资产阶级，一些革命党和各种各样的社会力量都对欧洲现状很不满意，马克思的不满并不是一个特殊现象。另外一个问题，对世界产生强烈不满以后，马克思才会萌动一个计划，就是如何改变这个世界，光解释世界是不行的，我要改变它。这是我要说的第二部分——马克思的计划。

先讲马克思的不满的来源，我从两个方面来说。一个是他个人的不满，他的个人不满首先来自他的家庭。我们都知道马克思是德国犹太人，父亲母亲都是犹太人。马克思的父亲是个律师，马克思在柏林大学读的是法学，是法学博士，他不是学哲学的，更不是学经济学的，他的本科是法学。马克思的祖父是个犹太教典学者，而马克思的母亲又是拉比之女，也就是说，他的父亲母亲的祖上不仅都是犹太人，而且都是在犹太教领域承担着研究或解释职责的神职人员，这样一种深厚的犹太教传统对马克思家族的影响和对他本人肯定会起作用，马克思自己一定知道这一家族信仰的秘密，假设连他自己都不知道，后来那些马克思的传记作者又怎么知道的呢？

我们都知道欧洲几百年来一直有一个排犹传统，就是欧洲人排斥犹太人，这个故事很漫长。简单说，犹太人自从失去家园以后，在欧洲游荡了2000多年，他们在欧洲游荡的时候慢慢就分化成三类人。一类是做生意的商人，通常讲犹太人很聪明，很精明，就知道赚钱；另外一类，虽然是犹太穷人，但也属于过世俗生活的人。不论富人穷人，两种犹太人在欧洲都受到排斥。富人受排斥的原因是嫉妒，你们太有钱了，讨厌你们。流落在欧洲的那些穷苦犹太人则更加遭到鄙视，这也是人类的势利心态，有钱遭嫉妒，贫穷遭歧视。所以犹太人总是被赶来赶去的。

第三类犹太人，世界性的了不起的杰出人物，马克思是其中之一，还有爱因斯坦、弗洛伊德都是犹太人，这些犹太人，包括许多科学家、发明家和艺术家，我们发现有一个共同特征，这个特征是什么呢？他们不再强调我是犹太人，甚至不再说自己信仰犹太教，他们可以改变信仰，甚至干脆声称自己是无神论者，他们是在为人类服务，这就是他们作为犹太人更为超越的地方。

确实，《旧约》当中，多处讲以色列要复国，以色列几次亡国，必将再次复国之类，确实《旧约》里面有这个东西。但《旧约》还有一个内容，很多人不会太注意，就是犹太人所说的"我们是上帝的选民"，并不是说上帝只选了我们，而只是说把"我们作为人类的代表"，是人类的一部分，我们是通过摩西和耶和华说过话的人，所以我们的约书里有这样的记录。

因为犹太人身份在欧洲很受挤对，为谋生和求生很多犹太人都在反省。要么隐瞒我的身份，我不强调犹太身份；要么我把犹太人问题人类化，我不谈我的犹太特殊性了，我谈普遍事物。像爱因斯坦根本就不谈这个，爱因斯坦关心的不是地球上的事情，他管的是整个宇宙的事情。他出名以后成了和平主义者，因为他出了名你才去问他，你作为物理学家对战争有什么看法？假如他不是物理学家，人家就不会问他了，因为他对和平的见解没什么新花样，我们都知道爱因斯坦主要贡献是狭义相对论，不是别的。

弗洛伊德从来没有说过人的潜意识与人种民族有什么关系，他只说人类本能与禁忌的关系，他把所有人当作一种人，这就是犹太人处理问题的方法，非常了不起。

回过来讲马克思。马克思家庭的犹太背景，在德国生活有很大麻烦，这不是我们的猜测，而是事实。1816年马克思还没出生，马克思出生是1818年。1816年马克思的父亲所生活的特利尔小城，地方当局有一道通知，说假如一个犹太人在德国担任比较高的职位，比如医生、法官、律师之类的，你必须放弃你的犹太教信仰。为了求生与养家糊口，那毫无疑问，马克思的父亲选择了妥协，放弃了犹太教信仰。作为法律学者的马克思父亲是否为此被迫的决定感到羞辱我们不得而知，还是把一切交给想象吧。

马克思的父亲一共生了8个孩子，马克思6岁的时候，他父亲带着已经出生的6个孩子一起信了基督教。应该说从马克思6岁以后他受到了基督教的教育，但后来在他年纪很小时写的诗歌、作文与学校论文当中，我们几乎看不出基督教和犹太教的任何痕迹。

但很有意思的是，马克思20出头的时候，先后写过两篇对研究马克思青年时代思想发展脉络很重要的文章《论犹太人问题》。前提是：马克思在柏林大学读书时，有个青年黑格尔派的领袖叫鲍威尔，是一个非常极端的反犹分子。马克思很佩服鲍威尔，但似乎不太赞同鲍威尔的反犹主张。作为回应，就是说我们的老师都在谈这个犹太人问题，那我也要谈这个问题。马克思的切入点是，所有犹太人问题，归根到底是一个资产阶级问题。犹太人被欧洲人认为只知道赚钱，你们的宗教信仰就是做生意，你们的上帝就是钱，所以犹太人全部毛病不是犹太人问题，是一种社会和经济之恶，是一个资产阶级的问题，犹太人问题的一般解决就是必须要把资产阶级问题先解决掉，也就是说，必须把金钱这件事情解决掉。马克思当时还没说究竟应该怎么解决，但已经用一种非常肯定非常带有未来马克思的口气声称：只要资产阶级和金钱问题一旦解决，犹太人的问题也就自然解决了。马克思把它化解为一个人类的问题，也就是说所有民族都有资产阶级这种阶级存在，而不独犹太人。

在这个化解与超然的解释方案背后，我认为是隐藏着一种自卑的，就是说，马克思不愿意承认自己和犹太人身份或犹太教有任何瓜葛，但是他要超越这个难题，他不是用正面回答。以后我们陆续可以发现马克思经常用超越的方式来解决问题，他不谈论你们谈论的问题，他把你们的问题改变为另一个问题，他越过你，他比你高。这是马克思经常用的修辞手段，他的逻辑所在，他的魅力所在，也是马克思逝世200年以后继续能够有蛊惑力，有刺激力，甚至能够让我们仍然感到强烈共鸣的原因。

马克思出身于中产阶级，他的邻居就是后来成为他妻子的燕妮一家，燕妮比他大4岁，他们是姐弟恋。因为马克思的聪明与早熟，14岁时就爱上了18岁的燕妮。燕妮一半苏格兰血统一半普鲁士血统，她的父亲是一个官僚，哥哥曾经做过德国某一个内务部长，马克思的未来丈人家境不错，应该说他对这种优越的生活不会有什么愤恨。但从他最早写的诗歌看，诗歌内容分两种，一半诗稿是送给燕妮的爱情诗，这是马克思的爱，还有一半是马克思的恨，爱憎分明始终伴随着马克思一生，这也是所有人都有的爱与憎。很奇怪，马克思憎恨的对象非常抽象，好像总是针对世界之恶，神、巨魔、深渊、海洋就是那个对立面，一些很空洞很宏大的象征性的意象。他的作品中总是会出现一个巨人形象，这个巨人形象要么以被诅咒的恶的形象出现，要么就是他自己成为这个巨人——他会变身为一个拯救者，一个骑士，一个与堂·吉诃德相似的英雄，我来拯救世界了，我要和上帝拼一拼。他的名言是：虽然我什么都不是，但是我要主导一切。这个宏大志愿马克思很小的时候就通过诗歌确定下来了。马克思这种诗歌形式的表述是写给他女朋友的，未来丈人也看了，可能会觉得他是一个沉迷空想的人。我觉得马克思虽然有很好的诗情，但是他的诗写得并不好。不过马克思的志向并不是成为一个诗人，这只是少年马克思的一种宣泄，尽管这种诗人气质影响了马克思一生。

要取得丈人的欢心，获得燕妮的爱情，马克思要保证读出一个博士学位。我在上世纪70年代曾经买过他一本书，马克思当年的博士论文：《德谟克利特的自然哲学和伊壁鸠鲁的自然哲学的差别》，当时我看这本书的时候根本看不懂，因为我对这两个古希腊哲学家一点都不知道，当时我们阅读的东西非常有限。过了40年，我对古希腊这两位哲学家有点了解了。马克思在里面流露出一种很奇怪的想法，是什么呢？德谟克利特代表着早期的力学，原子论就是他提出来的，显然是一个表达理性世界的哲学认识。而伊壁鸠鲁是一个怀疑的原子论者，他宁肯要心灵宁静，也不要客观的真理，伊壁鸠鲁强调生活必须很朴素，不要有太多欲望。所以马克思在评论这两个人不同的哲学观的时候带一句话，就是他们不同的人生观——马克思喜欢的是伊壁鸠鲁，因为伊壁鸠鲁的生活好像有点不思进取，他喜欢一种悠闲自在的生活，一种和这个世界所谓权力、功利完全无关的生活。但同时，在这篇文章里马克思又说到希腊神话中的另一个人物：普罗米修斯。普罗米修斯在希腊神话里是叛逆者，他盗火给人类，泄露天机，后来被宙斯钉在悬崖上派老鹰来咬他身体。马克思非常欣赏普罗米修斯和整个世界对抗，和众神对抗，马克思后来不止一次提到普罗米修斯。

马克思既喜欢闲暇，又热衷战斗，他后来想象过未来的人已经摆脱了异化奴役将如何生活，打猎、钓鱼，晚上回家从事批判……显然这个想象已经包含了马克思的个人理想和某种日常经验，但是马克思毕竟是普罗米修斯，而不是伊壁鸠鲁。希腊神话谱系告诉我们，普罗米修斯的父亲是死亡之神，他的母亲是预言之神，这两种身份在马克思身上都得到了延续。马克思一生有两件事一直在做，一是诅咒旧世界灭亡，死亡之神；一个是准备新纪元的到来，预言之神。普罗米修斯父母的血液通过普罗米修斯双重性地影响到了马克思，我不知道这是不是一种巧合，非常富有文学性的联想。

马克思的这种不满，说到这里还不是非常切身的，家族被剥夺了信仰的权利，责任并不在抽象的资产阶级一方；或者年轻时代浪漫的狂想，有时候我们讲为赋新词强说愁这种类似的东西，你年纪很轻嘛，可能会很狂。但到他20多岁以后，直到他毕生，马克思为什么会在这么长的时间里，对整个资本主义制度那么仇恨？假如没这个仇恨，他不可能花那么多时间去写《资本论》，而且终其半生还没写完，没有一个强大的动力这是不可想象的。

那么，是不是还有马克思个人的其他原因？马克思大学将要毕业的时候，青年黑格尔派的那些教授们经常发表激进言论，这个我们不陌生。一个教授因言论过激，学校当局就不会一直姑息纵容，鲍威尔一度被解聘了。马克思毕业时没有被学校聘为教授，言论激进的马克思肯定知道普鲁士早已不是他的久留之地。你们看看他是怎么冷嘲热讽地批判普鲁士的书报检查制度，就会明白马克思为什么先出走布鲁塞尔和巴黎，最后落草伦敦了。

　　可是，获得言论自由并非是马克思的终极目的，马克思的终极目标是消灭金权控制世界的制度，而不是区区普鲁士书报检查制度。英国的出版自由与言论自由满足了马克思写作与出版《资本论》的外部条件，但是这远远不是马克思所梦想的理想社会。青年马克思所痛恨的金钱，痛恨由金钱构成的资本，除了受到了圣西门主义以及形形色色的社会主义、无政府主义思潮影响之外，说不定在个人经验上积累了来自实际生活的金钱创伤与憎恨。

　　还有一个情况，德国是新教国家，契约精神很重要，父子间也是一样。成年以后的马克思，十六七岁的男子汉了，他常给父亲写信，讲我最近看什么书，和他的父亲交流，然后是向他父亲要钱，因为要生活要买书。他父亲说，你不能花太多钱，你借钱是要还的。马克思大学毕业后曾经有一个志向，想做报纸杂志的时事评论员，以他的才华写时评不是问题，但这点点稿费远远不够他日常生活。但马克思的习性是，当父亲不愿意再继续给他寄钱来支持他，他的母亲也不愿意给钱的时候，他也不会改变自己的生活方式，放弃自己的远大理想。儿子不尽责任，父母很愤怒，这些都可以在马克思父母与他的通信中找到这个家庭内部有关金钱的分歧与龃龉。

　　于是马克思向他的一个叔叔去借钱，这个叔叔叫菲力浦，他在荷兰做生意，是一个资本家，并且正是现在我们都熟悉的飞利浦公司的创始人。马克思一生在骂资本主义，但他真正打过交道的，认识的，有密切来往的资本家只有两个，一个是菲力浦叔叔，另一个是恩格斯。前者曾经借过他很多钱，后来他始终没有能力全部偿还。后者一直给钱让马克思花，却从来没有叫马克思还，这就是恩格斯。马克思直接打过交道的资本家就这两个，都对他不错。一个是给他钱，一直不还清；一个是不让你还。亲戚朋友归亲戚朋友，资产阶级是资产阶级，抽象与具体是两回事，所以马克思还是要骂资产阶级。为什么呢？我慢慢解释这个问题。

那么马克思一直在讲的无产阶级呢，作为革命心脏的无产阶级，他又有几个工人朋友？不，他没有一个工人朋友，非常有意思啊。马克思搞革命是从哲学开始的，他在大学里交往的全都是哲学同行，个个是教授，后来在报社里认识的也都是识字的有抱负的激进知识分子。马克思离开《德法年鉴》先去比利时后去法国，在巴黎认识了恩格斯，随即恩格斯把他带到了伦敦。最后，就在伦敦定居，直到去世。

到了伦敦，马克思的家就成了各种无政府主义者、社会主义者、流亡者的一个聚会地点，海外流亡的这些人，谋反的，要颠覆世界的，要掀起革命的。马克思在后来的30多年中交往的几乎全是流亡者，这种情况和艺术家非常相像。也许艺术家现在有点钱了就和老板打交道吗？不知道，也许是。艺术家跑到任何地方只要说我是画画的他马上就能找到朋友，就像列宁讲的：只要会唱国际歌，跑到任何国家都能找到无产阶级同志。这是同样一个逻辑。马克思和流亡者在一起，通过流亡者了解世界。马克思的学习有三个地方，一个是图书馆，一个是报纸，另一个就是和流亡者交流了，要么吵架、开会、辩论，要么是听来自各个国家的消息，他就生活在这样一个语境里。

伦敦的30多年中，马克思也出去玩，出去疗养，但他从来没有一份正式的工作。马克思不是职业革命家，甚至不是组织革命的人，是什么呢？马克思只是不断宣传需要一个政治组织的学者，而这个组织由他来掌控，革命则需要等待。马克思对欧洲当时所发生的几次革命都不是太看好。唯有最早的一次，1848年《共产党宣言》发表，他充满信心，这个文件由他和恩格斯合作起草，大部分由马克思操刀。马克思这一年已经30岁了。"一个幽灵，一个共产主义的幽灵在欧洲游荡"，这是第一句。第二句是："整个欧洲都开始恐慌。梅特涅和基佐、教皇和沙皇建立起了神圣同盟，现在哪一个革命党、反对党不被咒骂为共产主义者呢？既然如此，那么我们就必须把我们的主张公开宣布出来……"这就是整个宣言的开场白。

马克思真是太厉害了。你们看看他随手写下的这两个人名，梅特涅是谁？当时奥地利的外交大臣，欧洲的神圣联盟就由他主持，一个手腕非常强悍的欧洲外交家；另一个基佐，法兰西第二共和国的首相。这两位都是欧洲政坛的顶级人物。《共产党宣言》1848 年 2 月问世，巧了，同年同月，法国、奥地利和其他欧洲国家相继发生了革命。梅特涅逃亡伦敦，基佐也下台了。马克思对梅特涅、基佐的憎恨是观念上的，他们之间没有私仇。马克思是有大志向、大计划的人，他看到欧洲革命的确来了，只是革命以后无产阶级没有掌握政权，世界并没有变成他想象的那个样子。1848 年初马克思或许认为这个世界的根本变化将要到来，哲学头脑和无产阶级心脏联合起来了，整个欧洲都要变，而欧洲的变化又会带来全世界的变化。我们知道马克思与黑格尔一样相信有一个历史的线性发展，落后国家迟早要走先进国家的道路，欧洲是火车头，先进国家先搞起来，落后的国家就好说了，这是马克思历史进步论和历史决定论的一次实践检验。

可是革命没有成功，至少马克思恩格斯认为没有成功——无论如何1848 年革命产生了另外一个历史结果——马克思在 1850 年和恩格斯两人联名写了一个《告国际共产主义者同盟书》，先总结了两次革命的失败，然后解释说，这不是革命的失败，而是革命之前这个旧社会传统的残渣余孽的失败，真正的无产阶级革命的时机还没到来。

1851 年后，马克思决定要做个事情——写《资本论》，他要通过经济学研究来论证资本主义为什么会必然灭亡。这个灭亡现在还没到时间，我先要在理论上解决这个问题，然后，酝酿与等待下一次革命，为未来无产阶级革命推翻这个私有制世界做理论准备。

大量时间投入《资本论》写作，几乎没有其他经济收入，这意味着马克思将陷入窘困的生活状态，恩格斯资助他，他从来没买过自己的住宅，一直住恩格斯为他租的房子。马克思总想赚点钱，1851年机会来了。什么机会呢？我们都知道瓦特完善了蒸汽机，1807年英国轮船终于可以用蒸汽机推动了，1814年火车也用蒸汽机推动了，这就是令马克思振奋的蒸汽机的时代。蒸汽机出现之前，英国航海都是帆船，利用风力，现在以蒸汽机为动力，他们的船就越造越大了。19世纪中叶，英国造出了当时最大的邮轮。以前只有探险者、军人和水手跑远洋，海上漂好几个月才到另一个洲。现在邮轮缩短了大英帝国与殖民地的距离，那些殖民地长官可以带家眷了，同时方便了通信，最早的跨大洋邮件就是委托邮轮捎带的。

搭着邮轮，伦敦来了一位美国《纽约每日论坛报》的主管，此人很喜欢马克思的文笔和观点，特约马克思给他写文章。怎么样？一个礼拜给我们写一到两篇，你们英国是消息最灵通的地方，我们美国读者都很想了解大英帝国和附属国发生的事，一篇文章报酬1英镑。19世纪中叶的1英镑非常值钱，当时英国一个4口之家，一年收入有90英镑日子就很小康了。马克思需要钱，但他不愿意为了钱去做他不愿意做的事情，写国际时政评论马克思却是愿意的，哪怕只是为了区区1英镑！想想看，马克思为美国这家报纸的专栏评论，竟然坚持写了8年之久，前后一共大约写了500多篇！

对马克思来讲，这1英镑固然很重要，但他更需要美国读者。他真的很敬业，为了挣1英镑，他写一篇评论要花多大力气，你们随便找几篇，《马恩全集》里都有，你们会非常惊讶——除了马克思讲到的第二次鸦片战争和太平天国，我对他当年的其他评论对象基本不了解，我没法核实，但就我浏览的印象而言，8年中马克思所涉及的论题范围、深入程度、资料引用，以及他文笔的犀利、幽默，那种华丽的措辞和富有魅力的文学性，至今难有匹敌者，你们会觉得为了小小的1英镑，似乎很不值得。

尽管如此努力，马克思仍然没有别的赚钱机会，《资本论》第一卷出版了，他自嘲"它的稿费只够我的雪茄烟钱"，但是马克思在这条注定赚不了钱的路上没有回头路了，怪不得他痛恨金钱呢。不再给《纽约每日论坛报》写专栏后，马克思一度想去海关谋一个什么职位，后来想想还是不去算了。我能想象，换了我，我也不去。已经很牛的一个人，跑到海关里面做个小小办事员，多异化呀，拿这点点钱都不好意思，忙忙碌碌，还不能算是创造劳动价值的劳动呢。对金钱的现实渴望，对金钱的抽象厌恶，生活如此窘迫，但他依然很骄傲，他十几岁时就写过一首诗，题目《人的自豪》，那时候他还没有物质生活的压力，现在，他对金钱真的是非常厌恶，厌恶到了他不再对赠与他金钱的人心存感激。唯物主义不唯物，经济是基础，哲学是上层建筑，马克思是上层建筑，因为马克思是哲学大脑。

我不知道，是不是有一种人非常特别，他的行为逻辑与普通人是相反的。比方某些用特殊材料做成的艺术家或政治家，他们对曾经恩惠自己的人会有一种不安与反感，他内心会有一种自卑，他不愿意亏欠别人什么，而所亏欠的，恰恰又是他最不屑的东西，譬如金钱。

恩格斯对马克思很好，一直把他当成非常了不起的精神导师。恩格斯很谦虚，恩格斯第一个同居女友去世后，写了封信给马克思报告了这个悲伤的消息。马克思给他回信几乎没有提这个事，一句安慰都没有，还像往常那样说我身上没钱了。终于恩格斯受不了了，非常愤怒地回了信，两人差点要绝交。后来马克思认错了，向恩格斯道歉，人类历史上最伟大的友谊才没有破裂。

不能说马克思完全就是为了自己，确实如他年轻时所说的，他的理想是为了人类解放的崇高事业，不是为了自己，马克思并不自私，他是顾不上，所以他的生活过得一团糟。那么马克思的性格如何？性格就是命运。以前读梅林的《马克思传》，说他非常幽默，讨孩子喜欢。我想，梅林所看到的马克思，肯定是在他去马克思家做客的时候。当然啦，梅林叔叔来做客，马克思就不工作了，肯定和两个女儿一起玩。所以留给梅林的印象就是，马克思和他的女儿们其乐融融，讲故事，笑话不断，轻松幽默，马克思擅长笑话是闻名的。

马克思性格还有另一面，另一面是什么？是燕妮的日记，燕妮写给她母亲的信。燕妮很爱马克思，但尽管他们相爱，生活毕竟不是爱情诗。燕妮抱怨马克思脾气暴躁，这非常正常，一个鼓吹暴力革命的人脾气怎么可能温和呢？当年马克思在巴黎开编辑会议天天吵架，所以他们开会时必须要把门窗关起来，以防街上的人听见，可见马克思嗓音有多大，他在辩论的时候绝对不饶人，声音非常尖锐。

不修边幅。1848年前后的马克思在布鲁塞尔有过案底，因秘密集会，被比利时警察记录在案了，探员跟踪他，跑到伦敦去看看马克思究竟在干什么。探员回来报告说，马克思很邋遢，身上的衣服不知道是泥土的颜色还是肮脏的颜色，他经常写作写到半夜，写到疲倦了一头倒在沙发上，连脱衣服的力气都没有……马克思偶尔也会享受到一种愉悦的悠闲时光，那是在梅林笔下，他似乎稍微有点钱了，搬到比较好的房子，他会把头发梳得干干净净，昂首阔步走在前头，燕妮领着最小的女儿爱琳娜，后面是两个大女儿，小燕妮和劳拉，还有两个家里的女佣，一个拎着篮子，里面放着面包、奶酪、水果，另一个拿着只大篮子，里面是地毯，他们要到公园去野餐了，这在马克思一家是很少见的情景，享受天伦之乐……大部分时间，如果没有客人来访，马克思都在房间里单独工作，愤懑，发脾气，啃书本，疯狂地写作，这就是马克思的日常状态。

1867年马克思的《资本论》第一卷终于出版了，他承诺，他还要写两卷。我们知道马克思是1883年去世的，1867年到他去世还有16年，他完全有时间把《资本论》写下去并付梓出版的。后来在检查马克思遗物的时候，人们发现马克思为了续写《资本论》还留下了100多本笔记本，中间足足有1000页和高利贷有关，光为了高利贷就做了1000页笔记，他居然舍得花了那么多时间。那么为什么，马克思没有把《资本论》写完，以他的健康状况和不屈不挠的性格，以他留下的大量准备材料，这个不了了之的结果是很难解释的。

不发表，这可能是马克思的写作习惯之一，这种情况在他早年写诗歌时就存在，还有他写过那么多哲学笔记，包括后来影响极大的《巴黎手稿》，马克思生前也没发表。我讲的主题来自马克思的两句话："解释世界还是改造世界？"他的《关于费尔巴哈的提纲》生前同样没有发表，直到马克思去世后，恩格斯写了一本书叫《费尔巴哈与德国古典哲学的终结》，他才从马克思的遗作中挑出这篇未发表的论纲作为自己这本书的附录。意思是说，关于费尔巴哈，马克思早就说了这些精辟的论断。恩格斯道德品质非常好，他从不掠人之美，他总是说我受马克思的教育，马克思是第一小提琴，他是第二。确实，马克思写了大量手稿从来没有发表，这给后人带来了很多迷惑，这个人好像真的不自私，不虚荣，他不要求发表，就写给自己看，为自己清理思想，我们不得不认为马克思真的很严肃。

无论我们如何猜测，有一件事情发生了，就是——马克思的计划搁浅了。或者说，马克思的计划推迟了。1848年是无产阶级革命被推迟了，马克思的计划转向对资本主义必将灭亡的经济学论证；1867年至1883年，马克思留下了100本笔记本和1000页有关高利贷的笔记，再一次将践行这一论证的承诺推迟了。我们不禁会问，莫非其中出现了什么不可克服的障碍，或难以预料的变故？

《资本论》的后两卷，马克思死后恩格斯才把它整理出来，结构非常紊乱，不完整，马克思自己不愿意拿出来发表，其实是很有道理的。

马克思没有拿出来的原因很可能是，他对资本主义的几个关键描述与现实状况发生了尖锐的矛盾，"工人阶级贫困化"，"资本越来越集中"，"越来越多的人沦为无产阶级"。《资本论》第一卷结尾部分有一段非常著名的预言，马克思说，随着这个世界的资本越来越集中于极少数人，随着大多数资本家都慢慢变成了无产者，资本主义生产关系和生产力严重地不能兼容，这个外壳就要爆炸了，丧钟就要敲响了，剥夺者就要被剥夺了。意思就是说马克思已经宣布了资本主义即将走向灭亡，革命钟声将要敲响，资本家将被剥夺，一切私有财产将要被没收。他是那样肯定地用了一个末世判决的语气来宣布世界的必然命运，毫无商量余地，但是世界却发生了朝另外一些方向的变化。这个世界并不是只有马克思一个人在思考，也不可能只按照马克思指示的路线发生改变。人们的社会存在决定人们的意识，而不是相反——这是马克思的基本思想。那么同样，马克思的思考也必须没有例外地被社会存在所决定——是存在决定思想，不是思想决定存在。1848年革命后的欧洲资本主义经济没有出现马克思上述预言的景象，这个景象的推演与描绘根据的只是马克思的逻辑推论，以及一种急迫想看到世界濒临崩溃的"末世/创世"愿望。1848年革命失败，流亡伦敦的拿破仑的侄子路易·波拿巴回到巴黎通过镇压与权谋稳定了法国局势，马克思有一篇很著名的文章，《路易·波拿巴的雾月十八日》写的就是这个事件。马克思真是辛辣，雨果不过讽刺波拿巴是个小丑，马克思又一次超越了雨果，站在一个更高的历史高度说：我要指出的是，究竟是一种什么样的法国阶级斗争局势，使一个小丑成了英雄？我们现在不去评论马克思这篇文章给1851年之后的法国带来什么，我们要问的是路易·波拿巴给法国此后的20年带来了什么？波拿巴镇压反对派、复辟帝制、大搞阅兵式和挑起普法战争是一方面，但是在他执政20年中法国完成了工业革命，大兴土木重建举世瞩目的新巴黎则是另一面，连马克思都挖苦"法国资产阶级用经济的胜利来弥补政治上的失败",换句话说,马克思看到了资本主义自由市场经济在1851年后的法国有了强劲的发展,经济的胜利嘛……顺便插一句,至于马克思是否也会用GDP增长来衡量路易·波拿巴的政绩,你们可以猜猜看。

马克思一直说资本是肮脏的,甚至沾着血,资本的本性就是榨取剩余价值,这个没有经过严格论证的独断式结论是有严重缺陷的,尽管他很少指名道姓地攻击掌握资本的资本家。马克思不愿意讨论人性的善恶,但他很愿意宣布某一种经济制度的善恶。不过正如加尔文说的,连小孩子都知道钱只要没有锁在柜子里它就会升值,钱会升值是因为人支配和运用了钱,使闲置的钱变成了资本。钱的本性其实就是人的本性,因为人和人不一样,所以不同的人赋予钱的性质也就不一样。马克思不相信资本家有钱人会有仁慈心,他好像忘记了当年在特利尔小城他和燕妮的父亲都还是圣西门主义者的时候,是否怀疑过圣西门怎么可能是一个千金散尽的有钱贵族,而他的终身战友恩格斯就是一个慷慨仁慈的资本家。

资本未必一定会升值,当然资本也不可能总是能够吞并其他资本如其所愿地形成所谓垄断资本的集中,而使绝大多数人沦为无产者。弗里德曼有个数据,20世纪60年代美国注册的私人企业有1000万余家,平均每年新注册40万余家,同时又有略少于40万家宣布倒闭或破产,这几乎是一个稳定的常数。换句话说,资本的集中与分散,投资的成功或失败,一直活跃地存在于自由市场的竞争体制中,这里面有太多不确定的因素和我们不可能全盘掌控的可变性。资本只要离开了人,既没有本性,也没有逻辑,就像人类使用的任何工具,它的功能与使用它的结果之好坏、成败、善恶,统统取决于行为人的目的、行为后果、具体的道德情境与复杂的社会过程。

也许有人会说,弗里德曼的数据是50年前的,早过时了。很好,

50年就过时，那么，170年算不算过时呢？马克思在《资本论》中考察了19世纪60年代资本主义工厂的工作条件，引用的资料基本来自恩格斯写于40年代后期的《英国工人阶级状况》。遗憾的是，恩格斯此书所引用的大量报告内容并非发生在资本高度集中的产业，那种糟糕状况恰恰发生在缺乏资本的前资本主义作坊与设备落后的行业中，而且随着时间推移已经在渐渐改变。20年过去了，马克思《资本论》第八章"工作日"的本意是试图证明资本主义的本性就是逐步强化对工人的剥削，因此雇佣的人越多就会有越多工人被剥削，要得出这么一个无情的资本逻辑就在于压榨更多剩余价值的不道德结论，并且最终导致危机，马克思的证据应该在资本化程度最高的产业中去寻找，因为那里资本对工人的剥削按马克思的逻辑应该最严重。但是《资本论》第一卷没有证明这一点，还是沿用了恩格斯20年前的旧说。至于恩格斯，他的《英国工人阶级现状》具有十分明显的宣传特点，他给马克思的信里说这本书是"在世界舆论的审判庭上控诉英国资产阶级"，可惜这份起诉书引用的材料并非无可挑剔——首先它是有选择地对英国前资本主义工业化初级阶段的考察，其中提供的夜班工人私生子的数据来自1801年的资料，而在另一处引用了1833年工厂调查委员会揭发的恶劣工作条件，却没有同时告诉读者1833年英国已经通过了阿尔朔普爵士的《工厂法》，目的就是要消除委员会报告中所提到的状况。马克思从工厂视察报告中引用了一些特别恶劣的虐待工人的案例，并引申为这是资本主义为利润生产的体系性常态，似乎是不可避免的，事实上那些恶劣的工厂主正是视察员奉命侦查和起诉的对象。马克思不愿意相信代表资本利益的国家机构会改善工人阶级的糟糕处境，但他又不得不仰赖那些统治阶级委派的人提供的证据，正是这些人在行动，通过调查、起诉、辩论与立法，逐渐把事情引向改良。

前面我讲了并不是只有马克思一个人想要改变世界，18、19世纪发誓要改变世界，身体力行甘愿抛头颅洒热血的法国人源源不断前赴后继，"不断斗争一直斗争到死为止，这是革命者的天职"，这句铿锵有力的话是布朗基说的，布朗基曾被缺席选为巴黎公社名誉主席，因为公社成立的时候他人还关在卡奥尔监狱。布朗基早马克思两年去世，巴黎万人空巷，为他送葬的市民有20万，法国人崇拜不屈不挠的受难英雄，这种禀性似乎已经是法国文学的传统，而不只限于左翼文学特色，雨果、梅里美、司汤达都喜欢描写这样的悲壮场景。马克思的暴力革命理论不仅吸收了布朗基关于无产阶级专政的提法，还吸收了包括更早的马布利、莫雷利和巴贝夫在内的法国18世纪社会主义先驱的某些创意，特别是巴贝夫。巴贝夫写过一本小册子《平等者宣言》，那个时代的共产主义幽灵们风行自费印刷的小册子十分简陋，还常常是石印的，"不平等，宁可死"是巴贝夫的名言，类似中国人的"宁可玉碎，不可瓦全"。巴贝夫改变世界的主张被计划得非常具体、通俗易懂，很具有操作性——废除私有制，建立财产公共所有制，建造公共仓库，所有生活用品由上级领导平均分配，用强制的有效劳动服务于祖国，所有教师与科学家必须向上级提交忠诚证明，你们是不是有点儿似曾相识？巴贝夫最厉害的是，他计划组织一种叫作"法朗吉"的"共同目标团体"，以职业革命家为核心班子，建立根据地，发动人民游击战争。巴贝夫的口号是，穷人必须起来去掠劫富人，不平等必须被铲除，这场革命之后"也许一切都会回归混沌，但从混沌中将会诞生一个新的再生世界"！

巴贝夫1797年密谋武装起义失败被砍头了，同时拿破仑的威望与军事胜利正如日中天，法国将属于农民拥戴的拿破仑而不属于无产阶级代言人巴贝夫，平等者坐天下的时代尚未到来。巴贝夫是法国大革命的产物，他的平等计划虽然流产却变成了某种需要等待一个多世纪之后的亚洲国家居然可以仿效的模式，他像流星一样隐没了。法国大革命的遗产错综复杂，并不是所有法国大革命的产物都热衷鼓吹暴力革命，圣西门就是其中之一。法国帝制复辟后大批旧贵族回到了巴黎，文艺生活又在公爵夫人或子爵夫人的沙龙里轰轰烈烈地展开，圣西门主义开始流行了。乔治·桑和肖邦，帕辽兹和李斯特，他们宁肯参加贵族沙龙也不愿意与资产阶级为伍，法国资产阶级暴发户依然处在被贬低的卑下地位，那个神秘的上层地位永远属于贵族或者属于精神贵族，包括文学家、哲学家和艺术家。巴尔扎克的《人间喜剧》多半写于菲力浦时代，在他笔下资产阶级永远是那么精明计算和丑陋不堪。法国文人一直倾向于左倾是不是有更复杂的传统原因，至少马克思直到20世纪30年代与60年代还两次受到众多重要的法国知识分子的青睐，绝不会是一件无缘无故的事情。站在无产阶级一边的文学家艺术家大有人在，乔治·桑是较早的一个，库尔贝是较晚的一个，库尔贝不仅画筑路工人还亲身参与了巴黎公社。但是，我猜想马克思除了读法文版的巴尔扎克小说，可能没有机会看到法国印象派的绘画。马克思精通法语，他的早期著作《哲学的贫困》就是用法文写的。我很好奇的是，如果马克思有机会在巴黎的落选沙龙上看到了马奈、莫奈和雷诺阿充满资产阶级新趣味的绘画，他会有什么反应？按照马克思对宗教和落后农民的鄙视态度，恐怕他对米勒的作品都会不屑一顾。况且那正是法国历史上的最反动时期，小丑拿破仑三世执政，经济发展迅速，内外矛盾尖锐，社会危机频仍一触即发。不过我敢打赌，马克思绝对不会对法兰西第二帝国的年度GDP报表产生丝毫兴趣，除非他欣喜地听到越来越多的资产阶级沦为无产阶级的消息，而不是波拿巴狼狈地在色当投降。

最后补充一句，前面我引用的马克思那段话，来自他1846年用法文写的《哲学的贫困》。的确，无论如何，与大千世界相比，哲学总是贫困的。

刘禹锡四章

——看诗不分明

潘向黎

六朝不足当其一叹

喜欢南京。在那里，常想起一些唐代诗人，其中最常想到的就是刘禹锡。因其《西塞山怀古》《金陵怀古》《金陵五题》……这些咏史怀古名作，或在金陵写就，或与金陵密切相关。

刘禹锡的咏史怀古诗，被视作中唐最为杰出的，这个毫无疑问，或许还不限于此。事实上，整个唐代，要说出在这方面超过他的人，恐怕倒要费些思量——崔颢只有一首《黄鹤楼》，不及他数量丰、成阵势；李白志不在此，自是无法匹敌；连杜甫也似不如他的精警超迈、富哲人意味；杜牧的俊朗爽利足可比肩，但又不及他的含蕴无穷而风调悠然。

《金陵怀古》诗曰："潮满冶城渚，日斜征虏亭。蔡洲新草绿，幕府旧烟青。兴废由人事，山川空地形。《后庭花》一曲，幽怨不堪听。"前两联选取和六朝有关的名胜古迹，这些古迹都笼罩在浓重的"悲凉之雾"中——"'潮落''日斜，'草绿''烟青'，画出'废'字。落日即陈亡，具亡国之意。"（何焯《瀛奎律髓汇评》卷三）山川风物依旧，但六朝的繁华，当时的宫室名门，如今安在？"兴废由人事，山川空地形"是名句，它道出了一个至理：国家兴亡，取决于人事，如果统治者昏聩腐朽，地形再险要都无济于事。结尾则暗讽唐代统治者并未吸取历史教训，自以为关中百二山河之险可以倚仗，沉溺在享乐之中，借古讽今，意味无穷。这样一首诗，难怪前人赞叹："才识俱空千古。"

《西塞山怀古》则更臻神妙："王濬楼船下益州，金陵王气黯然收。千寻铁锁沉江底，一片降幡出石头。人世几回伤往事，山形依旧枕寒流。今逢四海为家日，故垒萧萧芦荻秋。"借西晋灭东吴事，兼及六朝衰亡，证明山川之险、防御之固都不足恃，人事昏庸必定导致覆灭，东吴为六朝之首，可叹此后几代统治者也未警醒，以至于六朝均国祚很短而相继灭亡。如今终于天下统一了，旧日堡垒都残破于秋风芦荻之中。有人认为结尾是表示拥护国家统一，警告当世拥兵自重、凭险割据的藩镇，从诗中未必能读出此意，但符合作者立场和当时局势，可作参考。

这首名作历代称颂不绝。"气势笔力，匹敌崔颢《黄鹤楼诗》，真千载绝作。（何焯语）""似议非议，有论无论，笔着纸上，神来天际，气魄法律，无不精到，洵是此老一生杰作，自然压倒元白。（薛雪语）"第五句的承上启下、神妙一转尤其令人叹服——"前半一气呵成，具有山川形势，制胜谋略，因前验后，兴废皆然，下只以'几回'二字轻轻兜转，何其神妙！（方世举语）""下接云'人世几回伤往事'，若有上下千年、纵横万里在其笔底者。（汪师韩语）"金圣叹为此诗倾倒不已，逐句缕析，如评第二句"'收'字妙，更不必多费笔墨，而当时（孙皓）面缚出降，更无半策，气色如画"。评第五句"而又随手插得'几回'二字，便见此后兴亡，亦不止孙皓一番，直将六朝纷纷，曾不足当其一叹也"。（《贯华堂选批唐才子诗》）

《金陵五题》，是诗人唐敬宗宝历二年（826），路过金陵，吊古伤今而作的组诗。其一《石头城》、其二《乌衣巷》不同凡响脍炙人口。《石头城》曰："山围故国周遭在，潮打空城寂寞回。淮水东边旧时月，夜深还过女墙来。"石头城即金陵，经过六朝繁华，到唐初已经荒废，故云"空城"。此诗感慨悠长，意境深远，白居易曾"掉头苦吟，叹赏良久"，还断言"吾知后之诗人不复措词矣"！

《乌衣巷》曰："朱雀桥边野草花，乌衣巷口夕阳斜。旧时王谢堂前燕，飞入寻常百姓家。"燕子有年年飞回旧巢的习性，"盖燕子仍入此堂，王谢零落，已化作寻常百姓矣。（施补华《岘佣说诗》）"刘禹锡借燕子入旧巢而门庭已改，来抒发时移事易、世事沧桑之感慨，可谓用笔极曲，托兴玄妙，莫怪乎深入人心，成了传诵千古的典故，后世的诗、词、曲袭其意境者不绝。

刘禹锡的金陵怀古诗，警绝超迈，见识高卓，意境深邃，浑然天成，"直将六朝纷纷，曾不足当其一叹也"之评，不但可见这些名作之魅力，或许也可以让人感知文学艺术的力量。

月明竹叶最高枝

若说《竹枝词》的代表诗人，是不费思量的。因为小学生都会立即背诵刘禹锡的那首"杨柳青青江水平，闻郎江上唱歌声。东边日出西边雨，道是无晴却有晴"。确实，"竹枝入绝句自刘始"（《雅论》），刘禹锡任夔州刺史时，仿效民歌，先后写了十几首竹枝词，为唐诗带来了民间风格的新诗体，其中就以这首最为著名，清新流丽，风韵天然，流传至今。何谓《竹枝词》？这并不是一个很简单的问题。竹枝词，起初是巴渝一带的民歌（可能因当地多竹林，故名），具体类型或作用却众说纷纭。一说是当地百姓山间劳动时所唱；一说是"男女相悦之词"，即青年男女表达爱情的对唱；一说是伴以舞蹈的民歌，唱时吹短笛，击鼓应节，以"曲多为贤"，带有赛歌的性质；一说是祭祀时的歌舞。越探究越糊涂之后，我转念一想：也有可能以上诸说皆是，因为竹枝词在各种场合具有不同作用，相应产生不同的演绎，而且民歌本就有多种表演形式，伴以舞蹈也很自然。

竹枝词地方色彩很浓烈，多表达当地的山川、风土、人情、习俗，比喻也多采用当地景物。此外，不像许多文人的诗作会"代"他人"言"（代言体），都采用唱者自白的语气来直抒胸臆。

竹枝词由民歌脱胎换骨，以一种新诗体的面目为唐诗开创新声，从此风行于世，要归功于刘禹锡。许多民间的表现形式，往往是准艺术，需要一口仙气吹上去，才能脱胎换骨，蜕砂成珠，并且焕发前所未有的光彩。文人的参与，就是那口仙气。而参与的具体人选，则往往是上天所定。竹枝词发源于夔州，而刘禹锡被贬多年，连任外州刺史，终于到了夔州。2012年秋天，当我漫步三峡白帝城的竹枝词碑园，在石上读着黄庭坚手书、刘禹锡《竹枝词九首》，也许那里就是竹枝词的气场吧，我被一种前所未有的感动慑住了。呆了半晌，不由暗想：果然凡事皆前定。如此性格如此才华的一位诗人，苍天偏偏支他到了夔州，竹枝词之登上大雅之堂便是注定的了。早不了，晚不得，等的就是此人到此地。

刘禹锡开创的文人化的竹枝词，形式上就是七言绝句。与"主流"的七言绝句的区别，在于具有显著的民歌风格——纯民间的竹枝词多歌咏当地风物，刘禹锡最初创作的九首，也都不离白帝城、白盐山、滟滪堆、瞿塘峡等当地山水，更有"银钏金钗""长刀短笠"等服饰和耕作的风俗；技法上说，竹枝词仿照民歌，不用绝句正格，往往用拗体，表现在第三句，造成下半首音调比较急促；另外，较多运用谐音来传情达意，如"道是无晴却有晴"中，"晴"与"情"谐音，借天气的难以确定"晴"与不"晴"，实指少女捉摸不透爱慕的男子对自己是否有"情"，可谓"语圆意足，信手拈来，无非妙趣"。（方思堂语，见《辍锻

录》）

黄庭坚很喜爱《竹枝词九首》，曾经念给苏东坡听，才念了第一首，即："白帝城头春草生，白盐山下蜀江清。南人上来歌一曲，北人莫上动乡情。"苏东坡就叹道："此奔逸绝尘，不可追也。"其实第二首更情致婉转而感人肺腑："山桃红花满上头，蜀江春水拍山流。花红易衰似郎意，水流无限似侬愁。"第六、七首包含了对人心难测、世道艰险的悲叹："城西门前滟滪堆，年年波浪不能摧。懊恼人心不如石，少时东去复西来。""瞿塘嘈嘈十二滩，此中道路古来难。长恨人心不如水，等闲平地起波澜。"读罢令人仰天长吁。

刘禹锡还有《堤上行三首》《踏歌词四首》，也都是民歌风格的七言绝句。《堤上行》描写沅江一带的风土人情，如同三幅色彩浓烈而形象生动的民俗画，其二最见功力："江南江北望烟波，入夜行人相应歌。《桃叶》传情《竹枝》怨，水流无限月明多。"前人赞为"景象深，意致远，婉转流丽，真名作也。落句情语，犹堪叫绝"。（宋顾乐《万首唐人绝句选评》）《踏歌词四首》则从不同角度描绘沅湘一带"踏歌"的民俗。其中"桃蹊柳陌好经过，灯下妆成月下歌""新词宛转递相传，振袖倾鬟风露前"等句活画了当时盛况，而"日暮江头闻竹枝，南人行乐北人悲"与"南人上来歌一曲，北人莫上动乡情"含义相近，是刘禹锡本人身处异乡狂欢中独自愁苦的内心写照。这一组以第一首最佳："春江月出大堤平，堤上女郎连袂行。唱尽新词欢不见，红霞映树鹧鸪鸣。"堤上景色迷人，美女如云，可是将为心上人精心准备的歌唱了很久，却不见其人出现，但见红霞映树，但闻鹧鸪声声。也是"众里寻他千百度"，可惜"那人"却不在"灯火阑珊处"，不知是错过这一次相约，还是错过了这一生？

读到这里，想起小说家张欣在《不在梅边在柳边》尾声写的："人世间的爱，却常常是既不在梅边，也不在柳边。"千百年来，人性并没有变，悲欢也都是古已有之。

旷达之人　英迈之气

刘禹锡被称作"诗豪"，固然是因为其才华和气势，也因为他的性格和气质。刘禹锡的性格既倔强又爽朗，气质豪迈、通脱而旷达。

看看他如何对待秋天。历代文人总是"悲秋"，关于秋天的诗几乎都是伤感、悲凉的，色调都是凄清、肃杀的。但刘禹锡是秋天的真知音，他逢秋则喜，写秋天，他弹拨出的旋律就是与众不同："昔看黄菊与君别，今听玄蝉我却回。五夜飕飗枕前觉，一年颜状镜中来。马思边草拳毛动，雕眄青云睡眼开。天地肃清堪四望，为君扶病上高台。"（《始闻秋风》）此诗后半首犹见雄健俊迈，骏马、劲雕、豪士、逸兴，情状如画，衰气尽洗，想必连秋天都会觉得异常痛快。难怪前人赞其"照耀古今，脍炙人口"（王昌彦《小清华园诗谈》）；"英气勃发，少陵操管，不过如是"（沈德潜《唐诗别裁》）。

再看《秋词二首》：（其一）自古逢秋悲寂寥，我言秋日胜春朝。晴空一鹤排云上，便引诗情到碧霄。（其二）山明水净夜来霜，数树深红出浅黄。试上高楼清入骨，岂如春色嗾人狂。（"嗾"字音同"擞"，"教唆、怂恿"之意，"嗾人狂"意为"使人狂"。）清人何焯谓"翻案，却无宋人恶气味。兴会豪宕"。是的，一般都认为刘禹锡喜作翻案笔墨，其实他固然常常与传统和常情"唱反调"，但并不见得是刻意为翻案而翻案。比如他对秋天的喜爱，在秋天里的精神爽快和诗兴飞扬，都是那么真实那么丰满，读来令人耳目一新，胸襟为之一阔。

对待离别，刘禹锡的态度也不为伤感所困。如"水为风浪生，珠非尘可昏。悟来皆是道，此别不销魂。（《赠别君素上人诗》）"洒脱中亦含"通彻无碍"的禅味。《洛中送韩七中丞之吴兴口号五首》更乐观想象韩泰未来在湖州神仙似的日子，来宽慰好友、轻松气氛——"何处人间似仙境，春山携妓采茶时。"

人最大的恩人和敌人，就是时间，老年不论对谁都是考验。旷达之士也要老去，然则刘禹锡如何处老年？

白居易和刘禹锡过从甚密，两人也比较长寿，不得不面对老友纷纷离世的打击。白居易写了好几首诗，以"谁知临老相逢日，悲叹声多语笑稀"诸语来抒发悲哀。刘禹锡的回应是："一别旧游尽，相逢俱涕零。在人虽晚达，于树似冬青。痛饮连宵醉，狂吟满座听。终期抛印绶，共占少微星。"（《赠乐天》）在伤感、无奈之际，尚能作"在人虽晚达，于树似冬青"之语，胸襟气度真非凡人。他不像白居易那样一味伤痛、万念俱灰，末句更以抛却官职，两人一同归隐相期，应是对白居易最好的安慰。

《酬乐天咏老见示》也是性情不改、气势不坠的佳作。白居易写了《咏老赠梦得》，叹息自己垂垂老矣；而刘禹锡，前半虽也对年老表示感叹，似与白同感，但后半就英气难掩，如月出云后、凤鸣幽谷："经事还谙事，阅人如阅川。细思皆幸矣，下此便翛然。莫道桑榆晚，为霞尚满天。"不但有人情练达、世事洞明的智慧，更有老骥伏枥、壮心不已的豪气，"莫道桑榆晚，为霞尚满天"更是流传千古的名句。前人纷纷赞叹："其英迈之气老而不衰如此。（瞿佑《归田诗话》）""结句气既不衰，文章必传无疑。（何焯语）"明代胡震亨在《唐音癸签》中总结道："刘禹锡播迁一生，晚年洛下闲废……而精华不衰，一时以诗豪见推，公亦自有句云：'莫道桑榆晚，为霞尚满天。'公自贞元登第，历德、顺、宪、穆、敬、文、武七朝，同人凋落且尽，而灵光岿然独存，造物者亦有以偿其所不足矣。人生得如是，何憾哉！"

刘禹锡的通达是以参透人生、洞察规律为基础的。且看他的《乐天见示伤微之敦诗晦叔三君子皆有深分因成是诗以寄》："吟君叹逝双绝句，使我伤怀奏短歌。世上空惊故人少，集中惟觉祭文多。芳林新叶催陈叶，流水前波让后波。万古到今同此恨，闻琴泪尽欲如何。"前四句承接白诗诗意，五六两句，便借自然界的现象来说明人类的新陈代谢也是自然规律，同样不可抗拒，略有无奈但很客观，更多的是认识天道之后的坦然，而且将人事代谢写得富于水流花落之静美。结尾说古往今来都要面对死别之恨，即使哭干了眼泪终究无济于事，以此劝慰白居易不要太过伤心了。见识过人，豁达也过人。

才华过人，足羡；如此旷达，足奇；英迈之气，至老不衰，不能不大奇之。奇哉，刘禹锡！"人生得如是，何憾哉！"

如此见识胜老杜

读刘禹锡诗，有时会想起杜甫。后来发现早有不少前人把他们放在一起评价了。何焯一再将刘禹锡和老杜相提并论，评刘禹锡《蜀先主庙》说："非千钧笔力不能。二十字中，无字不典，无字不紧，老杜执笔，不过如此。"评《金陵怀古》则说："此等诗何必老杜？才识俱空千古。"沈德潜也赞叹其《始闻秋风》道："下半首英气勃发，少陵操管不过如是。"

就其千钧笔力，就其法度谨严，就其意蕴浓郁、气度沉着而言，这些评价都是令人信服的。

作为当之无愧的"诗圣"，杜甫的总体成就确实无人能过（连李白也只是比肩而立），但也未必每个单项都是冠军——在怀古咏史诗领域，若论"才"，刘禹锡和杜甫堪称伯仲；若论"识"，刘禹锡其实是超过杜甫的。

杜甫对诸葛亮是作为理想人格的化身来推崇的。著名的《蜀相》表露无遗："丞相祠堂何处寻，锦官城外柏森森。映阶碧草自春色，隔叶黄鹂空好音。三顾频烦天下计，两朝开济老臣心。出师未捷身先死，长使英雄泪满襟。"这后世洒下英雄泪的人里，无疑就包括了杜甫自己。

杜甫还有一首《八阵图》也是歌颂诸葛亮的："功盖三分国，名成八阵图。江流石不转，遗恨失吞吴。"

刘禹锡对诸葛亮如何评价呢？他也写过《观八阵图》："轩皇传上略，蜀相运神机。水落龙蛇出，沙平鹅鹳飞。波涛无动势，鳞介避余威。会有知兵者，临流指是非。"说诸葛亮的神机，至唐时仍有余威，仍令后人评说不止，可见刘禹锡对诸葛亮也是十分景仰的。

杜甫《咏怀古迹五首》之四、五都和刘备、诸葛亮有关。其五诗云："诸葛大名垂宇宙，宗臣遗像肃清高。三分割据纡筹策，万古云霄一羽毛。伯仲之间见伊吕，指挥若定失萧曹。运移汉祚终难复，志决身歼军务劳。"这首写得精彩，浓缩而艺术地评价了诸葛亮的政治、军事才能，使得"诸葛大名垂宇宙""万古云霄一羽毛"这样极夸张的两句赞语水到渠成、全不费力，因此广为流传。

这首诗的开头和中间都极好，独缺豹尾，结尾两句黯然失色。以杜甫的才华，这当然不是才思和笔力的问题。

且来看刘禹锡如何写同一个题材："天下英雄气，千秋尚凛然。势分三足鼎，业复五铢钱。得相能开国，生儿不象贤。凄凉蜀故妓，来舞魏宫前。"（《蜀先主庙》）

首联从先主庙的气势写起，暗用《三国志》曹操所言"今天下英雄，惟使君与操耳"的典故，赞颂由庙及人。颔联概括而贴切地赞颂了刘备一生的业绩，此联难对而工妙。颈联异常精拔，论断简切，10个字写尽刘备一生的功过得失：能得到诸葛亮这样的贤相帮他建立蜀汉政权，可惜嗣子不肖、刘禅全然不能效法父亲的德行。结果呢？只落得蜀国原来的妓乐们，在魏宫的宴席上歌舞。只这一舞，蜀之亡国便不言而喻了。"凄凉"二字含义自深，首先是用典，《三国志》中记载当时旁人"皆为之感怆，而禅喜笑自若"。凄凉的是当时献舞和观舞的人（除刘阿斗以外）。其次是隔代的凄凉，面对国势衰颓而当权者仍不知重视人才的现实，诗人感到无尽凄凉。再一层，庸碌无能、全无心肝之辈断送基业，盛衰转眼，兴亡无情，而后人未必能吸取其中教训，思之能不令天下人感到凄凉？

此诗主旨在"得相能开国，生儿不象贤"中已经揭示：人才决定兴亡成败，得人者昌，失人者亡。这也是贯穿刘禹锡咏史诗作中的一条思想主线。

相形之下，杜甫的"出师未捷身先死"，似乎将蜀国失败的原因归结于诸葛亮不幸早逝，而"运移汉祚终难复"将原因又归之于国运和气数，都没有触及失败的真正原因，更没有规律性的洞见。可能是"为尊者讳为贤者讳"，也可能是心性仁厚不忍苛责，但全诗因此沾染了丝丝缕缕平庸味和陈腐气。

公允地说，杜甫的感情更投入，赞美更虔诚，评价更悲悯，可以见出他是一位仁厚君子，但也可以说，他始终不脱一个臣子的身份；而刘禹锡，则接近纯粹的知识分子立场，态度更超然，不止于仰慕和悲叹，他的眼光是审视的，洞穿历史、褒贬现实的，由此，立论削切，识见不凡，更有价值。

得人者昌，失人者亡。用富有艺术感染力的诗歌揭示如此重要的历史规律，或者说，能将真知灼见传达得如此深切感人，好个刘禹锡，便赞他一句"见识胜过杜甫"，有何不可？

原载《新民晚报》2013年8月13日、8月29日、9月12日、9月28日

认识我们的心

郭文斌

———————

今天，在从机场到会场的路上，义工学长问我一个问题，说她刚刚听了一位老师讲的儒家文化的"心法"课，触动了她。我说，心法这个课不好讲，这位老师能够讲心法说明他对生命的认识已经非常深刻、非常到位了。为什么呢？我个人认为要想讲"心法"，我们首先就要认识心。我们常常说做一个有心人，那么什么是心？心是一个什么样子？有什么样的特点？有什么样的属性？我们了解吗？可能了解一点，但了解得不够全面和深刻。

对我而言，对"心"的认识也刚刚开始。在这样一个难得的机会里，我愿意和大家交流一些粗浅的认识，请大家批评、指正。

什么是心？心是什么样子？我们可能平常因为太熟悉，把它滑过去了，或者说因为它离我们太近了，反而变成了灯下黑。举个例子，夫妻两个，鸡毛蒜皮，吵起来了。太太说："你有本事就动手吧。"先生说："你以为我不敢？"太太说："那你动啊？"这先生的菜刀就过去了，两条人命就没了。在这个过程中，菜刀先生和太太的心在哪里？他的心起了一个什么样的作用？我们有没有想过？我们可能也常常有这样的体会，发完火之后很后悔，觉得刚才那件事不值得发火，当时怎么就没忍住呢？那么在这个后悔当中，心又起了什么样的作用？

现在，我们就沿着菜刀先生和太太这件事，去找找心。

菜刀先生的菜刀在过去的那一刻，他是用心把太太杀掉了呢，还是没有用心把太太杀掉了呢？如果说用心把太太杀掉了，那这个心就是杀人犯。如果说没有用心把太太杀掉了，那又是谁把太太杀掉了呢？谁左右了这一把刀？谁作为这一把刀挥过去的动机？谁是它的指挥官？谁是它的执行者？这就要考量。显然，没有人愿意把自己的妻子杀掉，没有人愿意去偿命的。可见，菜刀在过去的时候，菜刀先生已经做不了自己的主了。那么，如果说心是我们的主人，显然菜刀先生的这颗心当时在睡眠。我们平常都体验过类似的情景，在那一刻你好像是在醒着，但实际上你在睡大觉，睁着眼睛睡大觉，我们在梦中把太太给杀掉了。只要我们醒来，在一种清醒的状态、明明白白的状态，菜刀是不会过去的。现在我们就知道了心有两种状态。一种是睡觉的状态；一种是醒着的状态。

我再给大家讲一个例子：有一个盲人，在一个漆黑的夜晚，上完课，要回家，老师让她打一个灯笼回去，盲人说："我是瞎子，打灯笼有什么用呢？"老师说："你是瞎子，但别人看见你，可以让开你啊。"她就打着灯笼回家了。没想到半路还是跟人撞上了，她就埋怨："难道你没有看到我手中的灯笼吗？"对方回答："你灯笼里的那个灯早已灭了。"这个盲人恍然大悟。她悟到了什么呢？

一个人如果找不到他内在的、根本的光明，靠外在的光明是靠不住的。

我们知道，杭州市副市长许迈永，他的生命之车开到52岁的时候被叫停。什么原因呢？2亿存款、25套别墅、99个情人，大家说这个人可憎吗？

在我看来，他可怜。为什么可怜呢？因为他压根不知道，生命还有内在的光明和外在的光明一说。他就是拼命地经营那个灯笼，他觉得灯笼多就有安全感，岂不知灯笼里那个灯油尽了会灭、风大了会灭、摇晃的时候会灭。那么他之所以把他的生命带到了绝路，是谁带的路呢？

我们来分析一下。

比如某一天，他看到一个漂亮的女孩子，就动了一个念：哎呀，如果她做我的情人该多好啊！第二念：怎么搞到她的电话呢？第三念：在哪个地方约会呢？第四念：送她什么贵重礼物呢？第五念：到哪里搞钱呢？

得，要命的钱的问题出来了。市长是公务员，也是工薪族啊，但他不同于一般工薪族的是他手里有权啊。权力寻租，权钱交易，大把的钱来了，情人来了，别墅来了，最后，命也到头了。

祸首罪魁是谁呢？第一个念头。

我想让她做我的情人，这第一个念头在他的心海中浮现的时候，他自己都没意识到，这会给他的生命带来什么。随后，一系列的意识流绑架了他，像一个一个杀手，埋伏在了他的人生道路上。他是在梦中完成了这些意识流，也是在梦中把他的生命列车开到了终点，到死他都不知道是如何掉到生命的深渊中的。

生命中有一个演员，还有一个观众，或者说一个评委，这个演员和这个观众（评委）始终在较量，到最后如果这个观众（评委）占主导，我们就是能够当家做主的人；如果演员做了主，那么我们就成了一个悲剧的制造者。或者说在我的生命中有两个"我"，一个"我"，是常常跟我捣蛋的"我"；一个"我"是去调节它的"我"。

那么我们再往下推一步，许迈永为什么会动那第一个念头呢？为什么？因为他的心中有一个"好"和"恶"：这个女孩子比我太太年轻漂亮有风情，这样的一个"好"和"恶"，让他动了第一个念头，随后才有了后面一系列的念头和行动。

哦，原来这个好恶之心给我们制造了麻烦，给我们带来了痛苦和焦虑，把我们带向了远方。

湖南人为什么就喜欢吃辣椒？上海人为什么就不喜欢吃辣椒？同样是辣椒，辣椒没错，辣椒是客观的、中性的，但是我们心中有一个好（喜欢）和恶（不喜欢），这个喜欢和不喜欢，就像是海面上的一座冰山，一些浮出海面，更多的却隐藏在海面之下。那么要怎么样才能够看到张三我喜欢李四我也喜欢？怎么样才能够甜的我喜欢苦的我也喜欢辣的我也喜欢呢？

回到海平面。当回到这个海平面的时候，我们就回到了"一"。孔夫子当年说："吾道一以贯之。"他没有讲"二"，没有讲"吾道二以贯之"。只要有"二"，就存在着喜欢和不喜欢。"一以贯之"什么意思？一个平面。"一以贯之"什么意思？我都喜欢。

我这样讲，并不代表我做到了这个"一"。有一天，我看到我儿子一点嫌弃都没有就把他爷爷吃剩的半碗菜吃掉，我就很羞愧，我都没做到啊。"亲有过，谏使更"。我不能输给儿子啊。我父亲很少剩饭，终于有一天看到他老人家又剩饭了，我马上说："爸，我吃吧。"当我下定决心把父亲吃过的这半碗菜吃掉，我从父亲的目光中，看到了一种我以前从未看到过的欣慰和幸福。所以，晚上我就在日记中写了一句话："真正的孝敬从不嫌弃老人开始。"嫌弃之心就是好恶心、就是取舍心。

这时候我才发现所谓的脏和净，原来是你的心的投射，是你的心在那里玩万花筒。可见，我们平常都上当了。上谁的当了呢？上了心的当，上了一个非本质"我"的当，本质的我里面没有"好"和"恶"。

本质的我，什么都好。春天也好、夏天也好、秋天也好、冬天也好，年轻好、老了也好。本质的"我"看过去，每一个人都是天仙，每一个人都是圣人，每一个人都是我的父母，每一个人都是我的姐妹，每一个人都是"我"，这是本质的"我"。

既然每一个人都是我，既然每一个人都一样，我为什么要换99个(情人)？搞99个是需要成本的啊，最大的成本就是消耗精气神。

当我们在生活中，把这个"海平面心"、把这个"一"的心拿到了之后，你一下子就会觉得你的境界扩展了，你的幸福指数提高了，为什么呢？因为人的痛苦来自于取舍，我们的一生就在这种取舍中辗转反侧、痛苦不已。

要克服好恶心、取舍心，也就是做到这个海平面、这个一，这当然很难很难，因为我们大多数人的眼睛还是那位盲女的眼睛，没有打开。当我们把我们内在的那个眼睛打开之后，我们确实看所有的人都是天仙，都是圣人，我们就不会再焦虑痛苦。

我再举个例子，在长篇小说《农历》里面，我写到了主人公五月和六月两个小孩子，在大年初一的早晨打牌，他开心啊，没焦虑啊，为什么没焦虑呢？因为是自己一家人关起门来打牌，赢是自家人赢，输也是自家人输，没焦虑；但平常跟别人家打牌他就有焦虑，赢了高兴，输了不高兴；但对村长来讲他没这个焦虑，张三家赢、李四家输，对他来讲都一样；可是村和村之间因为地界会打架，对乡长来说，乡里乡亲的，打什么打呀？都是一个乡的嘛，你看，他就没焦虑。

一直这样去做延伸，你会发现，人的焦虑跟我们的心量有关。当你的心量是家的时候，财富就在家之间转移，你就焦虑；是村的时候，财富如果突破了村，你就焦虑；是乡的时候，财富如果突破了乡，你就焦虑。那么如果你现在的心是天地之心，财富在国家和国家之间转移你都没焦虑。为什么呢？你的心量没有边界啊。

我们之所以痛苦，是因为平常我们习惯了把一件东西归到自己名下，这就是惯性，生命的惯性。对于许迈永来讲，如果天下的美女都是我的，那才好呢。他就没有换一个念头，能够幸福着别人的幸福，所以他是被他生命中最小的一个单元框死了。

生命中最小的一个单元是什么呢?

"我"。

这个"我"扩展，就变成我们，一家人;再扩展，变成了家族;再扩展，变成了民族;再扩展，变成了国家;再扩展，变成了人类;再扩展，变成了所有的生物;再扩展，变成了宇宙万物。可见这个"我"是最小的单元，因为它是最小的单元，所以只要你动这个最小的单元这个念，你的能量就是最小。可见，痛苦是由"大小"的那个"小"变的，是心量狭窄化的结果。

追踪到这一步，我们会发现，我们平常有两种基本的情绪状态:不在怨中便在气中。我们一辈子都在抱怨:哎呀，别人家的先生怎么那么会赚钱，我的先生怎么就不行;别人的太太怎么那么贤惠，我的太太怎么又懒又能花钱;别人的孩子怎么那么有出息，我的孩子怎么这么没出息;别人的鼻梁长得怎么那么挺，我的鼻梁怎么这么塌……只要抱怨，你就会生气。

这两种基本状态是从哪里来的呢? 正是取舍之心、得失之心。

古人认为本质状态的生命有五种基本属性。

第一，它本身就是一个喜悦，而且是百分之百的。只要是生命，就是喜悦，只要是生命，就是无条件的快乐。这就是我在《寻找安详》里面讲的那个安详。如果你有一刻不快乐，说明你已经离开了本质状态。

第二，它本身就是一个圆满，什么都不缺。不缺长寿、不缺富贵、不缺康宁、不缺好德、不缺善终。

第三，它本身就是一个永恒。打个比方，手机常常换，那个卡不换;衣服常常换，穿衣服的人不换。

第四，它本身就是一个坚定。它的里面没有恐惧，没有动摇。

第五，它本身具有心想事成的能力。换句话说，本质状态的生命无所不能，古人把它叫作本能。举个例子：当年防震的时候，有个老太太突然听到有人大喊"地震啦"，抱着一袋子面就跑出去了。可是过了一会儿，地没震，这个老太太又想把这一袋子面抱回去，她挪都挪不动了。为什么呢？因为她把她的生命频道已经调到了"我"的状态，"我"要抱回去，而"我一个老太太怎么可能抱动这一袋子面呢"，"我"的功能"判断"这个东西出来了。而当时刚听到"地震啦"那一刻，她没有"我"的"判断"……那么是谁把那一袋子面抱出来的呢？是本质的"我"抱出来的。

当我们对生命的这五种基本属性有一个基本的了解之后，我们平常就要警惕，这一刻我是在本质状态呢还是在非本质状态？如果在非本质状态，马上调过来。

那么怎么调呢？往回走，清理。如何清理呢？

第一首选，读经典。为什么要读经典呢？因为经典是清洁剂，是一面镜子。为什么说经典是镜子呢？因为镜子是已经达到了镜子品质的人写的书，是已经没有取舍心的那个人，找到了"一"状态的那个人制造出来的。你看那镜子，猫来照猫，狗来照狗，人来照人，从来不留什么，真是"荣辱不惊，闲看庭前花开花落；去留无意，漫随天外云卷云舒啊"。如果云彩过来它留下云彩，猫来它留下猫，狗来它留下狗，人来它留下人，都据为己有，它就没办法照了。我们的本质状态也是一面镜子，镜子什么也没有，但它什么都有。猫来，猫就是它的；狗来，狗就是它的；云彩来，云彩就是它的，这就是辩证法。

那么，读经典要用什么好的方法读呢？用直觉读，用本能读。简单地说，不要考虑它的意思，只要你能看懂拼音你就读，把字音读准文句读顺，尽管读。

书读百遍，其义自见。

要选定一部经典，读这么三四年、四五年，不要贪多，贪多容易杂。其实一部经典就可以把我们带到本质状态，我们为什么要读那么多？生命的意义无非就是回家。如果你读的文字把你越带越远，越带你越找不到家，请注意，这样的文字，是我们的敌人。

经典，就是一条回家的路，它的意义就是带我们回家。

第二个让我们能够回到生命本质状态，回到心的原初状态的方法，就是写反省日记。写反省日记可以提醒自己你不会走丢，因为生命的惯性就是流浪。一天结束了，写反省日记，把你今天动的善念写在笔记本的左边，动的恶念写在笔记本的右边，加减乘除，看你今天赚了还是赔了。在这样的写作过程中，你把你今天的生命历程做了一个梳理，这个梳理无比重要，它提高我们心的灵敏度，让我们的心更有跟踪力，这就是古人讲的反省功夫。

你看看《蒋介石日记》，当年管不住自己啊，喜欢到烟花柳巷，为了跟自己作斗争啊，做了诸多努力，甚至在外国人面前剖析自己。他是一个凡人，有凡人的毛病，但他在努力做圣人，克服欲望。再看《曾国藩家书》，你就会发现像曾国藩这样的圣人怎么成为圣人的呢？就是给自己不断提出来生命的一些高度，划定一些需要超越的范围，一天、一月、一年这样做出来的。

第三个方法，就是随时随地改正错误。

打个比方，我们就像一个用久了的旧茶杯，积满尘垢，改掉一个错误擦掉一层，改掉一个错误擦掉一层，擦到最后没有污垢可除的时候，那么我们成了刚出厂的杯子，我们回到了本质状态。所以，改过是人生的第一课，为什么要改过？因为我们被污染了！为什么要改过？因为我们走错路了！为什么要改过？因为我们在做梦！为什么要改过？因为我们已经把那个内在的双眼堵上了。除了改过，没有第二条路可走。

那么改过从何时改？从现在改；从哪里改？从念头上改。先说从现在改，论坛上老师讲不能剩饭，这一顿我就不剩；节约用水，这一次就节约用水。我出门讲座常常带着一个杯子，就是不愿意让主办方用一次性杯子给我倒一杯茶。如果哪一天我看到主办方给我用一次性杯子倒了一杯茶，我就讲不好课。有人也许会说："郭文斌，你也太作秀了吧，不就一个一次性杯子吗？"不对。节约一个一次性杯子的心，跟节约整个地球资源的心是一个心。事情有大小，心没大小。但生命的意义不在事情上，而在心上，在圆满我们的心的品质上，在提高我们的人格品质上。你在你平凡的岗位，把每一件事情做得百分之百的圆满，跟党和国家领导人在他的岗位上，把他的工作干得百分之百的圆满，从心的收获上是一样的。

所以一个一次性杯子固然不重要，一撮茶固然不重要，一杯水固然不重要，但，它是你的心的投射。你动了一个浪费的心，你的心就缺了一块。我常常给大家打比方，你看那个日本人，他即便对老板有意见，也很少罢工。他会在头上绑一个白布条，告诉老板，我对你有意见，你下来找我谈话。他不会敷衍手上的工作，为什么呢？他知道我现在动了一个敷衍的心，下一个生命片段就有一个敷衍的结果等着自己。就像你在拍摄电影的时候，你哭了一次，播放出来就是哭；笑了一次，播放出来就是笑。你在这一个生命片段哭还是笑，起决定因素的不在于你的屏幕、不在于你的放映机，而在于底片。而底片是哪里来的呢？底片是上一个生命片段你的喜怒哀乐、一言一行、举手投足。如果说生命是一部电影，我们关键要把底片搞精彩。

那么如何才能把底片搞精彩呢？起心动念、举手投足都要精彩。

第四个可以让我们回到初"一"状态的方法，是看别人优点、看一切事和物的优点。

看优点有什么好处呢？只要你看优点，你就动了一个看优点的心，你的心就变成了优点。更重要的是看优点能使你快乐，而快乐就是高能量。看缺点你动的是抱怨、嫉妒、生气的心，只要你一生气，能量就走掉了。

美国人做实验，把一个正在生气的人呵出来的气液化，注入到小白鼠的体内，小白鼠当场倒毙。现在有一种说法，癌细胞是走错了方向的能量。好，既然它是走错了方向的能量，说明它也是能量，那我把它走正方向不就变成正能量了吗？

怎么样让这个走错的方向再走正呢？看人优点。从今天开始绝不看人缺点，"道人善，即是善"就是这个状态。别人有一个优点讲一百遍、一千遍，反复讲。因为你在看人优点的时候，你动了一个欢喜心，生命的意义就在于完成我们的心、找回我们的心、擦亮我们的心、点亮我们的心灯，跟事情没关系。

当年有一位学生向陶行知先生报告："校长，张三在操场上拿石头砸李四呢。"陶先生就过去了："住手。"这学生住手了。"跟我来。"学生就跟他去了。陶先生到办公室掏出一颗糖，"奖励你的"，奖励你什么呢？让你住手你就住手。接下来又掏出一颗糖，"奖励你的"，奖励你什么？让你到办公室来你就到办公室来。接下来又掏出一颗糖，"奖励你的"，奖励你什么呢？"我调查了，你拿石头砸李四，因为李四羞辱王五，你有正义感，你维护正义。"这个同学的眼泪就下来了，说："校长啊，我再有正义感，也不能用石头砸人啊。"陶先生的第四颗糖掏出来了，"奖励你的"，奖励什么？"你认识错误的速度太快了。"

做家长的、做领导的、做老师的千万记住，要背一大包糖啊。千万不要一上来就噼里啪啦几耳光，千万不能说"笨猪"，千万不能说"混账"，你说他笨猪、脑子进水了，时间一长他就真脑子进水了。因为你的每句话都是底片，当底片是"脑子进水"时，电影就是"脑子进水"。好孩子就是这么变笨的。

所以，心理学家智然先生讲过一句话，我感觉很精彩，他说："表扬使人谦虚，批评使人骄傲。"所以一定要赞美，教育的艺术从一定意义上来讲，就是赞美的艺术。

天堂在哪里？天堂就在赞美里。

看优点不但要看到人，还要看到一草一木，看到一粒米、一滴水。比如说一粒米来到我们面前，你要看到它的生命的深处，看到它跟我们来到世界上没区别啊，它也要经历十月怀胎啊。埋在土里面，好不容易长出来一个芽，你想把那土层顶破多不容易啊，跟生了个孩子没两样。顶出来还要保证不被牛羊吃掉、虫子咬掉、太阳烤掉、冰雹砸掉，好不容易长成了，来到我们面前多不容易啊，经历多少程序啊。之后还要经历脱壳之苦，最后要把自己投在一百度的沸水中，在沸水里面呆到让我们揭锅的那一刻、盛到碗里的那一刻。所以，大米来到世界上给我们做了一个表演，表演的是天地的一种精神，什么样的精神呢？奉献精神、牺牲精神。

如果你能从一粒米中看到优点，从一滴水中看到优点，从任何事物，桌子、凳子，所有的事物上都能看到优点，那你就会变成这个世界上最伟大的诗人，中国最伟大的诗人苏东坡就说过一句话："吾上可以陪玉皇大帝，下可以陪卑田院乞儿，眼前所见天下无一不好人。"

如何把认识到的心变作生命力呢？这就要说到所谓"现场感"。

我们常常说知道、知道，但你就是不知道。你吃饭的时候不知道吃饭，睡觉的时候不知道睡觉，就连听课你也不知道听课。我刚才说出来你才知道你在听课，你听着听着就忘了。

找到现场感有什么好处呢？最大的好处是回家，还有找到现场感的一刻，焦虑和抑郁自动脱落。银川有一个老师，他正给学生上课，上着上着他忽然说："同学们，等一等，老师有急事儿。"什么急事呢？想起来早晨出来的时候门没锁好。跑回去了，一拉，锁得好好的，回来上课。上了一会儿，"到底锁好没有？"又跑回去了。现在每十三个中国人之中有一个就是焦虑症。什么原因呢？心不在现场。只有心始终在现场，你才能活得清清楚楚、明明白白，你才能时时处处"知道"自己在做什么。

如果找不到现场感，你就无法品味生命。所以，吃饭的时候要明明白白吃；睡觉的时候，要明明白白睡；走路的时候，要明明白白走。如果你不明白，你就在错过。如果你在吃饭的时候错过吃饭、睡觉的时候错过睡觉、走路的时候错过走路，那么，你就会在幸福的时候，错过幸福。所以我常常说，幸福是怎么回事呢？幸福就是你静静地坐下来，有一只美丽的蝴蝶飞过来落在你的肩膀上。但是如果你去拼命地追蝴蝶（幸福），那你一生也很难追到这个蝴蝶（幸福）。如果我们的心真的能够始终在现场，体会到生命的本体，那我们即使在最简单的生活场景里，也能找到生命最丰盛的幸福。但是现在的人满世界去寻找幸福，最后把车子都开爆了，却和幸福擦肩而过。

原载《天涯》2014年第3期

耻

塞　壬

————

一

现在都尘埃落定了吧。我开始慢慢平静地正视它。云淡风轻是一种太高的境界，于我，似乎永难抵达。在过去的那么多的时光里，那些不可言说的事物一直在那里，它让一个人的天空那么灰暗，那么卑微。即使是在片刻的欢愉里，那些长年郁结在内心深处的阴霾便迅速面目清晰地浮现开来——它们从来就没有离开过，不安的情绪就会再次笼罩着我。用抖索的手指去摸火机点烟，但依然无所适从。我开始流连赌坊，或者沉迷昏睡，为的是转移这无孔不入的侵扰。当我写下"耻"，可我发现，它既不代表羞耻，也不代表耻辱。它是一个动词，硕大地、持续地梗在人的心里，一直损害着你。"你怎么走不出来啊？你到底要怎样才能释怀？"面对这样的诘问，我只能沉默。我的睚眦必报，我的耿耿于怀说到底竟没有一个具体的对象。难以言表是因为一语中的的失效。这让人无法直视的"耻"，如果一一剖开来给人看，那将是一个永无止境的、无法痊愈的疾病。这个字牢牢地嵌在我的命里，深入骨血。我想起霍桑的《红字》，女主角佩戴的那代表通奸罪的耻辱红字具有明显的公共性，昭告天下，那是毁灭性的。而某种私密性的"耻"，对于无耻的人来说几乎是无效的。写作，在我看来，很大程度上是抛出只可意会的秘密，然后每个人就对号入座般地去解读这个秘密，最终把自己也保存在这个秘密里。尤其是"耻"。有一次在电视台做一个女性话题的聊天类节目，邀请的嘉宾都是优秀的女性，她们在职场、商场上风头正健，还有两个是本地名媛类的角色。而我，一个作家，居然忝列其间，跟一帮代表这个城市主流价值观的女性一起，探讨着关于女性的话题。毫不意外地，这些成功的女人在那里大谈特谈女性要如何自信、自立，如何保持人格独立，甚至还说起拥有财富和美貌远不及拥有丰富的内涵，内涵对一个女性来说何等重要，是的，内涵。一直坐在旁边沉默不语的我对她们所说的一切并无异议，没错，非常正确啊，我认同。尽管这类话题的讨论不适合我，跟她们相比，我缺乏有效的经验去验证她们的说法。但方向上我依然认为这些是正确的。直到最后，有一位女性突然总结出这么一句话：女性唯有如此才会活得有尊严。前面那一堆正确的废话在我耳边滑过，不以为意。然而这一句，却一下子就刺中了我。原来，在这些女人那里，所谓尊严，居然是以自信、自立、独立人格以及高端的内涵来垫的底。我猛地抬起头，用荒凉的眼神打量着这群人，形同异类，我瞬间就意识到，我跟她们是两个世界的人。如果不是当天听到"尊严"二字，这遥远而陌生的两个字，在我的世界里，它几乎从未闪现过。我仰望着她们的尊严标准，私底下慌张地搜索我在何时把它给弄丢了。

我前面提到的尘埃落定是指那些人和事已时过境迁。从事多年的媒体工作，我对书写即刻的、现场的题材感到厌倦与无奈，太多时候，仿佛是把一个未成熟的果子强行摘下了。经过这些年的沉淀，那些居无定所、落魄、一次次被命运驱逐的漂泊时光都已被我一寸一寸地埋藏，像宝藏一样地埋藏。历经一次又一次的人生低谷，我的生命都会有新鲜的生长。当我再次面对我即将写到的"耻"，在我均匀的呼吸里，在我波澜不惊的语速里，我相信我已经具备了某种内心的硬度和厚度。比如现在，我可以很坦然地把衣服掀开，把身上多处丑陋的、可怖的伤疤露出来。我甚至可以一一道出每一道疤痕的由来。不，我不会声泪俱下的。哪怕说起这些又是一次可怕的亲历。这些斑斓的疤痕璀璨在我的身体里，已经没有了早先那样的狰狞，随着时光的洗涤，那些凸起的青紫、猩红的筋状条疤已暗淡下去，成片成片的擦痕已由原先的浅褐慢慢融进在肤色里，只不过，那一道一道线状的擦痕居然比正常皮肤更加亮白，反而更加醒目了。我右边大腿外侧有一个茶杯口大的圆形的伤疤，摸起来有点糙，但看上去，真是熠熠生辉啊，它似乎在发着光，在滴溜溜地转动，这枚耀眼的徽章结实地刻在我的身体里，散发着呈堂证供般的真相气息。我的额头、手肘、腿都或深或浅地有这种亮白的光芒，我披着长发，蓄着刘海，把额上的一条长长的横条纹伤疤盖住。写到这里，忽然一股新鲜的、浓烈的血腥味漫上来，萦绕在我的周遭，闭着眼睛，我看见了血，那么多的血，黏黏的，全身都是，这熟悉的梦境的血的深渊啊。我唯独记不起疼痛，我破败的身体，千疮百孔，可我记不起疼痛的感觉。它一定不是被时光冲淡而流逝了，相反，它被某种意志和力量吸走，向内，并转化成另一种东西。猛然间，我意识到，很多年了，我没有为此流过一滴眼泪。

在广东11年，我先后5次在大街上被抢劫，其中有两次被摩托车拖在地上十几米，这两次抢劫都发生在东莞。我身上的伤痕大部分皆来自这两次摩托车飞车抢劫。我在一篇名叫《声嚣》的散文作品里写到了这种飞车抢劫，有些读者对我提出了质疑，认为这种经验是一种胡编乱造，我对他们说，请你们百度一下"东莞治安"这4个字就会明白的。

也就是说，飞车抢劫不是某一个人的经验，在东莞，这是极其普遍的一种人生经历。尤其是女性。我身边非常多的女性遭遇过飞车抢劫，身体落下了跟我一样的伤痕，有的甚至更多。2004年，我在东莞一家大卖场做企划，办公室的6个女孩子几乎是轮流遭遇飞车抢劫，别的办公室也一样。擦伤，摔倒，流血，包包被抢，手机、现金、钥匙一并落入劫匪手中。我们合租在一起，有一个晚上，这帮年轻的女孩子居然在宿舍脱衣服比赛展示身上的伤疤，她们美丽的青春的身体，无辜的身体，都不同程度地刻上了这耻辱的伤疤，没有人为这一切埋单，唯有肉身在默默承受，承受，然后再去遗忘。然而，在这场嬉闹中，在她们清泉般的咯咯咯的笑声中，没有一个人对此表现出愤怒或者伤感，娱乐消解了一切，并在一种可怕的"蚀财消灾"的观念中获得了安慰。我的两次被抢都是发生在晚上相对偏僻的路段，那个瞬间时常出现在我的噩梦里，然后我大喊大叫地醒在床上。当路边的摩托车幽灵般地从暗处蹿出来，当魔爪探向我的肩膀，我头顶的天空一定被一只巨大的、罪恶的黑色翅膀所覆盖。一场捕猎正在上演。我清澈如水的魂灵与肉身，如同羔羊一般经历着这人世间的劫难。我的包包是斜挎的，一旦被拽起，就会连同我的身体。我被拖在地上，惨叫，刺痛，沙粒硌进我的肉体，我的裙子被磨破了，我的皮肤也被磨破了，一地的血，我在哭喊，却什么也听不见。终于，包包的带子突然断掉了，我被甩出几米远，滚到路边，额头撞到一块钢架的角铁上，我记不清楚过了多久，我是怎么爬起来的，非常可怕的是，我的血都快凝固了，它们混合着沙土，浸染在蓝色的裙子上居然是黑色的，这黑色的血让我害怕。大腿上有一块受伤的地方血肉模糊地跟裙子粘在一起，也凝固了，凝固成一块黑色的记忆。

我相信，我描述的这一切并不比别的人更悲惨。我的肉身并不比别人更高贵，在很多人看来，我似乎没有理由耿耿于怀。这是一种普遍的经验，它的残酷、它对人精神的损害以及我们对所处的环境的不满和愤怒都被消解。甚至是在一种娱乐的氛围中被消解。然而，我之所以难以释怀不是因为这种遭遇无法获得补偿，而是，在我的精神世界里，一个让女性的肉体无法有安全感的世界不该被轻易原谅。如果说到女性的尊严，满身疤印、满身伤痕的女性，她们的尊严在哪里呢？面对这个陌生的大词，那些成功的女性抛出了优雅的、高端的见解，而在我这里，我的底线却是她们的负数。我生活在她们的负极里，她们所谈论的那一切，我根本够不着。她们谈论着女性在职场、社会、家庭中的种种压力，种种困扰，声称精神的痛苦远远甚于肉体。而在我这里，我居然还在纠结于肉体之痛，如同动物般低级。当我此刻面对"耻"，我无意呈现这个世界上有着猖獗的飞车抢劫，无意控诉这人间之劫难，让我们无辜的肉身遭受流血疼痛的伤害，我更无意告诉世人，这个至今没有被我完全原谅的世界。这一切是显现的，甚至是，没有人以此为耻。然而我将要写到的"耻"，它来自于肉身之痛，成长之痛，来自于一个隐秘的世界。

二

我在郊区长大，杂居在工人和农民交界的地方，小学和初中是在乡村的学校读完的。在我的印象里，不论是工人还是农民，都存在有严重家暴的家庭，虽然这两类家庭的表现有所不同。这种有家暴行为的家庭是公开的，生活在那一块的人全都知道。我得知"家暴"一词相当晚，那是我毕业后参加工作在报社做记者的时候，这个词进入我的视野，我颇为不屑，第一反应居然是，打个老婆有这么严重吗？在我的家乡那里流传着这样一句话，"老婆三天不打，上房揭瓦"，意思是，打老婆天经地义，别人管不着。啊，在我荒凉贫乏的少女时代，目睹过多少残忍粗野、懦弱无能且性情暴戾的男人啊，他们喝了酒发酒疯，或者在外面赌博输了钱、受了别人的气，甚至是扳腕输了丢了面子这些鸡毛蒜皮的小事，都足以让他们回家把瘦弱的孩子他娘拎出来暴打一顿。有的时候，他们也打发育成熟、体态丰满的成年女儿，吊着打，边打边骂可怕的脏话。撕衣服，用脚踢，甩响亮的耳光，女人在地上翻滚，用破了喉咙的嗓子沙哑惨叫、求饶，我相信，她们的身上一定布满了伤痕，她们的泪水从一个一个的黑夜流到天亮。这一切回想起来，历历在目啊。孩子们都退缩在角落里，大的捂住小的，恐惧让他们不敢吭一声。这样的浑蛋后来都是被他们长大的儿子们收服的，几乎无一例外，长大的男孩用有力的双手擒住父亲的肩膀，或者用自己的身体去护着母亲。"你知道吗，最近父亲在打我的时候没有以前疼了，他只打了几下就停下来喘气，他开始老了……"这是我初中的一个男同学跟我说的，多少年之后，他侍奉病倒在床上的父亲，居然没有半点怨恨，以至于这样的老浑蛋还得以善终，而岁月也抚平了女人的伤痛，欢笑绽放在她们满是沟壑的脸上，儿孙绕膝，嬉闹于农家的小院里。那个时候，我们虽然在心里诅咒这些天杀的男人不得好死，但我们全然没有意识到，这样的施暴是犯法的。至于尊严，这个词从未出现在我们的生活里。某种既定俗成的伦理维系了一代又一代的人，在我们朴素的善恶标准里，福报消解了恶报。

在漫长漫长的童年及少女时代，某种文明开始流进了我们所在的村庄，年轻人去外面谋生，带回新鲜的意识和文化。而我们去更远的城市读书，在那些文明的地方，我再也没有见过男人公开暴打女人。人们都讲普通话，开口都带敬语，让你觉着，你存在，你很重要。我再回望故乡，那里的妇女是天底下最美好的人，她们的灵魂是纯银的质地，明亮，干净。身后是一堆鸡仔般的孩子，嗷嗷待食。她们勤劳、聪慧、隐忍，瘦弱的肩膀有强大的力量。与生俱来的善良品性，就像一团火，穷其一生地温热着她们的家和孩子们。令我不解的是，我们那里的男人很多都热衷于喝酒、赌钱、打老婆。在我的印象里，父亲打过母亲一回，我在门外听见碗被摔碎了，父亲的咆哮，母亲尖声战栗着哭泣，他应该操起了什么，在满地追打躲闪的母亲，怒吼、恐惧的惨叫交织在一起。我无法再听下去了，只得逃离，那可怕的声音太具有摧毁性了，它时常出现在我的梦境里，在我头顶响彻。就在那个时候，我明白了一个道理，对于一个孩子而言，没有什么比父母相爱更让他觉得幸福的了。我年幼的弟弟在屋子里目睹了这一切，他的哭声渗着血，都撕裂了，仿佛要把五脏六腑都哭喊出来，这哭声加重了这场灾难的悲剧性。我一路狂奔下了楼，跑出工厂宿舍楼，沿着煤屑路，一直跑到铁路边的一个湖边。我坐在湖岸上，直到月亮升起来。我为什么不敢推门而入，用自己的身体去挡住母亲？我今后如何面对此次的逃离？啊，我的懦弱，多少年之后，我无数次地践行着，我如何地懦弱。那些长期目睹母亲被施暴的孩子们，他们是怎么长大的？那些长大后原谅了父亲暴行的人，他们是如何做到的？

　　我在报社做记者的时候，接触到越来越多的家暴事件，接受采访的女子向我展露了她们的累累伤痕，包括身体隐秘的部位及私处。原来在文明的城市，家暴从来就没有消失过，只不过，它们都隐藏在这些文明人的内心深处。它不再像我童年时代目睹的那样，公开地打，有明显的表演性，同时还附带有无耻的炫耀性。然而通过采访，我发现在这类事件中，有某种潜在的、微妙的复杂心理，这种心理的罪恶甚至消解了家暴本身。我想起张爱玲有句名言，大意是，一个女人再怎么优秀，一旦没有男人的爱，她就会被同性看轻。延伸来说，一个优秀的女人一旦暴露其弱势及不堪的一面，往往会被同性怜悯甚至是幸灾乐祸。

　　2005年，我在深圳做一本珠宝杂志，当时我把杂志交给一家文化传播公司设计、编排。这家公司的老板杨蓉是一位漂亮的时尚女性，三十五六岁，有明媚的笑容，神采奕奕。她有时说错了某句话，或者是犯了一个常识性错误，居然会满脸通红，然后优雅地跟大家抱歉着。我们都羡慕她，美貌多金，有自己的事业，老公在珠宝界也是风云人物。因为我为她写过一个专访，她说在所有的关于她的采访中，我写的那篇最好。偶尔有分量较重的文字活，她也交给我做。时间久了，我们成了朋友，虽然在我看来，这女人虚荣、高调，有些许的做作，但这些都在我能接受的范围内，大体上，她是个爽快的人，仗义，还有一副好心肠。在外面漂泊，艰难生存，我渴望朋友，渴望倾诉，并希望她能够接受我卑微的热情和最干净的善意。然而，见惯太多的冷漠，在利益互换的职场，没有人能看得上我贫乏、清可见底的筹码，除了真诚，剩下的仅只那点薄薄的才华。遇见杨蓉，我希望能跟她有不同寻常的交往，那只关乎心灵，关乎灵魂质量的交往。在很多种公开场合，我以得体的文采和可怜的知识储备常常为她打开场面，并及时把她的观点表达得更加完美。我非常识趣，谦卑地退在她身后，成全她的风头。有时在凌晨两三点，杨蓉会突然打电话来让我陪她去外面消夜，她开车来接我，我们去那种偏僻但又异常美味的小店，自带洋酒，每每喝上几杯。我隐约觉得她心事重重，但从未敢轻易开口去问，陪着她胡扯些关于人生的许多虚空话题。在那样的夜晚，我跟她文艺得一塌糊涂。

那年秋天，我们去上海参加国际珠宝展，杨蓉要求我跟她住酒店的同一间客房。晚宴很热闹，我们见到了来自全国珠宝界的名流，杨蓉的朋友甚多，她频频举杯，四处敬酒，娇笑连连。我其实不太喜欢这样的场合，虚假的寒暄，没有底线的吹捧不绝于耳。再说，我只是一个不起眼的角色，认识的人不多，加上一路坐飞机过来，我也觉得很是疲惫，于是就先回房休息了。大概在午夜时分，杨蓉才回房。我起床开门，迎面扑来她一身的酒气。我把她扶进洗手间，她开始对着马桶呕吐。我站在她旁边，轻轻地拍打她的后背，希望她能吐得顺利一点。嘴里轻声地埋怨着，为什么要喝这么多酒。我转身拿起水壶去烧开水，给她泡了杯热的普洱茶。才几分钟，我再进洗手间一看，杨蓉屈腿伏在地上了。我想把她拉起来，可她又滑溜了下去，她的身体软得像一摊泥，拉扯间，真丝衬衫被拉起，她洁白的后背，竟露出了可怕的斑斑伤痕，淤青的块、长紫痕，片片红疹，触目惊心，像一种毒，在肉体上艳丽地盛开。我整个人呆在那里，不知所措。杨蓉自己翻身坐了起来，用手扯平衬衫，然后用她的醉眼凄然地看着我说，薇温（我的英文名字），我嫁了一个畜生……他以前不这样的，顶多脾气大一点，可是这几年他变得很怪，喝了酒之后，他就咬我，用烟头烫我，抓着我的头发把我的头往床上撞，然后又发疯地亲吻这些伤口……她的语调平缓，像是在说一件遥远的事。"吓着你了吧，我没事的，你先睡吧。"

从那以后，我们之间就有点别扭起来，第二天晚上，她就住了另一间房。她似乎在回避我，而我在她面前无所适从，不知道说些什么好。我万万没有想到，像她这样一个让人羡慕的成功女性居然有着这么不堪的秘密。在我看来，她的生活形同地狱，她跟一个魔鬼在一起。回深圳的几天后，一个傍晚，她打电话来说晚上请我去圆通寿司吃饭。我去了，刚进包间，看见她已经等候在那里。气氛有点怪，往日姐妹般的调侃嬉笑荡然无存，她从头至尾都没有笑，很客气地招呼我坐下。我表情讪讪地，生怕说错一句话，连问好都小心翼翼。杨蓉忽然拿出一个崭新的香奈儿的包包来，说一直想送给我一款香奈儿的包包，这是刚出的新款，我一定会喜欢的。我正要推辞，她看了一眼我背的无名包说，你也该拥有一个像样的包了。沉默，我埋头吃眼前的紫菜虾卷，这时，我听见杨蓉用一种轻松的语气说，她的家庭很幸福，先生一直对她很好，那天晚上，她说的酒话，希望我不要当真。我怔住了，同时瞬间明白过来，她想用这款香奈儿的包来封我的口。她非常后悔告诉我那个秘密。

可是，我从未有过要把这件事泄露出去的想法。当我看见她满身的伤痕，我痛恨的是那个变态的衣冠禽兽。我没有当面表露出这种情绪，是因为担心敏感的杨蓉觉得我在同情她。一事无成、处处卑微的我，没有资格去同情任何一个人。啊，杨蓉她一定不知道吧，我也一身的伤痕啊，青的、紫的、红的都有，永远都不可能痊愈的伤痕。当看到那些斑斓得可怕的伤痕时，我有一种物伤其类的悲凉与伤感。那一刻起，我比任何时候都爱她，我觉得我已经无法向她准确地传达这一情感了。接着，杨蓉又跟我说起她跟他先生相识、相恋的浪漫往事。语气非常温柔，像是一个梦幻。我听着听着，觉得她只想让我相信，他的先生依然爱她，她还是过去那个让我们都羡慕的成功女性。太可怕了，家暴根本不重要，她扛得起，她唯独扛不起的是她千疮百孔的里子被外人知晓。好吧，你的逻辑是，只要面子有尊严，里子你不在乎。现在是，全世界只有我一个人知道这个秘密。我跟杨蓉已是陌路，我觉得她已经清晰地把鸿沟画了出来，我们回不去了。

然而我还是把事情想得太简单了。三天之后，杨蓉突然打电话来质问我，是不是我在网络上散布她先生打她，要跟她离婚的消息？我大吃一惊，没等我开口，她在电话那边开始骂我，骂得很脏，难以启齿，完全没有任何交情可言。骂我穷酸、心机女、一心攀龙附凤、自己交友不慎也就算了，杨蓉竟然失控到骂我丑八怪、性冷淡、没有一个男人愿意上我等语。这还是我一直以为可以交心的、彼此只注重灵魂质量的杨蓉吗？还是长期以来她就是这么看我的？我一言不发，听她一气骂完，如果我中途挂断电话，她一定会发疯的。末了，我给她发了条短信，说她看错我了。我完全没有料到杨蓉遭受的折磨是因为我，而不是她那可怕的家暴。不论我是否泄露这个秘密，我的存在是个巨大的钉子，令她寝食难安。这是被害妄想症吗？不，这是不可遏制的恶念使她整个人走向了负数。紧接着，她彻底摧毁了我。

杨蓉的文化传播公司下面也有一家珠宝媒体。她本不指望这本杂志赚钱，而仅仅是作为一个平台存在去做各种文化推介活动。然而，她这本杂志做得早，在业内的知名度比我的大，而我才刚起步，不到一年。

从资金、背景、资源各个方面来看，我不堪一击。我唯有创业的激情和初犊的拼劲。广告收入是我们生存的唯一来源，但我总有抢眼的专题策划，深度的对话专访，图片、排版时尚大气。这本年轻的杂志在深圳有了让人耳目一新的朝气与锐气，很多大的珠宝厂家开始注意我了。啊，那个时候，我刚刚而立之年，踌躇满志，浑身有使不完的劲，感觉肩上要生出翅膀，我的理想是，做最好最专业的珠宝杂志，以我的规划来看，要实现这个愿望起码还要三年。然而，杨蓉以极其低廉的价格甚至免费出售、抛送她的版面广告，她用这种不正当的竞争手段公开地挤对我，我只要两个月没有广告收入，杂志就会全面告急。隐约有谣言传出来，说我跟×××公司的总监有不正当的男女关系，不，说我用肉体换取广告。我非常清楚这一切背后的缘由，但是，只要杂志能够撑下去，我就能顶住所有的毁谤与压力。然而，好几次我去客户那里采访，对方表现得都很怪异，都急于要避开我似的，仿佛我是个很脏的人。居然有一个小厂的老板一脸贱笑，眯着眼，无耻地说：薇温小姐，听说你是一个豪放的人，其实我也是……

很快，我接到一个函，工商局发过来的，大意是我的杂志申请的是DM广告刊号，而我却做成了一本集新闻、时尚娱乐为一体的综合媒体，涉嫌违规，勒令查封。这个时候，天才真正塌下来。这种做法本来就是打一个擦边球，市场上充斥着大量的这类杂志和报纸，只要不刊登色情暴力，不刊登虚假广告，一般情况下是没有人管的。我拿着那款崭新的香奈儿的包包，径直奔往杨蓉的办公室。

"你为什么不杀人灭口呢?"我把包包狠狠地朝她掷过去，水杯砸翻了掉在地下摔得粉碎。

"所以你要感谢我不杀之恩啊，薇温，我应该拿你怎么办呢，你让我非常痛苦，对，只有你从这个世界上消失，我才能解脱。"不到一个月，杨蓉脸色苍白得可怕，两颊凹陷，颧骨，高高凸起，两只眼睛如同被烧成炎炎的大洞，这副模样，如同一副骷髅头的面上绷了一张白布。"薇温，你握着我整个生命中最脆弱的部分，我快要疯了！"我再次想起，她的身上那些斑斓的伤痕，而我身上也是，一阵酸楚涌上胸口，百感交集，我无法恨她了。我们原本是一类人，而我却成为她面临遭受巨大耻辱的那个人。她的先生不是，她本人不是，这个操蛋的世界不是，唯独我是。我长长地叹了口气，扔下了一句话：你真给我们女人丢脸，如果我是你，我会把里子那个真正让你蒙羞的奇耻大辱踩到脚下。

<h2 style="text-align:center">三</h2>

可是，我做到了把自己身上的那些奇耻大辱踩到脚下了吗？不，我太懦弱了，我只能捶着胸口，无力地捶着胸口，一声接一声地叹气。我最终选择了逃离，回避。我跟杨蓉唯一的区别在于，我不会恶意地去加害无辜的人，这是我能坚守的底线。然而，身在局中，谁不比谁更无辜呢？当我们的肉体受到伤害，而伤害我们的对象是一个巨大的存在，我们无法撼动，那是不是在潜意识里，我们就应该把它默认成一个既定的事实？并放弃抗争？是从什么时候开始，我们默认了它，让它成为我们生活的一个背景？"小姐，你只提供了抢劫的时间和地点，你什么都没有看清，我们是很难抓到劫匪的……你呢，平时不要背包上街，晚上不要轻易独自出门，只要做好自我保护，是不会遭遇这种事情的，你怎么这么不小心呢？"去派出所报案，结果是，你怎么这么不小心呢？

我怎么就这么不小心呢？前年，在一次由妇联主办的"今日巾帼"座谈会上，我见到了暌别多年的安妮太太。她四十好几了吧，保养得真好，脸上没有一丝皱纹，想来生活如意，事事顺心吧。这几年，她跟她老公经营的几处大型商业地产出租得真不错，购物中心、休闲娱乐城、小吃一条街，当年略显偏僻的物业天天都在绞尽脑汁寻求出租，可几年过去后，那地方竟成了那个镇区的商业中心，如今是寸土寸金了。安妮太太染着金发，大卷儿，风情妩媚；穿着黑色修身的职业西装，里面是柠檬黄的蕾丝抹胸，长裤，细跟儿尖头的高跟鞋。她假装没有看见我，我可是结结实实地把她从头到脚打量个遍。人生无常啊，有些人总是阴魂不散。亲爱的安妮太太，今天晚上你会不会做噩梦呢？这个女人现在是本地大作家了，当年她离开东莞去了深圳，然后辗转去了广州，还在佛山待了好一阵子，最后她居然折回东莞，还人模狗样地混进这么高端的巾帼座谈会与你诗意邂逅。

依然是那个2004年，那家大型的卖场，我一企划部经理整天埋头撰写各类企划案，策划各类招商活动，从制订到执行，每周加班，那个时候不知道为什么身上总是有一股使不完的劲儿，眼皮一翻就是一个点子，有了好的想法兴奋得要命，仿佛吸引那些大牌入驻进来，我能捡个大便宜似的。生活上，我非常简单，从不化妆，一年四季穿着工服，在办公室叫外卖，加班晚了就睡在办公室沙发上，还经常跟清洁工阿姨这类人一起去超市抢打折的换季商品。由于所有的稿最后要安妮太太定了，签了字才能执行，应该说，在公司除了财务，我是跟安妮太太打交道最多的人。安妮太太对我不修边幅很是不满，她说工服是公司对外接待或者窗口岗位的姑娘才穿的，我可以穿得个性化一点儿，应该要化点淡妆，要使用香水。她这个话，我们全公司的女孩子都清楚，安妮太太在代理一种叫作玫琳凯的化妆品，其营销模式类似于安利，直销式的，不知道为什么，这种营销模式一直没有让我从传销的印象中纠正过来，所以，她的玫琳凯，我连一支小唇膏都没有买。每当我身上桂林米粉那刺鼻的酸笋味儿让她难受的时候，她就念经一般向我兜售她的玫琳凯。我身上有一种很硬的东西，让她不自在。这一点，我感受到了。

那一年快要到中秋节了，公司要策划一台晚会，活动是我策划的，所有的东西基本准备停当，我跟安妮太太去选购礼品，因为晚会有抽奖活动。我记得那天下午三点钟的光景，我跟她步行去公司附近的银行取钱，银行很近，她也就没有开车。当时她挎着一只铰链的小皮包，刚好垂在她腰与臀衔接的部位，大红的，非常醒目。我陪她取了钱，从银行走出来，刚拐了一个路口，斜对面就望见公司办公楼。这时一辆摩托车从她旁边骑过，那摩托车到近处才加的速，突突突，突突突，在身边急促而过，非常突然。坐在摩托车后座的年轻男子拽住安妮太太的包，她被拽倒了，那摩托车把她拖在地上，一路往前急奔，很本能的，我狂追不放。她的鞋很快就被蹭掉了，膝盖在地上摩擦了好几米，一定剐破了皮，流了血，衬衫被掀起，她在挣扎，在喊叫："放开我，我求求你们放开我……"我看见她雪白的腰腹露出来，包包的带子太结实了，没有拽断，摩托车后座的人一把抓起娇小的安妮太太，一路往前方急驰，我追不上了，我眼睁睁地看着董事长夫人安妮太太消失在眼前。她那绝望的"救命啊——"一直在我耳边响彻。刚才那一幕不正是我曾经历过的吗？为什么看着他人历经此劫，我竟本能地把拖在地上的那个人幻想成了自己？刚才，有那么一瞬间，被摩托车拖走的，不正是我自己吗？我再一次血淋淋地经历了这可怕的猎杀。

在我看来，所有被拖在地上的人是平等的。甚至跟猪狗一样是平等的。就像在癌症面前一样，所有生命是平等的。啊，我有幸跟冷艳高贵的安妮太太站在同等级别上，这是从未有过的。公司办公室那么多的女孩子都有过被抢经历，我们都有幸跟自命不凡，骨子里瞧不起我们的安妮太太站在了同等级别上。我不应该高兴吗？对，摩托车应该去抢有钱人才对啊，可是有钱人都有车，很少步行，所以摩托车只能抢我们这些步行的弱女子。很突然地，我心里居然有了一丝快意，公司大部分员工都不喜欢安妮太太，这抠门儿刻薄的坏女人，向员工兜售化妆品，公司福利少得可怜，报销很不痛快，请假压了又压。我们早就怨声载道了。然而很快地，我就从这邪门儿的幸灾乐祸中醒了过来，我吓坏了：安妮太太被劫走了。脑子一片混乱，我是不是应该给董事长打个电话呢？还是报警？我慢慢镇定下来，给公司人力资源部经理凯恩打了个电话，公司是家族式管理，人力资源部的经理是安妮太太的妹妹。电话那边传来冷静得要命的声音，不许报警，不许跟任何人说起这件事，好了，没你什么事了。

几天之后，那是多么可怕的几天啊！我每天都心神不定，恍恍惚惚，总隐约听到有人在喊救命，我看着镜子里的脸，双颊凹下去了，眼睛陷成一个窝。头发蓬乱，嘴唇起皮。整个人非常憔悴。人力资源部经理请我去她办公室一趟。一种很不好的感觉笼罩着我，在这么多年的漂泊生涯里，这种感觉既熟悉又可怕，它再一次将我席卷。果然，这位凌厉的凯恩小姐，用一种不容置疑的残酷语气说，你被公司解雇了，明天就不用上班了。

很奇怪的是，我忐忑不安的心居然像石头一般落了地，非常利落。那一瞬间，我如释重负。仅仅解雇我而已，没有别的麻烦？这个结果我太乐意接受了。是啊，我怎么可以继续待在公司呢，那高贵的安妮太太以后如何面对我？我是她耻辱的目击者、见证者，我本人也成了她耻辱的一部分。她，在喊救命，在求饶，在魂飞魄散，被两个男子劫走，露出了雪白的腰腹，还有她的大腿，她被匪徒劫到无人的地方，美丽的安妮太太，他们会对她做什么呢？公司有一个人目睹了这个过程，董事长太太仅仅只是解雇了她，这难道不是天大的恩赐吗？我害怕节外生枝，当天晚上就急忙卷铺盖走人了。这个走更像是逃走，坐在逃往广州的大巴上，我开始汹涌地流泪，我看看自己瘦弱的身体，就一把骨头，小小的脏器，这个备受摧残的肉身被命运驱逐，亡命天涯。然而，我清楚的是，正是这一次一次地逃离，我的生命慢慢走向强大。我从未想过去劳动部门维权，从未讨要属于我的公道。除了一身的伤痕，我活得好好儿的，这就足够了。

四

有人跟我说，你现在是作家了，怎么这么不爱惜自己的羽毛啊，你应该把这些不堪的经历隐藏起来。可是，我因何而写作呢，是为了作家这个名号吗？我太了解拥有光鲜名号的那种人了，难道我最终也要去做一个让我终生唾弃的人吗？不，尽管我的底线比大多数人要低，但我绝不会成为那样的人。我看不见肉身之耻，是因为它在我的身体里从未离开过，我不太在意是否有尊严，芸芸众生里，太多的人比我更苦难。有一天，我猛然发现，这世上好像没有东西能够再伤害到我了，我低至肉身，伏在地上，惯于穿越人生的低谷，但我始终清晰什么是真正的耻。当我开始写这篇文章，忽然感觉到自己被一群人热切地注视，我们忽然有了相同节奏的呼吸，每一个词攒着力量，发着光，太多的人是沉默的。如果我看到任何一个人遭遇肉体的伤害，我会不自觉地产生幻象，会瞬间置换成受苦的那个人，然后看见自己再一次遭受肉体之痛。巨大的耻嵌进身体，那些斑斓的伤痕暗自妖娆，它隐隐作痛，可我依然向宝藏那样珍藏，我真实地存在过，我跟很多人一起，有过共同的命运，在那一瞬间，我们平等，像疾病那样平等。

原载《十月》2014年第4期

人生有命

杨　绛

————————

　　神明的大自然，对每个人都平等。不论贫富尊卑、上智下愚，都有灵魂，都有个性，都有人性。但是每个人的出身和遭遇、天赋的资质才能，却远不平等。有富贵的，有贫贱的，有天才，有低能，有美人，有丑八怪。凭什么呢？人各有"命"。"命"是全不讲理的。孔子曾慨叹："命也夫！斯人也而有斯疾也！斯人也而有斯疾也！"（《雍也第六》）是命，就犟不过。所以只好认命。"不知命，无以为君子"（《尧曰二十》）。曾国藩顶讲实际，据说他不信天，信命。许多人辛勤一世，总是不得意，老来叹口气说："服服命吧。"

　　我爸爸不信命，我家从不算命。我上大学二年级的暑假，特地到上海报考转学清华，准考证已领到，正准备转学考试，不料我大弟由肺结核忽转为急性脑膜炎，高烧七八天后，半夜去世了。全家都起来了没再睡。正逢酷暑，天亮就入殓。我那天够紧张的。我妈妈因我大姐姐是教徒，入殓奉行的一套迷信规矩，都托付了我。有部分在大弟病中就办了。我负责一一照办，直到盖上棺材。丧事自有家人管，不到一天全办完了。

下午，我浴后到后园乘凉，后园只有二姑妈和一个弟弟、两个妹妹（爸爸妈妈都在屋里没出来），忽听得墙外有个弹弦子的走过，这是苏州有名的算命瞎子"梆冈冈"。因为他弹的弦子是这个声调，"梆冈冈"就成了他的名字。不记得是弟弟还是七妹妹建议叫瞎子进来算个命，想借此安慰妈妈。二姑妈懂得怎样算命，她常住我们家，知道每个人的"八字"。她也同意了。我们就叫女佣开了后门把瞎子引进园来。

瞎子一手抱着弦子，由女佣拉着他的手杖引进园来，他坐定后，问我们算啥。我们说"问病"。二姑妈报了大弟的"八字"。瞎子掐指一算，摇头说："好不了，天克地冲。"我们怀疑瞎子知道我家有丧事，因为那天大门口搭着丧棚呢。其实，我家的前门、后门之间，有五亩地的距离，瞎子无从知道。可是我们肯定瞎子是知道的，所以一说就对。我们要考考他。我们的三姐两年前生的第一个孩子是男孩，不到百日就夭折了。他的"八字"二姑妈也知道。我们就请瞎子算这死孩子的命。瞎子掐指一算，勃然大怒，发作道："你们家怎么回事，拿人家'寻开心'（苏州话，指开玩笑）的吗！这个孩子有命无数，早死了！"瞎子气得脸都青了。我和弟弟妹妹很抱歉，又请他算了爸爸、妈妈、弟弟和三姊姊的命——其他姐妹都是未出阁的小姐，不兴得算命。瞎子虽然只略说几句，都很准。他赚了好多钱，满意而去。我第一次见识了算命。我们把算命瞎子的话报告了妈妈，妈妈听了也得到些安慰。那天正是清华转学考试的第一天，我恰恰错过。我一心要做清华本科生，末一个机会又错过了，也算是命吧？不过我只信"梆冈冈"会算，并不是对每个算命的都信。而且既是命中注定，算不算都一样，很不必事先去算。

我和钱锺书结婚前，钱家要我的"八字"。爸爸说："从前男女不相识，用双方八字合婚。现在已经订婚，还问什么'八字'？如果'八字'不合，怎办？"所以钱家不知道我的"八字"。我公公《年谱》上，有我的"八字",他自己也知道不准确。我们结婚后离家出国之前,我公公交给我一份钱锺书的命书。我记得开头说:"父猪母鼠,妻小一岁,命中注定。"算命照例先要问几句早年的大事。料想我公公老实,一定给套出了实话,所以我对那份命书全都不信了。那份命书是终身的命,批得很详细,每步运都有批语。可是短期内无由断定准不准。末一句我还记得:"六旬又八载,一去料不返。"批语是:"夕阳西下数已终。"

我后来才知道那份命书称"铁板算命"。一个时辰有一百二十分钟,"铁板算命"把一个时辰分作几段算,所以特准。

我们由干校回北京后,"流亡"北师大那年,锺书大病送医院抢救,据那位算命专家说,那年就可能丧命。但锺书享年八十八岁,足足多了二十年,而且在他坎坷一生中,运道最好,除了末后大病的几年。不知那位"铁板算命"的又怎么解释。

"生死有命"是老话。人生的穷通寿夭确是有命。用一定的方式算命,也是实际生活中大家知道的事。西方人有句老话:"命中该受绞刑的人,决不会淹死。"我国的人不但算命,还信相面,例如《麻衣相法》就是讲相面的法则。相信相面的,认为面相更能表达性格。吉普赛人看手纹,预言一生命运。我翻译过西班牙的书,主人公也信算命,大概是受摩尔人的影响。西方人只说"性格即命运"或"性格决定命运"。反正一般人都知道人生有命,命运是不容否定的。可怪的是我认为全不讲理的命,可用各种方式计算,算出来的结果可以相同。这不就证明命有命理吗?没有理,怎能算呢?精通命理的能推算得很准。有些算命的只会背口诀,不知变通,就算不准。

算命靠"八字"。"八字"称"命造",由"命造"推算出"运途"。"命造"相当于西方人所谓"性格"(character);"运途"相当于西方人所谓命运(destiny)。一般星命家把"命造"譬喻"船","运途"譬喻

"河"。"船"只在"河"里走。十年一运，分两步走。命有好坏，运亦有好坏。命造不好而运途通畅的，就是上文所说的笨蛋、浑蛋安享富贵尊荣，不学无术可以欺世盗名。命好而运不好，就是有才能、有品德的人受排挤，受嫉妒，一生困顿不遇。命劣运劣，那就一生贫贱。但"运途"总是曲曲弯弯的，经常转向。一步运，一拐弯。而且大运之外还有岁运，讲究很多。连续二三十年好运的不多，一辈子好运的更不多。我无意学算命，以上只是偶尔听到的一些皮毛之学。

孔子晚年喜欢《周易》，作《说卦》《序卦》《系辞》《文言》等，都是讲究阴阳、盈虚、消长的种种道理，类似算命占卜。反正有数才能算，有一定的理才能算。不然的话，何以算起呢？

原载中华励志网读书时间2015年9月8日

困学乃是成仁

叶兆言

————————

又站在了讲台上，真是件让人尴尬的事。我常常会这么想，什么时候可以真正一劳永逸地远离这样的文学讲座就好了。为什么呢？有两个原因。首先是在我自己，不愿意这么讲，不喜欢这样的讲座。关于文学关于写作，我该说的话都写在文章里，斟词酌句，自忖写得比较认真，比较当回事，你们真想知道我打算说什么，可以去看我的文章。不管怎么说，写出来了，落实成文字，肯定要比随口说强得多。关于文学和写作的话题，三言两语根本讲不清楚，我知道自己讲不好，所以很不愿意讲。

其次，从听众角度讲，类似的文学讲座也确实没用，没那个必要。在日常生活中，会议实在太多了，有人做报告有人听报告，这成了我们无聊人生很重要的一部分。发言的和听发言的都习惯说套话，不是说这活动很有意义，便是听了某某人讲话很有启发。以我自己的个人经验，学习写作三十多年，从没有听到过真正有意义的文学讲座。没有谁是靠听了什么讲座成为作家的，说句很不客气的话，在今天这个世界上，无论国内还是国外，文学活动只是个活动，办讲座、做讲座、听讲座是这些活动的一部分，它不过是文学十分多余的一个附加品，就好像是人身体器官上的盲肠，真把它给割了，一点关系都没有。

请容许我再说一句非常得罪人的话，在座诸位如果认为参与这种文学活动真有意义的话，那么你们的文学前景一定是不太乐观。如果你们看重这些活动，那么文学很可能会不看重你们。在我看来，什么文学讲座，什么作家班，都是没有实际意义的，你们完全可以远离它们。当然我也知道，通过参加这类活动，去读一个作家班，情感上可能会觉得离文学近了一些，不过恕我直言，很多文学活动或者说大多数文学活动就是个热闹，就是个肥皂泡，有关写作的这班那班，和真正的写作并没有太大关系。

窗户纸一捅就破，打开了天窗说亮话，我今天把不该说的话先说了，所谓丑话说在前头，你们可能很不习惯我这种说话方式。

我知道你们心里一定在想，既然觉得今天这样的讲座没意义，为什么还要厚着脸皮过来，为什么还要感觉良好地站在讲台上。不只是你们会这么想，我也在这么想，也在这么自责。人活在世上，不如意事十有八九，常常是不想干的事比想干的多，不该干的事比该干的多，今天的这次碰面就是一个最好例子。我要是说老实话，说自己并不是为了你们而来，你们听了一定不高兴，一定会生气，但是事实就是这样。我真不是因为你们才答应这次讲座，类似的讲座我已经拒绝了无数次。

我是因为熟人的缘故才来到这里，说老实话，我一点都不看好你们。一个搞文学的人，必须要说老实话。差不多三十年前，我父亲和当时的作协领导也参加过一个类似今天的讲座，那位作协领导对听讲座的人说，我很高兴和你们在一起，你们的前途非常美好，我觉得你们中间很可能就有未来的托尔斯泰，你们就是未来的文学大家。这位领导的话很励志，引起了热烈掌声，接下来轮到我父亲发言，我父亲是个老实人，只会说大实话。他结结巴巴地说，哪会有那么多的托尔斯泰，哪会有那么多名家大家，写作无非就是写写自己想写的东西，你们如果喜欢写，想写，把它写出来就行了。

回家以后，父亲很沮丧，他对我说，自己说了老实话，可是老实话往往是不中听的，听的人不高兴，说的人也不会高兴。本应该是件让大家高兴的事情，为什么要弄得彼此都不愉快，然而这又是个非常残酷的事实，喝点心灵鸡汤成不了一个胖子，世界上只有一个托尔斯泰。帝王将相宁有种乎，我凭什么就不看好你们呢？凭什么就认为你们成不了名家大家，成不了托尔斯泰？说话全凭一张嘴，正说反说都可以，我为什么不可以说几句漂亮话来讨好你们呢？原因很简单，在名目繁多的文学活动中，你们不缺这样的好话，不缺这样的恭维，我干吗还要再说废话呢？

废话已经说得太多了，还是赶快进入正题，今天已经来了，来了必须说些什么，必须把剩下来的时间对付过去。我究竟要说些什么呢？标题已事先登出来了，就是黑板上这几个字，"困学乃足成仁"。为什么是这几个字？

我想告诉大家，说到底，我还是个认真的人。为了今天的讲座，抱着一种非常认真的态度，对于我来说，这次讲座完全是一种知其不可为而为的行为，也就是黑板上的这个"成仁"二字的意思。明知道有可能是一次冒险，是一次无谓的牺牲，可是我还是来了，还是做了认真的准备，还是写了讲稿。我知道，很多人会认为这样的讲座很容易，没有人会当真，不值得这么当回事。嘴上虽然不明说，心里都会这么想。作为一个文学江湖上闯荡了这么多年的老手，还要为一次给读书班的学生讲课写讲稿，还要做所谓精心的准备，这个有点搞笑，只能说明我的口才太差，太把不是事的事当回事了。

什么叫作"困学"呢？这两个字的意思其实很容易理解。我现在的这个讲演状态就是一种标准的"困学"，你们坐在下面的表情也是。困就是困惑，就是迷惑，就是想不明白。路漫漫其修远兮，吾将上下而求索。困学是人生的一种常态，是搞文学的人必须面对的残酷现实。今天来听讲座的都是"屌丝"，不管你们喜欢不喜欢这个词，讨厌不讨厌这个标签，不管你们的未来是不是发达，能不能成为文学名家，只要今天你们坐在这里，你们就是文学的"屌丝"，就摆脱不了这个让人看上去并不快乐的字眼儿。很显然，如果不是，你们也不会傻坐在这里。

那么什么是"屌丝"呢？冯小刚对这词曾经很愤怒，所以会愤怒，是因为他不知道这个词的原义，只看到了字面上的庸俗和不文明。事实上，真知道这词是什么意思，我们也就释然了。屌丝的来源和体育有关，和足球有关。有一个叫李毅的足球运动员，他也曾经风光过，一度还被称为"李毅大帝"，他的粉丝不叫"毅丝"，叫更易上口的"帝丝"，而这个帝拼音字母是"D"打头，因此，"帝丝"又成了"D丝"，最后干脆转成了屌丝。如果李毅的足球真能踢得像梅西那么好，像贝克汉姆那样有人气，屌丝就一定不是今天这个惨不忍睹的样子，可悲的是中国足球太让人失望，城门失火殃及池鱼，足球不争气，运动员自身不行，连带他的粉丝也跟着一起受累了。

用"屌丝"来形容喜欢文学的人恰如其分，首先，和足球一样，中国文学太让人失望，太容易让人宣泄不满。在今天，骂中国文学和骂中国足球一样，怎么骂都可以，怎么羞辱都没关系。这个就是悲剧，如果你们喜欢足球，如果你们喜欢文学，那么就准备骂人或者挨骂吧。文学的光彩早就不复存在，上世纪的80年代，文学曾经非常风光。对于你们的父辈来说，文学差不多就是那个时代的泡妞利器，可是今天的文学只能是和没希望的屌丝一词相伴，看看《非诚勿扰》上的征婚市场行情便明白了，当一个男生怯怯地说自己喜欢写诗，喜欢文学，等着他的就只能是一片灭灯声了。

因此在今天，文学绝不是什么伟大光荣的事业，真相让人沮丧，真相毕竟就是真相。我们都是屌丝，承认也好，不承认也好。文学不再光鲜，不再是什么了不得的事情。文学的高调时代早已经结束，很难说它还能够触底反弹。因此，困学的"困"就是文学的困境，而真正的文学，就是在困境中还能够继续坚持，还能够继续"文学"。

在困境中的坚持并不容易，我随便举个例子，说说文字的历史。我们都知道，最初的文字都是象形的，就像我们的汉字一样。可是在文字发展历史中，还有一个拼音化的过程，在世界范围内，拼音化曾经非常主流。一百多年前，中国太落后，不仅是在经济上，更重要是在思想上也远远落后世界各国，因此当时的仁人志士，都主张改革，主张白话文，主张简化字，有人干脆提出了要走拼音化的道路。

然而汉字最后并没有拼音化，为什么呢？为什么能躲过这一劫呢？有两个原因，一是近代世界变得相对文明了一些，中国虽然受欺负，差一点被列强肢解，但是在亡国威胁下，始终没有真正地死亡，它总是还留着最后一口气。国家不亡，汉字也就暂时不会亡。一是电脑解决了汉字输入难题，电脑时代刚开始的时候，很多人都预言象形文字会被最后淘汰，因为很多人都认为，汉字的输入几乎是不可能完成的。历史上曾有一个大作家林语堂靠写作在美国赚了很多钱，他的理想是发明汉字打字机，因为这个发明能让他赚更多的钱，结果却是让他破了产。

我们的汉字躲过了拼音化这一劫，古埃及的象形字就没有这么幸运了，古代的征服者不仅征服了这个文明古国，而且强制实行了拼音化，结果就是，很快谁也不再认识古埃及的象形字。使用了三千多年的古埃及文字，突然就中断了消逝了，此后差不多有八百多年，没有人再认识那些象形文字说的是什么，大家只能像猜谜一样地去揣测古埃及文明。很多学者都只能在黑暗中苦思冥想，直到八百年以后，拿破仑军队中的一名学者无意发现了一块有碑文的石板，那是古埃及文字的布告。上面同时写有好几种文字，有希腊文，还有当时的俗体字，这些文字可以对照起来看，因此也就获得了破解古埃及文字的密码。

重提这个故事的目的是什么呢？我想告诉大家，文明的历史中有很多不文明的事情，而我们这些喜欢写作的人，很可能就像行进在古埃及文字迷失的八百年中的探索者，我们一次次试图接近那些古代文明，可是很可能根本找不到正确的方向。我们被困住了，古文明就在面前，却怎么也解释不了它们。文学的意义在于始终有那样一些勇于追求的人，他们处于黑暗中，处于迷失中，然而他们没有放弃，他们不屈不挠，也许他们一生都在追求，结果什么也没得到。

这个就是标准的"困学"，学问的追求从来就不是什么轻松的事情，不是听一两次讲座就可以立刻解决，写一两篇文章就能成仙得道。艺术是什么？艺术就是克服困难。也许我们的一生，注定没有机会遭遇到那块写有密码的石板，我们只是无数苦思冥想古埃及文明的人中的一员，但是人生的意义就在于，恰恰是因为无数人的苦思冥想，因为不放弃的追求，当那块写有密码的石板出现在面前时，我们才有可能恍然大悟。事实上，像这样刻有密码的石板在过去一定很多，它没有被发现被重视，很重要的原因，是因为没有遇到那些为它苦思冥想的人。

再举一个唐诗的例子，小时候我喜欢看喜欢背诵，有时候，为了测验自己的老化程度，就想想还能记得的唐诗，默默地再背诵几首。结果很痛苦，我明白自己真的是老了，已经有太多的忘记。说起唐诗，我始终有两个情结，第一是排行榜情结，总会想这个人那个人在三百首中被选了几首。我认识的一个熟人，他对唐代诗人的评价标准，就是按照三百首中的入选数量，在他看来，谁入选得多，谁就是好诗人。这个标准当然有严重的问题，是可笑的，注定会带来遗憾，譬如我非常喜欢李贺的诗，查遍《唐诗三百首》，却找不到一首李贺的诗，是可忍，孰不可忍。《唐诗三百首》影响巨大，可是因为没选李贺，一想到就觉得不能原谅，不应该原谅。

这个其实也是一种困惑，为什么李贺会落选呢？为什么，这种思考也许有助于我们进一步认识，让我们意识到自己的处境。一个喜欢写作的文学屌丝，你所面临的困局，有时候不只是能不能找到克服艺术困难的密码，有时候就算你已经找到了，同样会不被认可。这个困惑的存在，对写作者打击常常会很巨大，如果我们写得不好，不被理解或许属于正常。可是我们明明已经写得很好了，还是不被理解。为什么写作者会被称为屌丝，说老实话，常常是因为后一种原因，因此屌丝一词中，更多的一层意思是郁郁不得志，因为不得志，所以只能自嘲，只能自我安慰。你想，如果你已经写得很好了，仍然不能被接受，被认可，那么除了自嘲和自我安慰，还能怎么样呢？连李贺都进不了《唐诗三百首》，我们又何必去在乎这奖那奖，在乎能不能写入教材，在乎能不能进文学史。

常常会听到一些似是而非的观点，听上去理直气壮，其实完全不通。譬如说，一个人只要留下几篇好文章，写出几首好诗就可以了，像王之涣，大家常见到的只有两首，都收进了《唐诗三百首》，据说他的诗能找到的也就六首。于是结论就可能很简单，你用不着下死功夫去练习写作，用不着拼命地去写，你完全可以投机取巧，女作家丁玲当年有个时髦观点，就是"一本书主义"，什么叫一本书主义呢？就是写好了一本书，一辈子管吃管喝。

这样的例子确实存在，说到底，还是运气在起作用。运气和彩票一样，本来都是不靠谱的，可遇不可求。谁都想名扬天下，谁都想一炮而红，像我这样，已经写了三十多年，仍然还不能靠一本书吃喝一辈子。网上关于我有个评论很好，说这家伙不温不火，大奖基本上跟他无缘，因为不温不火，就只能一直老老实实地写下去。这个评论很好，评到了点子上，点中了要害。我不得不承认自己始终处于不温不火的困惑之中，时至今日，虽然混到已经可以跑到讲台上来对年轻人胡说八道，我仍然保持着一种很沮丧的屌丝心情。这么说绝对不是矫情，你们知道很多头衔都是假的，现如今，一说到什么著名作家，大家都会窃笑，因为只要是个作家，基本上都著名，还有作协的主席副主席，有名有姓的几乎都是。

困学对于我们来说是很正常的事情，一个热爱写作的人，一个喜欢做学问的人，如果感受不到这个"困"字，如果没有走投无路的迷惑，没有写不出来的痛苦，并不一定是件好事。走上文坛的道路注定了艰辛，起码对于大多数人来说都是这样。一句话，困学不一定是成功的必要途径，而成仁却往往会是最后结果。

我很愿意与大家一起分享自己刚走上文坛时的一些经历，有些故事今天说起来很轻松，有点像老红军回忆爬雪山过草地，很容易让人产生误会，感觉是在卖弄，有一点小人得志。我想在座的诸位，一定有过被退稿的感受，当我们兴致勃勃地将一篇已经完成的稿子投递出去，我们以为自己的文章写得很不错，结果呢，结果就是石沉大海，你等呀等呀，像痴汉等老婆一样地等候着那个女人出现。终于有了一种很不祥的预感，你在猜想，编辑可能不喜欢这篇稿子，领导可能不愿意签字，反正到最后，这篇稿子因为这样那样的理由，被退了回来。

刚开始写作那些年，很多稿子被冷漠地盖了一个公章退回来了。我是个没有收藏习惯的人，有时候就想，如果这些退稿信都保留下来，其实也挺有意思。有些退稿信很长，是年轻的编辑写的，表达了自己的一份无奈，撇清了关系，强调是领导不喜欢才退稿。在开始写作的那些年，我手上大约有三十万字这样的小说，有时候，觉得很充实，因为一下子寄出去了十篇小说，分布东西南北各个方向，东方不亮西方亮，总会有一篇小说交上好运。然而事实却是，当你运气很糟糕的时候，那些寄出去的小说，最后像放飞的鸽子一样，一只接一只地又飞了回来。

差不多有五年时间，都是在这种退稿伴随下坚持写作。我在心里骂过娘，沮丧过，但是总算坚持下来了。所以能够坚持，不是觉得最后一定会成功，而是因为写作，因为不断地写，渐渐地喜欢上了写作。我喜欢这种能够不断地写下去的生活状态，每天能够写一些，这种日子让人感到非常知足。很多人都不相信我有这样的经历，在他们心里，这家伙不过是个文二代文三代，是个有背景的人。直到现在，网上还会有这样的文字，认为我是依靠家庭背景才混出来的，认为这家伙没有什么真才实学。

我从来都不是个信心十足的人，即使到了现在，还是不太相信读者已真正接受了我。阅读早已经变得越来越不重要，我知道，我们辛辛苦苦写出了小说，编了一个个自以为动人的故事，其实根本没什么人在看。我甚至相信，坐在下面的你们，对我的作品也是所知甚少。毫无疑问，我已经写了一大堆东西，吹嘘说著作等身也未必有什么大错，如果真要给自己定位，也就是个日积月累写了一大堆东西的人。我的人生意义是什么呢？没什么可以值得炫耀，除了那些用文字固定起来未必真有人看的文章，其他的都微不足道。百无一用是书生，这就是我。

因此，今天不跟你们谈什么成功，我要说的是成仁。什么叫成仁呢？最早知道这个词是小时候看电影，电影中坏人走投无路时的一句台词，用气急败坏的口气喊着："不成功便成仁。"小孩子不懂什么叫成仁，因为是从坏人的嘴里吐出来的，狗嘴里吐不出象牙，因此一直认定它不会是什么好东西，后来才知道"成仁"是一种壮举。在现实生活中，人生的价值往往通过成功来体现，成功学是最好的心灵鸡汤，但是在今天，我更想告诉大家的，是成仁比成功更有意义，享受写作要比享受写作的成功更美好，成功是不可控的，我们所能把握的只是成仁。

文学上的成仁是什么呢？是明知其不可为而硬为，是放弃成功的希望，是丢掉这样那样的幻想。成仁可不是什么狗急跳墙，成仁是一件很从容的事情。所谓困学，就是置之死地而后生，大家不妨想象一下自己的前景，不要说成为托尔斯泰的际遇几乎为零，在当下的文学环境，靠写作能不能养活自己都是个大问题。眼下稿费稍稍涨了一些，就是按照目前这样的标准，写小说，尤其是写专家们和评论家所认定的纯小说，就算不考虑是否能够发表，就算你们写一篇能发表一篇，就算你们每个月都能发表一个短篇小说，仍然不足以维持最基本的生活。

事已如此，残酷的文学现实就是这样，我觉得不能再用励志的办法来鼓励年轻人写作。我希望大家都能够意识到，我们之所以选择，不是因为文学伟大，不是因为文学能够改变世道人心，不是因为文学需要我们，而是我们更需要文学。这个世界上，永远都会有一些喜欢阅读和喜欢写作的人，我们恰恰就是这些人中的一部分。就像唐朝的那些诗人一样，他们写诗，只是愿意写，只是想写。在伟大的唐朝，并没有稿费，并没有文学的这奖那奖，并没有专业和职业作家，很多今天说起来很著名的诗人，譬如李白和杜甫，都是非常渺小的人物，都是不折不扣的屌丝，常常连饭都吃不饱。

因此，我真心希望大家能放下身段，轻装上阵，文学披挂着光环的时代早已一去不返。如果我们不能享受文学的困局，不能忍受文学的冷漠，忍受被忽视，最好的办法就是远离文学而去。

什么叫享受文学的困局呢？简要地说，就是充分享受写作的过程。结果不重要，唯一重要的是想写和能写。对于一个热爱写作的人来说，光是想，不能货真价实地去写是悲哀的。文学光靠想不行，全凭嘴皮子去说也不行，一个作家除了写别无出路。毕竟写了能不能发表已经不再像过去了，现在有网络，有博客，和我当年所处的无处发表不一样，你们显然已经有了更好的机会。

最后想说一个小故事，我上大学的时候，老师跟我讲过一个研究古代汉语的人，如何去做学问。他受命去编汉语大字典，为一些词语做解释。这个事情说不难也不难，要说难确实真的难。譬如他要为"手心"这个词做注解。我们知道，如果有图像，这个解释太容易了，可是要用文字表达，要用最简短的文字来注释，这个并不容易。我的老师为了"手心"想了很久，黔驴技穷，最后忽然有了想法，写下了这么一句：

手指弯曲时触摸的位置。

很多人对这样的做学问不以为然，认为这根本不算大学问。然而我觉得这个就是学问，什么叫学问？学问学问，是要学会问。人有困惑，然后才能提出疑问，有了疑问，才会去寻找问题的答案。大问题小问题都是问题，文学就是傻乎乎地去解决自己认为是问题的问题。

世界上有很多美好的事，而我们恰巧属于那些喜欢文学的人。喜欢文学是一种缘分，人生的最高境界莫过于喜欢，正因为如此，玩文学就很可能变得非常严肃。世界上有很多美好的东西可以把玩，我们偏偏选中了文学，既然已选中，已经一见钟情，那么只能希望你们慎重一些，希望你们能从容地面对，希望你们能够舍身成仁。

原载《作家》2015年第1期

作家是那头可怜的"豹子"

麦 家

————————

一

我已经二十年没有来苏州了，二十年前，我曾经两次到过苏州，两次都跟女性有关。说真的，我差一点成为苏州女婿。但是命中注定我成不了苏州女婿，虽然给了我两次机会，都失之交臂。这就是命，数量篡改不了命运，正如海水不能解渴一样。

时间会改变一切。二十年是一个可以把一个人变得面目全非的时间长度，我相信我现在走在大街上，我过去的两位女友都不可能认出我来，我也不可能认得她们。我们不过是泛泛之交，没有刻骨铭心的关系，更没有藕断丝连。我至今没有她们一点消息，只有想象和期待。我有理由想象——我相信，她们一定生活得不错，因为她们至少没有嫁给我。我不是个坏人，但我是个作家——也许该确切地说是个一般的作家，并不优秀。优秀与否，终归是个作家，靠阅读和写作文学作品为业，为生，为苦，为乐。

不是我自贬，或假装谦虚，我一直认为作家是不合适当丈夫的，或者妻子。这两个头衔需要世俗，务实，贤惠，具体地说，是心思平安，手脚勤快，走在大街上目不斜视，下了班要尽快回家，回了家要笑嘻嘻的，兜里有钱要交出来，心里有气要藏起来，不要莫名其妙地生气、发火。这些作家常常是做不到的，他们总是在莫名其妙地东张西望，莫名其妙地离家出走，莫名其妙地沉默发呆，时而为一朵凋谢的花感伤，时而为一个纸中人的死亡而愁容满面，甚至经常有一些不可思议的古怪念头。我知道，有一位作家，一位影响了世界文学的大师级作家，他好不容易与相爱多年的女友结了婚，结果不到半年又离了，理由是因为他妻子睡觉时从来不做梦。

不做梦就要离婚，这个理由确实荒唐透顶，有点神经病。但这位作家的神志绝无问题，他甚至一向以睿智面世，被世人尊为用智慧写作的代表。他精通五种外语，六岁便用外语写诗，终生泡在图书馆里，读过成千上万的古籍名著。生活中的他是谦谦君子一个，满腹经纶，出口成章，妙语连珠。他利用哲学问题进行文学创作，诗歌、小说、随笔、文论，每一个领域都留下了闪闪发光的名篇佳作。总之，他古怪不是因为弱智和无知，也许仅仅因为他是一个作家，一个优秀的作家。

他曾经这样为自己荒唐的离婚对人狡辩过：每天做噩梦是可怕的，但每天不做梦也是可怕的，两者可怕的程度具有相等的高度。现在，我也许可以套用他的话来说：一个作家，他优秀的程度和他古怪的程度具有相等的高度。难怪有人说，作家都是可怜的，与作家一起生活的人也是可怜的。你们知道为什么吗？还是让这位古怪又智慧的作家来告诉我们吧——他说：那是因为作家要写作，要探究人心灵的深渊，所以时常容易陷入宽大的寂寞和孤独中。"宽大"到什么程度？无法用数字来体现，但有形象。和这位作家几乎是同时代的另一位世界级大作家，海明威，有一篇著名的小说叫《乞力马扎罗山的雪》，小说有个题记是这样说的："乞力马扎罗是一座海拔一万九千七百一十英尺的高山，山巅终年积雪。其西高峰叫马塞人的'鄂阿奇·鄂阿伊'，即上帝之庙殿的意思。在西高峰的近旁，有一具已经风干冻僵的豹子的尸体。豹子到这样高寒的地方去干什么，没有人作出过解释。"

二

有人解释说，这只豹子就是作家。我认为，这只豹子是所有挑战人类极限者的象征，当然也包括作家在内。极限是什么？是无知，是无底，是无边无际的宽大，深不见底的深渊，是从已有开始，向未有挑战。为了说清楚问题，我们不妨牵强一点地说，刘翔挑战了人类跨栏的速度，爱因斯坦挑战了人类理解物质世界的高度和宽度，曹雪芹挑战了人类开掘情感世界的深度和亮度。刘翔和爱因斯坦的"功劳"不言而喻，曹雪芹有那么伟大吗？我认为有的，他的伟大在于无形地改变了我们无形的内部，看不见的精神深处。

比如，秋天来了，各种花朵开始在寒风中凋谢，这对我们每一个人来说都是司空见惯的。因为司空见惯，我们可能根本不会去理会它，熟视无睹。但是，对一个看过《红楼梦》的人来说，他可能会因此想到林妹妹凄婉地葬花，进而想到你的某年某月，恋人的远去，爱情的离散，或者相似于一些物是人非的凄凉景象。类似的例子不胜枚举，我要下个结论：科学家让我们对身体之外的世界——物质世界越来越了解，占有的也越来越多，辽阔的地球正在变成一个村庄，我们在有生之年完全有可能去太空旅行——几十年后，我们去太空观光旅行也许并不比今天我从成都到苏州复杂多少；那么是谁让我们对身体内部——精神世界越来越了解，进入得越来越深，占有得越来越多？毫无疑问，是作家、诗人、艺术家。

三

据说一个人的心只有四两重，肥大一点的大概也不会有一斤吧，但它构成的世界就像我们置身的这个世界一样，也是无垠的。这些人——作家、诗人、艺术家，就像那只冻死在乞力马扎罗山顶的豹子一样，想探究"无垠的心"到底有多远、多深、多宽、多大。这是一件有点儿荒唐的事情，因为它对我们生存没有实际意义。白雪皑皑的山顶，没有食物和温暖，豹子去那儿干什么？豹子肯定不会去的，即使去了，当发现那儿既没有食物也没有温暖后，也会马上掉头下山。所以，这不是一只真正的豹子，它是象征，是有些人的象征。这些人不甘现状，向远方走去，世界因为他们的"不甘"而变得更加迷人、精彩、辽阔、宽广，山外有山，天外有天，人外有人。但他们自己却因此可能变得更加孤独、苦难，甚至付出生命。因为他们走在了雪线之上，走在了天寒地冻和饥寒交迫中，看不到人影，听不见市声，寂寞，孤独，恐惧，期待，都是超常的。

问题是没人强迫他们过这种日子，这是他们自己愿意的，他们被一个梦想迷惑、吸引，他们跟着梦想走，跟影子说话，在想象的世界里寻找激情，追求乐趣。跟这种人一起生活当然不是件愉快的事，他们是"神经病"，喜欢自作多情，自找麻烦。所以，如果我们理智，我们应该远离他们，不要跟他们结婚、生子，相濡以沫。但我也在想，如果一个人仅仅只有理智，而没有情感，这种人我也是不愿跟她生活一辈子的，哪怕她能带我上天堂的天堂。从某种意义上，如果没有情感，任何地方都可以成为我们的天堂，但那可能不过是一个简陋的地洞，幸福的生活可能也不过是粗糙的存在而已。那么如果从情感的角度来讲，我觉得他们——作家、诗人、艺术家们应该得到我们的尊敬和爱，因为正是他们让我们的内心变得更加丰富、细腻、生动、多彩。要知道，我们的情感不是天生就那么丰富多彩的，今天的丰富多彩是因为有无数的"他们"做了无数的梦，登上了无数冰雪肆虐的无人之地，跟无数的风景一般的"影子"喋喋不休过。

毫无疑问，写作会让作家变得多愁善感。正如写作会让作家变得多愁善感一样，阅读文学作品也会让我们变得感情更加丰富，心灵的感觉敏感起来，细腻起来，生动起来，因为花谢而忧伤。学会忧伤，从某种角度讲不是一件好事情，所谓忧从识字起。但难道我们的生命就是为了无忧吗？要无忧其实很容易的，就像死是容易的一样。对我们来说，难的是生，是活着，是像一个人一样地活着，有思想，有尊严，有情感，有追求，有意义，有忧喜。从这个意义上说，我们要感谢作家、诗人、艺术家，他们代代相传、年复一年、日积月累地照亮了我们内心的一个个死角，拓宽了我们内心四面八方的边沿。其实我们都知道，我们活着不是为了多吃一口饭，我们追求荣华富贵也不是为了披金戴银，而是像贾宝玉一样有声有色地活着，而说到底，你的这个并不高贵和高明的追求和愿望也是作家们给予的。

四

我深感现代的人正在失去醒悟人心的自觉，也正在失去做梦的权利。现在的年代里喧闹，生硬，虚假，沉重，粗糙……我们追求速度和更快的速度，我们追求物质和更多的物质。我经常在想，我们是不是可以让自己变得轻盈一点，干净一点，简单一点，明朗一点，真实一点？

而文学的存在，正是为了提醒大家：梦想比现实更永久，轻盈的内心比沉重的肉身更重要。当你和林黛玉与贾宝玉们一起相处一阵后，你也许不禁会自问，难道我们真的需要那么多吗？其实我们需要的并不多。有时候我想，今天的我们，真正需要的也许就是去结识一位作家，去打开一本书，那里也许有比飞翔还轻的东西，有比钞票还要值钱的纸张，有比爱情更真切的爱，比生命更宝贵的情和理。

现在我想给大家介绍认识一位作家，他就是我前面提到的那位因为妻子不会做梦而离婚的"古怪"作家，他曾经生活在我们的万里之外，在足球明星马拉多纳的国土上，现在也许就在我们身边——他去世了，尸骨埋在瑞士日内瓦的墓土里，灵气也许会随风飘荡，漂洋过海，飘到我们身边，他就是被世人誉为"作家中的作家"博尔赫斯，豪尔赫·路易斯·博尔赫斯。博尔赫斯说，他首先是个读者，其次是个诗人，然后才是散文和小说家。现在我们来看他的一首诗，这一首题名叫《一个萨克森人》，是这样写的：

他带来了那些基本的词语
时间会把它们组成的语言
抬举为莎士比亚的音乐：
夜与昼，水与火，色彩与金属……

我认为，这几句诗也代表了他，他就是用最基本的词语创造了一个神奇、伟大的世界。在这个世界里，我深信你们一定会发现找到一个形象、一个故事、一种意味，甚至是一句话，能让你们在喧嚣的尘世中暂时停下自己匆忙的脚步，倾听一下自己内心的声音，并重新找回自己做梦的权利。这在今天看来似乎不算什么，但最终它也许比什么都重要。

原载《小说月报》2015年第3期

在母语的屋檐下

彭　程

———————

一

少年时代的伙伴自大洋彼岸归来探亲，多年未见了，把盏作竟夜长谈。他上世纪80年代中期自复旦本科毕业后即赴美，近三十年过去，英语的流利程度不在母语之下。我们聊到故乡种种情形，特别谈到了家乡方言，并长时间固定在此一话题上。兴之所至，后来两人干脆用家乡话谈起来。毕竟如今说方言的时候不多，聊天中对个别语词一时感到生疏迟疑时，我就改用普通话，而对方更是习惯性地时常冒出一两句英语。

当时倘若有外人在场，一定会觉得这个情景颇为怪异。

故乡在冀东南平原，方言中有很多生动传神的地方。譬如表示时间的词汇，中午叫作"晌午"，上午便是"头晌"，下午就成了"过晌"，傍晚则叫作"擦黑"。表示动作的，滑行叫"出溜"，整理叫"拾掇"，"我去某某家扒个头"，说的是不会待上很久，很快就离开，仿佛只是到人家门口探一下头。对某件事情感到不舒服是"腻味""膈应",说一个人莽撞是"毛躁",不爽快是"磨叽",不靠谱是"不着调",讲话夸大其词或不得要领是"瞎扯扯""胡咧咧",办事没头绪是"着三不着两"。还有一些读音,难以找到对应的字词,暂且不谈。

本来以为这么多年不使用,很多方言都已忘记,不料却在此时鲜明地复活了。恍惚中,甚至忆起了听到这些话时的具体情境,眼前浮现出了说话人的模样。这个词,最早是听已经故去几十年的奶奶说的,那句话,出自耄耋之年的姑姑之口,那个说法,来自村子里一个倔犟的孤身老头。

友人感慨:真过瘾,今天晚上说的家乡话比过去多少年中加在一起都多。

因为这个话题,很自然地联想到了很久之前的一个场合。一个短期的培训班上,来自不同省份的学员,在一次联欢活动中,分别用各自家乡的方言,描述某个动作、情感、状态。吴越方言的温软柔媚,东北方言的幽默亲和,陕西方言的古雅朴拙,湖北方言的硬朗霸气,巴蜀方言的豁达谐谑。观众兼表演者们乐得前仰后合,笑声一波波响起。

这真是一次难得的体验。语言通常是作为思维的工具,描绘具体的对象、客体,比如人物、事件、风景,也表达对于世界、对生活的观念和看法,而本身却很少作为被打量被分析的目标。但一旦语言成为目标时,你就会发现,原来它就蕴藏了那样丰富的美,那样奇异的魅力。

就仿佛人的一双眼睛,通常是用来发现外界万物之美的。但当它本身成为艺术描绘的对象时,也成就了众多名作。达·芬奇的《蒙娜丽莎》,罗中立的《父亲》,其非凡的魅力,深刻的内涵,离不开对眼睛的出色描绘。前者,神秘的笑容里,似乎有几分隐约的揶揄,几分暧昧的期许,指向的是怎样的人生谜语;后者,被岁月风霜严酷地雕刻过的脸膛上,凄楚和迷茫的眼神后面,又藏着什么样的卑微的恳求?

光线照射之处，事物明亮而生动。

语言，就是那一道道投射向生活的光束，有着繁复摇曳的色谱和波长。

二

对语言的命名，也如同语言本身一般丰富多姿。

法国哲学家萨特，曾将语言比作"触角"和"眼镜"。凭借着它，我们触摸事物，观察生活，和存在建立起真切而坚实的关系。世界在语言中显现，就仿佛白日在晨曦中降临，就仿佛风暴在云朵中积聚，就仿佛一滴墨汁在宣纸上慢慢地洇开，化为了一只蝌蚪，一片花瓣，一粒石子。

语言当然首先是为了表达和交流，但在这种工具性质的功能之上，更是别有一种自足的、丰富的、博大而精微的美。

深入感受并准确地欣赏这种美，是需要条件的。在一种语言中浸润得深入长久，才有资格进入它的内部，感知它的种种微妙和玄奥，那些羽毛上的光色一样的波动，青瓷上的釉彩一般的韵味。

而几乎只有母语，我们从牙牙学语时就亲吻的语言，才应允我们做到这一点。

关于母语，英文里的一个说法，最有情感温度，也最能准确地贴近本质：mother tongue。直译就是"妈妈的舌头"。从妈妈舌头上发出的声音，是生命降临时听到的最初的声音，浸润着爱的声音。多么深邃动人的诗意！在母语的呼唤、吟唱和诵读中，我们张开眼睛，看到万物，理解生活，认识生命。

诗作为浓缩提炼过的语言，是语言的极致。它可以作为标尺，衡量一个人对一种语言熟悉和理解的程度。"眼看他起高楼，眼看他宴宾客，眼看他楼坍了"。说的是世事沧桑，人生无常。"而今识尽愁滋味，欲说还休。欲说还休，却道天凉好个秋"，说的是心绪流转，昨日迢遥。没有历史文化为之打底，没有人生经历作为铺垫，就难以深入地感受和理解其间的沉痛和哀伤，无奈和迷茫。它们宜于意会，难以言传。

对于母语的异乡人，他时常会在哪里遇到一道屏障。认识一个法国人，汉语说得流利，一直自我感觉良好，但有一次却意识到了自己的匮乏。那是听一场相声，逗哏的一方调侃捧哏者，说他的妻子的名字叫作"潘金莲"。他无法明白，一个名字为什么引来了一片笑声。他倒是听说过中国古代一部文学名作《金瓶梅》，但没有读过。

流传的手机短信段子，所谓外国人的汉语六级考试题，让人忍俊不禁：成为大龄未婚女的原因，"开始喜欢一个人，后来喜欢一个人"。前后有什么区别？不管这是不是杜撰，确实，前后完全相同的字句中，意思却大不相同。而发现这种歧义，从句读、节奏中获得细致入微的理解，需要的是文化的潜移默化的熏陶。

这些精微细腻的地方，无法准确地转换到另一种语言中。所以作家张承志很多年前就宣称"美文不可译"。

显然，这一类的隔膜已经不仅仅限于语言本身了，而是属于文化的间隔和分野。

每一种语言都连接着一种文化，通向一种共同的记忆。文化有着自己的基因，被封存在作为载体和符号的特有的语言中。仿佛一千零一夜的故事中，阿里巴巴的山洞里，藏着稀世的珍宝。

三

"芝麻开门吧！"咒语念起，山洞石门訇然敞开，堆积的珠宝浮光跃彩。

但洞察和把握一种语言的奥秘，不需要咒语。时间是最重要的条件。在一种语言中沉浸得足够久了，自然就会了解其精妙。有如窖藏老酒，被时光层层堆叠，然后醇香。瓜熟蒂落，风生水起，到了一定的时候，语言中的神秘和魅惑，次第显影。音调的升降平仄中，笔画的横竖撇捺里，有花朵摇曳的姿态，水波被风吹拂出的纹路，阳光下明媚的笑容，暗夜里隐忍的啜泣。

对绝大多数人来说，这只能是母语。只有母语，才有这样的魅力和魄力，承担和覆盖。孩童时的咿呀声里有它，临终前的喃喃声中也有它。日升月落，春秋代序；昼夜不舍的流水，亘古沉默的荒野；鹰隼呼啸着射向天空，羊群蠕动成地上的云团：一颗从眼角滑落的泪珠有怎样的哀怨，一声自喉咙迸发的呐喊有怎样的愤懑。一切，都被母语捕捉和缩结，表达和诉说。

当然，在这种几乎是天赋的能力之上，要更好地理解语言的妙处，更要有一颗热爱的心。要像屠格涅夫对待母语俄语那样的深情款款——"在疑惑不安的日子里，在痛苦地思念着我的祖国的命运的日子里，给我鼓舞和支持的，只有你啊，伟大的，有力的，真实的，自由的俄罗斯语言！"每种语言都有自己的美。它的质朴或深奥、明亮或幽暗、灵动或凝重，折射着这种语言所负载的文化的特质。在语言中安身立命的作家，无疑对这种美有着最敏锐的感知。

有了这样的情感，一定会被显克维支的《灯塔看守人》深深打动。一位年逾七旬的波兰老人，流浪异乡四十多年后，在南美巴拿马的一个孤岛上，找到一份看守灯塔的工作，生活得以安顿，余生有望平稳。但有一天，他收到了在纽约的波兰侨会寄来的一册波兰大诗人密茨凯维奇的诗篇。相违已久的祖国的语言令他激动和沉醉，乡愁如同海面上的波涛汹涌来袭。那一夜，他竟然第一次忘记了按时点亮灯塔，碰巧有一艘船不幸失事，他因而被解职。他重新漂泊，随身携带的只有那本诗集。他并没有过分沮丧，因为有了这册诗集。诗集唤醒他的怀念，也给了他慰藉。

　　只有这样，时时怀着一种热爱、虔敬和信仰，才会真切确凿地感受到母语的美和力量。

　　灭绝一个民族，必须要从剥夺它的语言开始。因为语言连接维系的，是这个民族的历史与记忆。而守护语言，也就是捍卫一个民族的尊严，传递一种文化的基因。历史上犹太人曾备受歧视和排斥，颠沛流离长达数十个世纪，只因为顽强地保留了自己的语言和文化，才有了一脉薪火相继的坚韧延续。仿佛古诗中的离离原上草，野火烧不尽，只缘疮痍满目焦土无边之下，生命的根系依然葳蕤。

　　风靡一时的美国长篇历史小说《根》，也描绘了捍卫母语的悲壮。小说中，被从西非大陆劫掠贩卖到新大陆的主人公，在南方种植园中牛马般辛苦劳作的黑人奴隶，一次次逃亡都被捉回，宁肯被打得皮开肉绽，也不愿接受白人农场主给他起的名字，而坚持拥有自己种族的语言的名字——"昆塔"。这个名字背后，晃动着他的非洲祖先们黝黑的面孔，和祖国冈比亚的河流上荡漾的晨雾——独木舟划破了静谧，惊醒了两岸森林里的野猪和狒狒，树冠间百鸟鸣啭，苍鹭一排排飞掠过宽阔的河面。

　　不能不说的是，我骄傲于自己的母语汉语的强大的生命力。五千年的漫长历史，灾祸连绵，兵燹不绝，而一个个方块汉字，就是一块块砖石，当它们排列衔接时，便仿佛垒砌了一个广阔而坚固的壁垒，牢牢守卫了一种古老的文化，庇护了一代代呼吸沐浴着它的气息的亿兆的灵魂，也让一拨拨的异族入侵者，最终在它的深厚博大面前，俯首归顺，心甘情愿。

　　但更多的民族，却不幸成为反面的印证。先之以语言灭绝，继之以文化湮没，终之以民族消亡。马克思曾经指出，语言是一个民族中最稳定的因素。作为文化的载体和组成部分，一个民族的语言一旦消失，整个民族也就难以摆脱被灭亡的命运。澳洲土著，美洲印第安人，曾经是两个大陆的长久的主人。随着欧洲殖民者的到来，短短一个世纪间，被大肆剿灭的不仅是他们的肉体，还有他们的文化。各自有数以百计的语言湮没无存，不复传承。当年他们雄健驰骋的身影，只能通过缥缈的传说和依稀的遗迹，通过今天少量的保留地中零星的记载，加以想象性的再现。

那些土著人的后裔，肤色相貌和祖先并无二致，一张口却是流利的英语。英语已然成为他们的母语。肉身携带了种族的生物基因，但文化的缺失却让他们成了无根的人。

这样的人，行走在人群中，面目模糊，身份暧昧，仿佛一道飘忽的影子。

四

童年在农村度过。记事不久的年龄，有一年夏天，大人在睡午觉，我独自走出屋门到外面玩，追着一只蹦蹦跳跳的兔子，不小心走远了，一直走进村外一片茂密的树林中，迷路了，害怕得大哭。但四周没有人听到，只好在林子里乱走。过了好久，终于从树干的缝隙间，望见了村头一户人家的屋檐。

一颗悬空的心倏地落地了。

对于长期漂泊在外的人，母语熟悉的音调，带给他的正应该是这样的一种返归家园之感。一个汉语的子民，寄居他乡，母语便是故乡的方言土语，置身异国，母语便是方块的中文汉字。这或许有违定义的严谨，却是连接了内心的真实。"官秩加身应谬得，乡音到耳是真归（明·高启《归吴至枫桥》）"，故乡的语言，母语的最为具体直观的形式，甚至关联到了存在的确凿感。

语言阻隔的尴尬，在特定的环境中，会演化成为一种切肤的痛感。在纽约皇后区法拉盛（Flushing）的路边小公园里，一位来探亲的福建老人，看着脚下的鸽子在蹦跳觅食，神态落寞。他感慨梁园虽好，语言不通，想去曼哈顿看看，只能等在华尔街上班的儿子抽出时间。他还算不错的，毕竟这里有不少处境相似的华人，彼此间可以用母语交谈。而我的一位邻居，去国三月，寂寞即迅速地升级为难忍的焦灼。他退休后到美国中部的一个小城的女儿家小住。方圆数里的数十住户中，只有他们一家华人。没有人可与交谈，看不懂电视，归去来兮的念头，从时时来袭，到挥之不去。蓝天白云，树木苍翠，湖水澄澈，清新的空气，深沉的静谧，一切都是那么符合他的期待。但仅仅因为语言，这一切都大打折扣。

一种通常被视作天经地义的状态，此刻，却成为构成幸福的关键因素。

这样的遭遇，常常不期然而然地通向那种罕见的时刻，启示的时刻，获得神谕的时刻。一个人和母语的关系，在那一刻获得了深刻而准确的揭橥：因为时时相与，反而熟视无睹。就像对于一尾悠然游弋的鱼儿，水的环抱和裹挟是自然而然的，不需要去意识和诘问的。可是一旦因某种缘故离开了那个环境，就会感受到置身盛夏沙漠中般的窒息。被拘禁于全然陌生的语言中，一个人也仿佛涸辙之鲋，最渴望母语的濡沫。那亲切的音节声调，是一股直透心底的清凉水流。

今天这个时代，全球化笼天下为一体，交流便捷，信息通畅，但语言反而更加凸显了强势与弱势的差异。英语、德语、法语、日语……商业往来，贸易开展，国际事务，它们是不可或缺的媒介。乃至职位招聘、职称评审，也常常需要跨过它们的门槛。语言霸权的背后，折射的是曾经的荣耀或者当下的实力。但对于绝大多数母语是其他语言的人，它们永远只是工具。他无法深入感知它的温度质地，它的取譬设喻，它的言外之旨，它的正话反说或者明扬暗抑。这一切，一个人只能从母语中获得。哪一句话会使心跳骤然加快，什么样的诉说能让泪水涟涟流淌？答案深藏在和母语的契约里。

就这一点而言，世界毋庸置疑地公平。每一种语言的子民们，在自己母语的河流中，泅渡，俯仰，沉醉，吟咏，创造出灿烂的文化，并经由翻译传播，成为说着不同语言的人们共同的精神财富。以诗歌为证，《鲁拜集》中波斯大诗人伽亚谟及时行乐的咏叹，和《古诗十九首》里汉代中国人生命短暂的感喟，贯穿了相通的哲学追问；中世纪的意大利，彼特拉克对心上人劳拉的十四行诗倾诉，和晚唐洛阳城里，李商隐写给不知名恋人的无题七律，或者隽永清新，或者宛转迷离，各有一种入骨的缠绵。让不同的语言彼此尊重，在交流中使各自的美质得到彰显和分享。

但所有这些，并不妨碍这一点——热爱母语，热爱来自母亲的舌尖上的声音，应该被视为是一个人的职责，他的伦理的基点。他可以走向天高地阔，但母语是他的出发地，是他不断向前伸延的生命坐标轴线上，那一处不变的原点。

爱我们的母语吧。像珍爱恋人一样呵护它，像珍惜钻石一样擦亮它，让它更好地诉说我们的悲欢，表达我们的向往。

就像我的一位诗人朋友所写的那样——

在母语的屋檐下，
我们诞生和成长，爱恋和梦想。
在母语的荫庇中，
我们的生命绵延，幸福闪亮。

原载《光明日报》2015 年 4 月 10 日

我去地坛，只为能与他相遇

杨海蒂

———————

　　永远忘不了中学时期，我在课堂上偷偷阅读史铁生作品《奶奶的星星》的情形，当读到"奶奶已经死了好多年。她带大的孙子忘不了她。尽管我现在想起她讲的故事，知道那是神话，但到夏天的晚上，我却时常还像孩子那样，仰着脸，揣摸哪一颗星星是奶奶的……我慢慢去想奶奶讲的那个神话，我慢慢相信，每一个活过的人，都能给后人的路途上添些光亮，也许是一颗巨星，也许是一把火炬，也许只是一支含泪的烛光"这一段时，我泪水开始哗哗地流，只好把头埋得更深，不断用衣袖拭去泪水。同桌惶恐不安，老师莫名其妙……我也是奶奶带大的，我的奶奶也这般善良，也这般疼爱我，也被"地主"帽子压得抬不起头来。"奶奶已经死了好多年。她带大的孙女忘不了她。"我抽抽噎噎，念念叨叨，疯疯魔魔。幸好，一向偏爱我的老师，照旧宽容了我。

　　我哭，还因为少女的敏感多情——命运为什么要这样残忍地捉弄他?! 一个"喜欢体育（足球、篮球、田径、爬山）、喜欢到荒野里去看看野兽"的男孩子，"活到最狂妄的年龄上忽地残疾了双腿"，从此再也不能活蹦乱跳了，"无论怎么说，这一招是够损的。我不信有谁能不惊慌，不哭泣"。他脆弱：他不敢去羡慕在花丛树行间漫步的健康人，在小路上打羽毛球的年轻人；他忧伤：脚踩在软软的草地上是什么感觉？想走到哪儿就走到哪儿是什么感觉？踢着路边的石子走是什么感觉？他失望：他曾久久地看着一个身穿病服的老人在草地上踱着方步晒太阳，心想自己只要能这样就行了就够了！

况且，21岁的他，渴望爱情而爱情正光临。"一个满心准备迎接爱情的人，好没影儿地先迎来了残疾"，那时候，爱情于他比任何药物和语言都有效，然而……

"结尾是什么？"

"等待。"

"之后呢？"

"没有之后。"

"或者说，等待的结果呢？"

"等待就是结果。"

他这样写道。他爱得虚幻，我痛得真实。他曾对中学老师B老师怀有善良心愿："我甚至暗自希望，学校里最漂亮的那个女老师能嫁给他。"我当时就全是这样一份心思，暗自希望讲台上这个学校里最漂亮的女老师能嫁给史铁生。

残疾、失恋，让史铁生猛然被命运击昏了头，一心以为自己是世上最不幸的人，他孤愤、悲怆、怨恨，甚至长达十年无法理解命运的安排。"活着，还是死去？"这个哈姆雷特式问题，日日夜夜纠缠着他，年轻的他，心灵的痛苦更胜于肉体的痛苦。

"人不惧苦，苦的是找不到生之喜乐。"《圣经》如此教导上帝的子民，给人指点迷津。

好在，这个终日在死亡边缘挣扎的少年，最终没有被痛苦淹没，反而被苦难造就着。通过写作，他找到了生活的出路，找到了精神的征途，找到了生命的尊严，也找到了生之喜乐。

"写作，刚开始就是谋生。"史铁生直言。随着作品的不断发表和连连获奖，他靠意志和思想站了起来，站成一位文学的强者。

"在谋生之外，当然还得有点追求，有点价值感。慢慢地去做些事，于是慢慢地有了活的兴致和价值感"，他如是说，"一个生命的诞生，便是一次对意义的要求"。

人要赋予世界以价值，赋予生命以意义。人要求生存的意义，也就是要求生命的质量。曾经，史铁生写下小说《命若琴弦》，表达盲人对荒诞人生和自身宿命的抗争，以获取生存的价值与意义；在《许三多的循环论证》中，他一如既往对生命意义提出质疑，同时做出解答：没有谁是不想好好活的，却不是人人都能活得好，这为什么？就因为不是谁都能为自己确立一种意义，并永"不放弃"地走向它。

是的。人来到人世时紧握拳头，去世时手却是张开的；人生到最后，位子、票子、房子、车子四大皆空，所有功名利禄，一切荣华富贵，都烟消云散。既然死亡不可避免，爱人终究离去，我们为什么还会全心全意去爱？为什么还要不断创造美好的事物？我想，也许就在于生命的恩赐是珍贵的，爱情是无价的，人类创造的美好是永恒的。所以，尽管"眺望越是美好，越是看见自己的丑弱，越是无边，越看到限制"（史铁生语），我们依然应该尽量去追求理想而不是物质，因为，只有理想才能赋予生命以意义，也只有理想才具恒久的价值。

可是，时间会像沼泽一样，逐渐淹没我们的理想，让我们日益庸庸碌碌；时间也会像沙漏一样，不断过滤着我们的记忆，让我们漠然于逝去的似水流年。而独具慧眼的史铁生，却从一件件往事中，撷取出一个个片段，写可感之事、可念之情、可传之人：寺庙、教堂、幼儿园、老家；佛乐、诵经、钟声；僧人、八子、B老师、庄子、姗姗、二姥姥……像一幅幅精雕细琢的工笔画，徐徐展现在读者眼前，令人神往，引人入胜。这些往事有的温暖有的苦涩，在他笔下怀旧而不感伤，少年的轻狂、青春的绮丽，年轻的梦想、命运的跌宕，历史的沉浮、人间的温情，良知与情义、反思与忏悔，由他一贯纯净优美、纯朴平实、沉静睿智、沉稳有力的语言娓娓道来，有时一尘不染，有时直逼尘世的核心，冲淡悠远，意蕴深长。他曾说，21岁那年"我没死，全靠着友谊""那时离死神还远着呢，因为你有那么多好朋友"，那些好朋友，除了经常带书去医院看望他的插队知青，也有八子、庄子、小恒他们这些童年伙伴吧？

心灵的超凡脱俗，使他把目光抬高，俯瞰自己的尘世命运，"这个孩子生而怯懦，禀性愚顽，想必正是他要来这人间的缘由"，残疾是"今生的惩罚与前生的恶迹"；而一个善于反思的人，在面对自己的灵魂时，会黯然神伤："现在想起来，我那天的行为是否有点狡猾？甚至丑恶？那算不算是拉拢，像K（矮小枯瘦的可怕孩子）一样？""几天后奶奶走了。母亲来学校告诉我：奶奶没受什么委屈，平平安安地走了。我松了一口气。但即便在那一刻，我也知道，这一口气是为什么松的。良心，其实什么都明白。不过，明白，未必就能阻止人性的罪恶。多年来，我一直躲避着那罪恶的一刻。但其实，那是永远都躲避不开的。""我也曾这样祈求过神明，在地坛的老墙下，双手合十，满心敬畏（其实是满心功利）……"

读他的作品，你的心灵会异常宁静、开阔、博大、悲悯。

史铁生最负盛名的散文是《我与地坛》。《我与地坛》语言清澈而精雅、清灵而深刻、清癯而丰华，人物丰富生动，文章甫一发表，立刻引起全国读者的注意，被多家选刊转载，被选入高中语文课本，被公认为新中国成立以来最优秀的散文之一；文中最为动人心弦的人物形象是作者的母亲—— 一个苦难而伟大的女性。关于母亲，史铁生还写下了深受读者喜爱的《秋天的怀念》《合欢树》《第一次盼望》等，尤其《秋天的怀念》，短小的篇幅，精致的文笔，纯粹的意境，写尽了母亲艰难的命运、坚忍的意志和真挚深沉的母爱，以及母子生离死别的苦痛，感人至深，余韵袅袅（曾在课堂上泪流满面的天真少女，已是饱经人生凄风苦雨的妇人，然而，每次重温它，我都会潸然泪下，久久不能释卷，久久难以释怀）。但流传最广的，还是《我与地坛》。一些中学教师和同学说，老师讲解《我与地坛》时，经常是女生哭男生也哭，学生哭老师也哭，以至师生们执手相看泪眼于课堂上。很多年里，很多的人，都是因为读了《我与地坛》而向往地坛，去地坛找寻史铁生的足迹。

我住得离地坛近了，去的次数多了。我知道，史铁生后来住得离地坛远了，他大部分时间在受病痛折磨、与病魔搏斗，有时候，为了把精力攒下来读读书写点东西，他半天不敢动弹。所以，他来地坛少了。但他的心魂还守候在京都这座历经五百年沧桑的古园里。

我去地坛，只为能与他相遇。我记得史铁生说过的话：一进（地坛）园门心便安稳，有一条界线似的，只要一迈过它便有清纯之气扑来，悠远、浑厚。而我一进地坛，就觉得他的气息扑面而来。

二十多年过去了，《我与地坛》没有随着岁月的推移而褪色，直到现在仍有人说，到北京可以不去长城，不去十三陵，但一定要去看一看地坛。这就是《我与地坛》的影响力，这就是文学的生命力。

史铁生的散文为什么这么吸引人？

世界越发展，人类便越渺小，物质越发达，人心就越羼弱；当今社会过于喧嚣浮躁，人的各种欲望空前膨胀，导致不少人心灵贫乏、精神荒芜、信仰没落。在这个物欲横流的时期，在这个急需道德力量的时代，社会需要精神食粮，读者需要文学营养，需要关注灵魂、呼唤良知、震撼心灵、柔化温暖人心的作品，这是当代散文必需的精神归宿，这是时代赋予作家的文学使命。

史铁生写的不是油滑遁世的逸情散文，不是速生速灭的快餐散文，不是自矜自吟的假"士大夫"散文，不是撒娇发嗲的小女人散文，挫折、创痛、悲愤、绝望，固然在其作品中留下了痕迹，但他的作品始终祥和、安静、宽厚，兼具文学力量和人道力量。他用睿智的眼光看世界，内心则保持纯真无邪，正因为他返璞归真的赤子之心，他的作品体现出广博而深远的真、善、美、慧。

一个有着丰饶内心和深刻灵魂的智者，不会沾沾自喜于世俗的得失，史铁生看出了荣誉的羸弱，警惕着声名的腐蚀：

"写作为生是一件被逼无奈的事……居然挣到了一些钱，还有了一点名声。这个愚顽的铁生，从未纯洁到不喜欢这两样东西，况且钱可以供养'沉重的肉身'，名则用以支持住羸弱的虚荣。待他羸弱的心渐渐强壮了些的时候，确实看见了名的荒唐一面……

"美化或出于他人的善意，或出于我的伪装，还可能出于某种文体的积习——中国人喜爱赞歌……我其实未必合适当作家，只不过命运把我弄到这一条（近似的）路上来了……左右苍茫时，总也得有条路走，这路又不能再用腿去蹚，便用笔去找。而这样的找，利于世间一颗最为躁动的心走向宁静……我仅仅算一个写作者吧，与任何'学'都不沾边儿。学，是挺讲究的东西，尤其需要公认。数学、哲学、美学，还有文学，都不是打打闹闹的事。"

我想起了瞿秋白，瞿在《多余的话》中展示的高贵自省、伟大谦卑。

双肾坏死、尿毒症，每隔一天就得去医院透析一次，任谁也难以承受，不过，在21岁时挺过了最受煎熬的时光，之后，哪怕面对死亡的威胁，对史铁生来说都不可怕了。曾经，医院的王主任劝慰整天痛不欲生的他："还是看看书吧，你不是爱看书吗？人活一天就不要白活。将来你工作了，忙得一点时间都没有，你会后悔这段时光就让它这么白白地过去了。"后来，医生这样评价他："史铁生是一个意志坚强的人，也是一个智慧与心质优异的人。"几十年风霜雪雨过后，他已经可以坦然面对人世间的一切苦难、灾难、劫难。"我的职业是生病，业余写一点东西"，他笑称，"做透析就像是去上班，有时候也会烦，但我想医生护士天天都要上班，我一周只上三天比他们好多了"。他过五十寿诞时，对作家朋友陈村说："座山雕也是五十岁，就要健康不说长寿了吧。"这幽默令人心酸。但"幽默包含着对人生的理解"，这是他的话。

心灵的成长需要时间，更需要命运的提醒。

《病隙碎笔》就是在透析期间的轮椅上、手术台边写出来的，足足写了四年之久。"生病也是生活体验之一种，甚或算得一项别开生面的游历……生病的经验是一步步懂得满足。发烧了，才知道不发烧的日子多么清爽。咳嗽了，才体会不咳嗽的嗓子多么安详。刚坐上轮椅时，我老想，不能直立行走岂非把人的特点搞丢了？便觉天昏地暗。等到又生出褥疮，一连数日只能歪七扭八地躺着，才看见端坐的日子其实多么晴朗。后来又患'尿毒症'，经常昏昏然不能思想，就更加怀恋起往日时光。终于醒悟：其实每时每刻我们都是幸运的，因为任何灾难的前面都可能再加一个'更'字。"这些感悟，将哲思与个人生命体验交融，使我们看到作者的谦逊感恩、平和坚韧，使我们懂得：幸与不幸，在乎人的感受；少欲少求，保持一颗虔诚的心，一颗感恩的心，一颗祥和的心，人才能获得内心的平静、真正的幸福。

《阿伽门农》中有一句名言："智慧从苦难的经历中得来。"当然，不是所有的苦难都能产生出智慧和德行，举目四望，苦难、清贫、病痛，也造就精神的颓废、道德的沉沦。但是，必须有大痛苦才有大深刻，有大深刻才会有大悲悯，有大悲悯才能有大智慧。智慧的人，懂得通过苦难走向欢乐。对史铁生来说，欢乐当然不是幸运的结果，而是一种德行——英勇的德行。在德行的牵引下，他用喜悦平衡困苦，从而获得了心灵的安妥、生命的自足。"当有人劝我去佛堂烧炷高香，求佛不断送来好运，或许能还给我各项健康时，我总犹豫。便去烧香，也不该有那样的要求，不该以为命运欠了你什么。唯当去求一份智慧，以醒贪迷。"

他的表白，不是伪崇高，没有人格造假，体现的是更高层次上的道德感。

让人欣慰的是，众目仰望的不是权力人物而是思维人物，毕竟，文化与思想的影响力要远远大于权力。史铁生以他的人格精神高度，深深打动着人们的灵魂，无数读者从他的作品中得到慰藉和鼓励，因而对他敬佩、敬重、敬爱、敬仰。有人说他的文字是全人类的精神财富，犹如一盏盏明灯照亮了人们的心灵，让人深刻地审视生命，让人找回自我、本性、灵魂，让人的灵魂得到升华；有人说："您的作品帮助我想明白了生命的很多问题，帮助我度过了人生最迷茫难熬的时光"，网友"崇拜你的同龄人"甚至说"您的作品救过我的命"；有人称他为中国的霍金、中国的奥斯特洛夫斯基，称他是当代最值得尊敬的作家，称他是自己的精神引领者，质问"为什么感动中国没选他？"更有人呼吁："课本和媒体应该多推介史铁生作品以告诉孩子们什么是真、善、美和坚强。"读者说："我们是幸运的，因为能读到他的文字！"读者说："如果站在您面前的话，我真的很想给您鞠一躬。"作家莫言也由衷感叹："我对史铁生满怀敬仰之情，因为他不但是一个杰出的作家，更是一个伟大的人。"

文学没有衰落，更不会死亡，文学的作用，正如沃伦所言："作家不仅受社会的影响，他也要影响社会。艺术不仅重现生活，而且也造就生活。人们可以按照作品中虚构的男女主人公的模式去塑造自己的生活。他们仿效作品中的人物去爱、犯罪和自杀。"

爱情与死亡是文学艺术的永恒主题，也是史铁生永远的人生命题。

当年，充满哲学色彩和文学神韵、给读者以无比新奇阅读体验的《务虚笔记》问世，其中的生命思考和心灵独白，是那样地激荡着我，让刚刚开始涉足文学写作的我，不满足于只是惊喜阅读，还废寝忘食地大段大段抄写，那些笔记至今保存完好。

我至今对适逢《务虚笔记》问世时，某省举办的作家读书班上，当地文坛"三剑客"之二"剑"的争论记忆犹新。一个说，史铁生之所以善于思考，是因为他被命运限定在了轮椅上，除了苦思冥想便无事可做，否则他不会如此智慧，不会成为这么优秀的作家，他的残疾，对他来说未必不是幸运。

另一个反唇相讥：你也可以坐在那儿去想啊！你由于行动灵便，就自甘于俗务纠缠，更自堕于欲望滚滚，自己不去沉思，怪谁呢？再说，你去苦思冥想，就一定能产生出思想吗？！

而对史铁生来说，哲思不是沙龙里的讨论，它是生与死的搏斗。

他坦言，《务虚笔记》亦可称为《心魂自传》，而且，"一个作家无论写什么，都是在写他自己"。或许有人认为他太过玄虚，有人则说他证明了神性。其实，这是他的必然。黑格尔认为，艺术发展到最后一个阶段，绝对精神就不再满足于用艺术来表现，而走入宗教与哲学的领域。

哲学家把人的生活分作三个层次：物质生活、精神生活、灵魂生活。钟情于灵魂生活的人，不肯做本能的奴隶，不满足于虚幻的声名，必须追究灵魂的来源，追问宇宙的根本，才能满足他的人生欲。"人可以走向天堂，不可以走到天堂"，史铁生说。对一个深刻的灵魂而言，痛苦、磨难甚至是死亡威胁，也不会损毁它对美的向往和追求。史铁生提出真知灼见：在奥运口号"更快、更高、更强"之后，应该再加上"更美"。我们看到，他正一步步走过人生的三个阶段——审美阶段、道德阶段、宗教阶段。

《务虚笔记》问世十年之际，《我的丁一之旅》由人民文学出版社出版。史铁生在书中对爱情、人生、信仰和灵魂石破天惊的追问，令当下一些或写实或虚构、或拘谨或夸张、或精致或粗鄙的情爱小说相形见绌黯然失色。它的出色，评论家何东一言以蔽之："此书堪与《百年孤独》等等国外优秀的名著相比，一本真正的爱情小说。"当时供职于《长篇小说选刊》的我，倾倒于小说情节布局之恢宏之阔大，想象力之瑰丽之天马行空，笔下之汪洋恣肆之从容不迫，语言之千锤百炼之炉火纯青，根本不记得自己要做编校，顾自深深沉浸于幸福阅读的心灵之旅。直到暮色苍茫，终于，我从书里探出头来，对亦师亦友的同事素蓉姐说，我从来不追星，但一直景仰史铁生。那一刻，我眼前浮现出的却是《奶奶的星星》里"赶快下地，穿鞋，逃跑……"，还有《老海棠树》里"奶奶把盛好的饭菜举过头顶，我两腿攀紧树丫，一个海底捞月把碗筷接上来"那个聪明、可爱、淘气、顽皮的小男孩。

　　史铁生获过很多奖，但读者记住他，人们敬仰他，跟形形色色的奖项无关。萨特宣称："我的作品使我永恒，因为它就是我。"这句话可以套用到史铁生身上：他的作品使他永恒，因为它就是他。生命虽短暂，但精神永存，且薪火相传。

原载《美文》2016年第3期

士与绅的最后遭逢

阿 来

————————

　　今天我来谈谈李庄，谈谈对李庄的感受。因为我知道宜宾市里和区里正在做李庄旅游的开发，其中最基础性的工作，就是研究李庄文化。那么也许我的这些感受，就可以作为一个案例，可以作为一个游客样本，作为有文化兴趣的游人的样本，看他来到李庄，希望看到什么，或者说，他来在了李庄，有关中国文化所产生的一些联想，所有这些也许都可以作为当地政府对李庄旅游开发跟文化开掘的参考。我不是旅游规划专家，所以，我作为一个有文化的游客，只是希望在这一点上对你们有所启发，这就是我愿意来此谈谈李庄的原因。

　　其实我这次也只是第二次来李庄。两个月前吧，还来过一次，那是第一次。听说这个地方好多年了，读这个地方有关的资料、书籍，尤其是读我们四川作家岱峻的非虚构作品《发现李庄》，也有好多年，但不到现场，这种感受还是不够强烈。因为过去我们老是想，来到李庄的那些知识分子，如傅斯年、董作宾、李济、梁思成等这样一些人，他们是跟中国新文化运动相始终的这样的一代知识分子，如果只是讲他们如何进入到一个谁都没有预想到过的地方，在这个地方艰难存息，而且继续兢兢业业地从事使中国文化薪火相传的平凡而又伟大的工作——尤其是在抗战时期，中国文化面临巨大存续危机的时代——这样的工作更是具有非凡的意义。第一次我来李庄时，便忍不住说了四个字，"弦歌不绝"。这是一个有关孔子的典故。《庄子》上说："孔子游于匡，宋人围之数匝，而弦歌不绝。"这种精神当然是很伟大的。这一部分事迹，在今天李庄文化的开掘中，已汇集了相当丰富的材料，也有了较为充足的言说。

但我觉得，这并不能构成李庄文化的全部面貌，因为抗战时期，不同的学术机构、不同的大学，辗转到不同的地方，到桂林，到贵阳，到长沙，到昆明，到成都，到重庆……但在那些地方并没有产生像今天李庄这样有魅力的故事，那就说明这样的一种局面的形成情况并不是一个单向度的问题。就像今天讲在昆明的西南联大，怎么讲呢，大多还是像今天我们讲李庄那些外来的大知识分子的故事一样，讲他们如何在困难的条件下专注学问，如何在风雨飘摇的时势中不移爱国情怀，却很少讲出昆明跟西南联大、这个地方跟联合大学互相之间产生交互作用的过程。这也情有可原，因为那些机构大多在大的地方，在相对中心的城市，中央政府政令相对畅通的地方，所以与地方交互的故事，并不是那么多，尤其是他们跟当地民间各个阶层相互交往关系故事并不是特别多。

这其中好些地方我都去过。比如西南联大所在的昆明翠湖边，也曾在湖边曲折的街巷中怀想那些消逝了的一代知识分子的背影。

但为什么独独是李庄，一下子就在这么小的一个地方，来了这么多学术机构，而且，至少同济大学的到来，是由李庄的大户人家，也就是过去所说的有名望的乡绅们联名主动邀请来的。我觉得这里头一定是包含了某种有意味的东西，这个过程体现了某种特殊的价值，有特殊的意义存在。那这样的意义到底是什么?

第一次来过李庄后,回去我就老在想这个问题。

当时我就有个直觉,可能我们今天谈李庄的时候,谈外来的学术机构尤其是那些学术机构当中在中国乃至在全世界的不同学术领域都有显赫地位的知识分子,讲他们的故事讲得特别多。他们的故事应不应该讲? 当然应该! 但是在讲这些故事的同时,我们可能遮蔽了一些事实,那些被遮蔽的事实就是:当地人如何接纳这些机构,使得这些知识分子得以在这里度过整个抗日战争的艰难时期,在这个过程中,李庄人做了什么? 更为重要的是,完成了这一义举的为什么是李庄? 不是赵庄不是张庄? 那么,这在当地它有一个什么样的道德传统,什么样的文化氛围,可以使得当年在李庄这个半城半乡的地方,由这些当地的士绅邀请这些下江人来到李庄,而且来到李庄以后,又给他们提供那么多的帮助,提供那么多的方便,那这其中一定还有很多湮灭在政治运动和漫长时光中的故事,等待我们的打捞与讲述。只有把这双方的故事都讲述充分了,才是一个真实的李庄故事,完整的李庄故事,更有意义的李庄故事。所以我觉得将来的李庄故事,一定是一个双向的挖掘。

寄住者的故事和接纳者的故事的双向挖掘。

那么,这个故事的双向挖掘的意义又在哪里?

我以为,通过李庄故事,可能还原一个中国传统社会的图景,传统社会最美好的那一面的完整图景——过去的几十年中,我们看待中国传统社会形态时,较多注意它不公平不美好的那一面,而对其美好的那一面关注是太少太少了。

在我看来,李庄故事里的两个方面的主角,恰巧是中国的上千年传统社会结构当中,两个最重要的阶层最后一次在中国历史中同时露面,在中国文明史上最后一次交会。我们知道中国有一个词叫士绅,在过去旧社会里,中国长期的封建社会当中,有时士绅是二而一的,但更多的时候，士是士，绅是绅，士是读书人，是读书以求仕进，以求明心见性的读书人；绅，是乡绅，是地主，是有产者，也是宗法社会中的家族长老。很多时候，士就是从绅这个阶层中培育生长出来的。在过去的社会，即便到了民国年间，到了同济，史语所，营造学社等中国最高级的学术与教育机构来到李庄的时代，士与绅这两个阶层在社会中的作用也是非常非常重要的。他们几乎就是社会的中坚。士，用我们今天的说法就是知识分子；绅呢，就是大部分在中国的乡村，聚集财富，维护道统，守正文化的有恒产，兼有文化的，并且成为家族核心的那些人。大家知道，中国古代政府不像今天政府这么大、这么强势，所以政府真正有效的控制大概就到县一级，下边今天划为区乡镇村组这些地方，按今天的话就可以叫作村民自治。但是这个"民"如果像今天的农村，大家实力都差不多，一人平均一两亩地，几分地，大家都是这样的一两幢房子，文化也都处于那么一种荒芜半荒芜的状态，没有宗族的、道德的、精神性的核心人物，所谓"自治"其实几乎是不可能的。但过去在乡村中，首先有宗族制度维系，同姓而居，同姓而聚，构成一个内部治理结构。从经济上说，因为允许土地自由买卖，就会形成土地相应向一些人手里集中，就会出现地主。大多数时候，地主不只是聚敛，他也施予，扶贫，办教育，等等。不管是宗族的族长，还是地主，还是小城镇上某种商业行会的领袖，这些人都叫乡绅。绅，他们在大部分时候构成中国乡村县以下的自治的核心阶层。而且不只是乡村，还包括乡村周围的小城镇，如李庄，也不是典型的乡村，它既是乡村，也是一个不小的城镇，因水运，因货物集散而起的城镇。总而言之，在封建社会当中，就是士与绅这样两种人成为中国社会的两个支柱，除了皇帝从中央开始任命到县一级的官员以外，他不再向下任命官员，王权的直辖到此结束。到民国时期政权开始向下延伸，乡绅中的某一个人，比如说李庄当时的乡绅罗南陔他可能当过乡长、区长，但这个恐怕更多也是名义上的，官与民互相借力，真实的情形可能是照顾到他的这种乡绅的地位与其在乡村秩序中所起的特定作用——在乡村自治或半自治中所起的作用。

这个时候，刚好遇到全面抗战爆发，于是，故事就发生了。没有全面的战争，这些知识分子，这些士，不可能来到这个地方。我觉得李庄故事的核心就是：在这里，中国士与绅来了一次最后的遭遇，最后的结合，然后留下了一段李庄故事。今天中国社会已经改天换地，我们大概可以说士这个阶层，也就是知识分子阶层还在，虽然在国家体制中的存在方式与民国时期也有了很大的变化，但还是继续存在。但是，绅，乡绅这个阶层却是永远消失了。今天国家政权不但到县，还到了乡、镇，还进了村，此前还经过了土地改革，土地所有者也变成了国家。土地私有制被消灭后，绅所赖以存在的基础就彻底消失了，所以，从此以后绅这个阶层在中国社会当中是不会再有了。所以，我以为李庄的故事其实是中国乡村跟城市，不，不能说是城市，应该说是中国基层的乡绅们跟中国的士这个阶层最后发生的故事，而这个故事是这样美好，这样意味深长。

过去我们说到绅，得到的多是负面的印象。从共产党进行第一次国内革命战争，就是红军时期以来，中国人习惯了一个词，叫土豪劣绅，习惯了给"绅"加上一个不好的定语："劣"。过去乡村里有没有劣绅呢？肯定有的，但是不是所有绅都是劣的呢？那也未必。如果是这样，中国乡村在上千年历史的封建社会中，没有办法维持它的基本的正常的运转，如果绅都是恶霸，都是黄世仁，都在强占民女，都要用非法的方式剥夺土地和其他生产资料，农民都没有办法活，那这个乡村早就凋零破败，不存在了。但中国乡村在上千年的历史中一直延续到20世纪50年代初期，自有其一套存在的方式与合理的逻辑。当然，乡村这种秩序的瓦解也并不全是革命的原因。这种乡村制度的瓦解首先还是经济上陷入困境。其中重要一点，就是近代以来，现代工业的兴起，廉价的工业品从城市向乡村的倾销，造成了首先是手工业的凋敝。但因为城乡贸易的增加，自然会带来物流运输的增加，那么，那样一个特殊时期，是不是反而造成了李庄这个水码头的繁荣呢？

话有些远了，还是回到绅这个话题吧。

我来说说绅这个字是什么意思。这个字最早出现在汉字里头，是说古代的人都穿长衣服，所以腰上会有一条带子，绅的本意就是束腰的带子，说文解字里说：绅，束腰正衣，使貌正之。就是人穿衣服要有规矩，显出有一个庄重的样子。后来就从这个本意引申出来绅这个字一个新的意义，就是说凡可以叫绅的人，在道德上对自己是有要求的，他们在生活当中，在生产活动中，在经商过程当中，是对自己有某种道德要求的。更不要说那些大的家族，绅作为家族的族长，一个家族祠堂的总的掌门人，他要平衡各个方面的关系，协调相互之间的情感，很显然如果只是使用暴力，只是用阴谋诡计，恐怕很难达到为尊族中与乡里的目的。他还是依靠合于传统道德的乡规民约，依靠一种道德言行规范，来约束自己的言行。前些天我去扬州，参观一个地方，也是看到一个以前老乡绅的老院子，从这老宅子中抄到两副对联，其实这就是自古以来，中国乡绅阶层对于自己的约束和要求。用什么样的带子来维系他们的道德、维系他们的传统呢？这两副对联就是这家人的传家箴言，第一副的上联这样写的："几百年人家无非积善"。说一个家族要在一个地方，在当地立足不是一代不是两代，是要在这里几百年传家，要在这里长久立脚，而且还要家世昌盛就要多做惠及邻里的好人好事。下联是："第一等好事只是读书"。我们知道，过去乡下乡绅门前大多会有个匾额，匾额上大多书四个字"耕读传家"的，正是这个意思。第二副对联上联是"传家无别法非耕即读"。说我们这些人家做什么事最好最长久呢？只有两件事，不是耕作就是读书。下联是"裕后有良图唯勤与俭"。说使后代保持富裕不是传多少钱给他，最好的方法是学会勤劳与节俭。这其实不只是这一个家族的传家格言，而是中国古代以来乡绅们所秉持的一个久远的传统。

进一步说，过去的士，很多人都是从这些耕读世家出身的，如我们四川的三苏，一门三父子都通过科举考试成为士，而在没有成为士之前就是当地有名的绅。到了明代，新都的杨升庵一家，父亲是朝中高官，自己又考上状元。都是父子没有出仕之前，就是当地的绅。他们的家庭，就是当地耕读传家的绅。如果我们愿意多下一点儿功夫，查一查抗战中来到李庄的那些士，傅斯年、李济、董作宾、梁思成、林徽因、陶孟和、童第周，等等，考察一下他们的家世，一代，两代，三代……大多都是来自乡村，来自乡村的绅这个阶层。

土地改革以后，绅中的一些人被划了一个成分，叫地主。这本来是一个中性的词，土地的主人。划定成分时，就有了贬义。之前，却应该是一个好的词吧。孟子说过"无恒产则无恒心"嘛，有了地就是恒产，有恒产就有恒心，所以这样的一种士绅耕读的传统，就决定了这些乡绅不是今天我们再用这个词时所说的，那些个不尊重文化的暴发户，那些第一桶金或许都带有原罪色彩的所谓土豪。那个时候的乡绅中土豪其实是有的，但也是少的，大多是耕读传家的大家族大乡绅，他们的发展是一步步走来的，除了财富的积累，同时也有道德与文化的长久积淀。所以当抗日战争爆发，国家和这个国家的文化都面临深重的危机时，这些李庄的乡绅们才能够懂得文化的价值，这些士的价值，才会主动邀请这些文化人，这些当时的士与未来的士来到李庄，托庇于李庄。今天大家都在挖掘李庄那封电报的故事，那不就是当地的乡绅们结合在一些，他们身份很复杂，有商人、有国民党的区长乡长、有乡间的哥老会首领，但这些都是乡绅在新的时代中出现的逐渐分化，也许，在寻常情形下，他们之间还有种种明里暗里的争斗，有各种利益的冲突，但这个时候，他们可以集合在一起，说邀请这些文化人，这些文化机构来李庄吧，让我们为保护中国文化，保护中国的读书种子做点儿事情。

在这样的时期，当中央研究院史语所及其他所、国立同济大学、中国营造学社等学术机构遇到困难时，很难想象从那么一个从来没有听说过的地方，有一群人联名发出电报邀请他们来到李庄。所以我觉得我们以后一定要把李庄的故事讲好，一定要讲出它背后的道理，而这个背后的道理恰好正是中国悠久的文化传统当中最最重要的那一个传统。绅这个阶层，不但一直在哺育中国士的阶层，他们还内在地坚守着一种精神，一种尊重中国文化人、读书人的精神。

前次我去板栗坳，看见史语所的人他们离开时还留了一块碑在那里，碑文写得很好，我想再给大家念一念，其实也就是记述了当时乡绅收留他们的事情，还写出了张姓乡绅的家世。

这通碑叫"留别李庄栗峰碑铭"：

"李庄栗峰张氏者，南溪望族，其八世祖焕玉先生以前清乾隆间，自乡之宋嘴移居于此。起家耕读，致赀称巨富。哲嗣能继堂构辉光。本所因国难播越，由首都而长沙而桂林而昆明，辗转入川，适兹乐土。尔来五年矣。海宇沉沦，生灵荼毒，同人等幸而有托，不废研求。虽曰国家厚恩，然使客至如归，从容乐居，从事于游心广意。斯仁里主人既诸军政当道，地方明达，其为藉助有不可忘者，今值国土重光，东迈在迩，言念别离，永远缱绻，用是询谋，佥同醵金伐石，盖弇山有记，岘首留题，懿迹嘉言。昔闻好事，兹虽流寓胜缘，亦学府一时故实。不为镌传，以宣昭雅宜，则后贤其何述？"

碑文开头就写了在栗峰传家八代的张家。张家不是穷人，穷人怎么接纳他们呢？"……移居于此，起家耕读……"注意刚才我讲过，这些士如傅斯年、李济他们这些人是深深懂得中华乡村传统的，所以他们说李庄乡绅如张氏这样的望族是起家于耕读的……而且一家人继续读书，不因为有点钱就荒废了，所以这个家族传了八代还是勤谨兴旺，耕读传家之人……碑文里几句话，说得非常简单，然后他们要走了，又说了几句话……说我们在这儿做研究，在战乱时候在李庄做研究，完全靠的是主人的仁厚，就这么一个短短的碑文，我在那儿看，我念了三遍，很感动。士这个阶层，他们自己就有很大的发言权，用今天的话叫作有话语权。而他们刻下这通碑的时候，就把绅对于士在特殊时期的庇护说了出来，大声说了出来：是为了"宣昭雅谊"，这是士与绅在中国最后一次遭遇所留下的雅谊。

古时候说，居高声自远，士都在高处的，知识分子的声音都是传得很远的，可乡绅呢？当地呢？而且这个阶层在接下来的几年，在我们的土地改革当中，这个阶层就已经消失了，大概中国以后也再不会出现这个阶层了，而他们的声音就消失了。所以我们今天要讲好这些士的故事，这些知识分子的故事，要把这个故事讲得更加完整全面，就不能不说出这些乡绅所代表的李庄人的故事。这个故事我们也要讲好。所以我有个建议，以后要着力做一些关于这些乡绅家世事迹的调查整理工作，在考虑李庄文化陈列的时候，也应该有一两个地方来说一说李庄本身的文化，李庄本身的历史。不然就不能说清楚为什么是李庄，不是王庄，不是赵庄，托庇了这些伟大的传承了中国文脉，中国学术机构与人士的道理何在？这个道理就是中国几千年传统文化中，耕读传家的乡绅文化当中，一种天然的对文化的追求和对文化的向往与尊重。

当然时代已经处于剧烈的变化之中，中国的乡村社会，中国的乡绅们也正在接受现代文化的冲击，虽然相较而言，他们还是更熟稔中国的传统文化，孔孟之道。有一个外国汉学家跟梁思成夫妇很好的，他谈到中国文化时，就说过，中国的乡绅们大部分其实就是儒家，他们自己就是儒家文化的传统的代表，对于现代的民主与科学思想还不是很了解。所以这里也有这样的故事，说李庄人对于同济大学医学院做尸体解剖是如何惊诧与不解。我相信这样的故事一定是有的。但这种故事该怎么讲，该以什么样的方式来讲，也是大有考究的。我觉得以后再讲这样的故事，应该要基于一种对传统文化以及对当地人的充分尊重，要基于历史学家常说的一句话叫"同情之理解"，我们要很正面地更详尽地讲这个故事，一定不要在讲这种故事的时候，变成简单的文明跟落后、文明跟愚昧那样的冲突，而把李庄当地人在这个故事当中漫画化了。这个不是对于接纳了那么多那么重的士的李庄人的尊重。即便他们在观念暂时不能接受，但他们后来不是就接受了吗？所以这里头有一个历史学的原则，我愿意再重复一次，就叫"同情之理解"，你必须站到他那个位置上，想他为什么会这样看待这个问题、这个新出现的事物。那是传统文化驱使，而不是他对文化本身的看法，如果我们漫画化了他们，就可能出问题，给来李庄游客一个印象，原来这是一个非常愚昧的地方。

如果这里真是一个非常愚昧的地方，我们一来到李庄，就不会看见镇口就耸立着一座奎星阁。

奎星在中国古代文化中指的是北斗七星中的一颗，我记不得是在第三还是第四颗的位置，总之北斗七星中有一颗就叫奎星，又叫文曲星，是专门照应一个地方文运的。如果这是一个愚昧之地，那么为什么在李庄这个地方人们没有塑一个别的东西，比如不是商人奉为保护神的关公，关云长，而修了一个奎星阁。奎星阁为什么修得那么高？因为可以接应到天上昭示文运的奎星的光芒，使这个地方文运昌盛。这说明这个地方一直是尊重文化的。我第一次来，一看这个地方有一座奎星阁，我想这一定是一个有文化向往、尊重文化的地方。

在李庄故事的重新讲述的过程中，当地已经做了很多有意义的工作，比如那些知识分子，那些士在那么艰难的条件下，种种使得中国文化得以薪火相传的事迹。但原谅我觉得这还不够，我们还应该在另一个方向有做大的努力，做一些恢复跟重建当年当地乡绅文化的努力。只有这样，有了士与绅之间这么一种相互的印照，互相的激发，我们才真正会知道中国文化的活力所在的最大秘密。我们也才知道为什么那么多文化机构在半个中国四处漂泊后，能最终安顿在此地，扎根在这里，出了这么多成果和成就，而且是在那么艰难的条件之下，这是什么道理？在物质生活非常艰难的情形下，两个不同的阶层之间，当地人和外来人互相之间这种人情的滋润，对于当时来到这里的困窘无比的文化人来讲，我想，就是一份巨大的温暖和支持！

从很早以前，中国就是实行乡村自治的。从春秋时代开始，就出现了中国乡村的基本建构单位，出现了我们今天表达乡村建构的那些词。顾颉刚先生在他的《春秋》一书中说，春秋时代的乡村治理，或者说乡村的构建，最小的单位叫家，家上的单位叫邻，今天我们讲的邻那时其实是一个行政单位，邻上是里，再往上是乡，乡上是党。今天我们谈乡亲谈乡村的时候，经常还用这些词：邻里，乡党。北方人，尤其是陕西人特别喜欢说，我们是乡党啊。这代表一个地方的，其实从邻里到乡党，都是乡村结构。而且国家政府机关并不向你派出官员，大部分就是乡村自治。前些天我看到一个材料，说清代时，人口开始大增长，用了不到一百年时间，人口就翻了两番到了三亿多近四亿。为什么呢？因为这个时候从外国传来了产量高的作物，来了玉米、番薯，来了马铃薯，过去粮食产量低，自然形成对于人口增长的抑制，粮食产量高了后，人口自然大爆发。同时，在这样的情况下，清代的官吏跟明代相比，人口翻了两番，但吃行政饭的人，也就是公务员并没有增加。这就说明在这样一种情况下，乡村通过乡绅们的自治，仍然是行之有效的。这些用束腰的带子绅作为命名的人们，在乡村是宗法权力的维系者，是经济生活的维系者，同时也是道德与文化传统的维系者。而正是他们对自己有约束有要求，这种传统才能够存之千年，而不被废弃。如果情形不是这样，如此这些人都是土豪恶霸，这种乡村治理早就被推翻，早就崩溃，废之不存了。

当然，封建社会从形式上是永远结了，经过改天换地的土地改革，绅这个阶层是没有了。现在看来，当年的那些乡绅们，在新中国成立后还受到不公平过激的对待。但是今天的情况正在发生变化，我们可以坐在这里，比较客观地来反观这段历史了。而且我们谈的不是给谁平反的问题，而是谈一个文化传统问题，给一个历史现象一个合情合理也是合乎当时历史事实的文化解释。当年李庄那些乡绅，他们是有代表性的人，代表了中国传统文化的一些人。只有讲清楚他们的故事也才能把士和绅的故事梳理清楚。只有这样，只有有了他们充分的庇护与帮助，就如栗峰碑文中所讲的，"幸而有托，不废研求"，才有那封电报中那简洁而又恳切的话，"同济来川，李庄欢迎，一切需求，当地供应"。所以，当这些文化机构，这些士，这些知识分子来到这里，才能在抗战烽火中觅得一块平安之地，继续专注于自己的学问，自己的研究与教育工作，而弦歌不绝。使得这些人在困顿之中更加表现出谔谔之士最美丽的一面。

　　是的，就像传统文化决定了乡绅有乡绅对自己的道德与文化要求，知识分子对自己也是有道德与人格要求的，士对自己从来就是有要求。不像今天我们讲知识分子，条件已经过于宽泛，有一定学历就叫知识分子或者有个技术职称就叫知识分子，不是这样的。当然知识分子对自己的第一个要求就是有学养、有学识、有学问，但是只有这个是不够的，知识分子还要有风骨、有气节、有人格。我们在讲李庄故事时，讲士与绅时，有很多知识分子都可以作为楷模来讲。比如傅斯年这个人，可能就是中国的更符合士的要求的知识分子，很多的老先生、知识分子比如董作宾这样的人，他们更多的可能是专注于自己的学问，但是傅斯年这样的人不一样，他要过问国家的政治，他要干预国家的政治，但是你真正要让他去做官，他又不做官，蒋介石亲自请他吃饭，让他当议员，不当。但他一定要当好史语所的所长。那个时候情况不一样，傅斯年们不会觉得在大学里在研究机构里当领导就是做官，那时必须到政府任职才算做官。今天上述所有地方的领导都是官了，这是今天时代带来的变化，这个变化也带来知识分子的某些变化。当年抗战刚结束，李庄的摊子还没收拾，傅斯年就急急忙忙跑到了北京，他要恢复北大。这个时候国民政府已经任命了胡适当北大校大，西南联大要分开，清华归清华、北大归北大，但胡适还没有从美国回来。傅斯年在李庄的一摊子事还没有收拾的情况下，就跑到北京去了。有点儿争强好胜急于恢复北大，说不能让北大落在清华后面。北大当年撤离后，还有一部分教职工留在北京，在伪北大做事。傅斯年说胡适这个人学问比我好，但办事比我坏，别人让胡适快点回来接任北大校长，他却给胡适写信说，你不着急，你慢慢回来，我先去给你代理校长。因为怕你心软，对伪北大的人下不了手。他回去就一件事，只要是在伪北大干过一天的，当年北大撤离后还留在北京，在日本人手下工作的这些人，一个不留。当时，这些人也到政府去静坐上访，也有政府官员找傅斯年说算了吧，除了少数人真给日本人做事，别的也就是混口饭吃。傅不干，说为人没有这样的，我们是北大人，只要这些伪北大的人中有任何一个人留下来，那么对于那些历经千辛万苦，撤离到昆明、到李庄的这些人来说，就是不公平的。后来，他自己说我就是北大的功狗，我就是北大的一条狗，等我把那些人都咬完了，再把校长位子还给胡适。胡适学问大，却是好好先生，他干不了我这种拉下脸皮不讲情面的事情。所以我来当北大的狗，功狗。傅是文化人，他骂自己也是有学问的，这背后是有典故的。功狗这个典故是从刘邦来的。汉高祖刘邦平定了天下，对手下很多人论功行赏的时候，韩信张良等不服，问他，萧何不是跟我们一样帮你打天下吗？为什么萧何做丞相，我们就没有那么大的权力？刘邦说，萧何是功人，有功的人，你们是功狗，有功的狗。不是刘邦看不起那些人，他打了个比方，说好比上山打猎，你们呢像狗一样，是人家指出了猎物在哪里，你们就去追，你们就把猎物追回来。萧何呢，他是能发现猎物并指出猎物在哪里的人，然后计划好门道告诉你们怎么去得到猎物，所以他是猎人，你们是猎狗，但都有功，所以萧何做丞相，他的本事比你们大，他是功人，你们是功狗。这就是功狗的典故。所以说北大教授不会轻易骂自己为狗的，即便骂自己为狗也是要有典故的。所以这些知识分子是在这样一种环境里出来的，知识分子也是要报效国家的。

没来李庄前的史语所还发生过一个故事。这个人在中山大学毕业，曾在史语所工作一段时间。傅斯年把他派到我家乡一带的地方，今天甘孜、松潘、茂县那一带地方，去调查羌族语言，做羌族语言研究，然后，又去做藏族语言的研究，傅斯年对人要求很高，有时候又有点儿着急，几次调查报告拿回来都不满意，不满意这个人。这个人也很硬气，就不理傅了。这个人是爱国青年，还上过军校，突然他到了阿坝就不想回来了，傅斯年写信批评他，他就不回来了，不回来干什么呢？阿坝有个县叫金川县，那个时候已经很汉化了，当地有个绅真是个劣绅，当袍哥首领种植走私鸦片，没有人敢管，县长也不敢管。这个人就找到省政府说，我去那里当县长。当时任用干部的好处是不用像现在要经过副乡长、乡长，再当县长的这样的过程。上面说你真想去，真敢去，就去吧。那个时候史语所已经搬离李庄了，1946年了，他就真去当了金川县县长。上任没几天，就准备对付那个劣绅，他说前任怎么就把他拿不下？我来把他拿下。他的做法很简单，他对手下人说，你们连《史记》都没读过吗？《史记》里有鸿门宴，我就给他摆一道鸿门宴吧。他真就这么干的，发请帖，请杜总舵把子了——那个劣绅姓杜，请到县政府赴宴。宴席中真的就跟古书里写的一样，酒过几巡，摔杯为号。那位姓杜的袍哥舵把子也有胆气，就敢到县政府喝酒，接到请帖就去了，去会会新到任的县长。真的当这人喝到半醉，就让县长的卫兵把这个人打死了。这位书生县长他真的觉得是为地方除了一大害。但他没想到，第二天，这个人的手下几百人就把县政府包围了，最后把他给杀了，这个史语所出来的人就当了几天县长。也许他不熟谙官场的一套东西，但正因为不愿意尸位素餐，不肯得过且过，自己丢了性命。但他确实用他的死，让国民党政府有了借口，马上派兵镇压，这个县一股尾大不掉的势力，从此被铲除。这是一个书生用他的死换来的。也许在今天现场这些富于行政经验的听众看来，他把这个事想得很简单，但我们确实可以看到，那个时代的知识分子身上，他确实有忧民报国的真切情怀的，而且他这种情怀在史语所这样一个特殊的知识分子群体所形成的氛围中得到巩固和强化。后来我遇到一个台湾史语所的人，我问他你们那儿是不是有他的档案，他说真有这个人，说他当年搞民族语言调查的油印材料还在史语所的学术档案里，还有傅斯年批评他的文字留在上面。然后他愤而出走，愤而去当县长，然后献身。这个人的名字叫黎光明。

我们可以看到围绕史语所的这种故事，我们可以看到那个时代知识分子身上蕴藏的精神与人格力量。我觉得这些故事都还有待于进一步发掘。现在是双向的故事发掘都不够，李庄的故事要更立体更完备更符合当时的历史语境。讲故事是一回事，怎么讲这些故事，用什么样的方式，用什么样的态度讲这些故事又是一回事，这其中都大有文章。有些故事如果处理得不好，就可能像医学院的尸体解剖故事那样，可能会简单化，漫画化。讲到说故事的方式与态度，还有个危险就是，比如说怎么讲梁思成林徽因及其他人的爱情故事，也是一个问题。因为今天我们所处的消费时代，这个故事如果讲得不好，就有可能像当下很多地方一样，只热衷于把林塑造成一个被很多男人疯狂追求的人，这既轻薄了林，也轻薄了那些美好的爱情故事。我们更应该把她作为一个知识分子的建树，尤其是作为一个知识女性在那样的年代里，一个大家闺秀沦落到一个乡间妇女的日常生活的焦虑中的对家庭的倾心维系，对学术研究的坚持表达出来。她的弟弟二战中死在战场上，她是怎么对待的，而不被这巨大的悲痛所摧垮，这是什么样的精神！即便说到爱情，她病得那么重，金岳霖专门从西南联大过来为她养鸡，这故事怎么讲，今天我们的故事讲得太草率了，不庄重，逸闻化。长此以往，李庄这样一个本身可以庄重的，意味隽永的故事慢慢就会消失它的魅力。当然关于这些知识分子，这些士的故事确实是太多了，还是要深入地挖掘。这些学人的后人大多还在，其中很多还是有言说能力的知识分子，也许他们出于对前辈的维护，提供材料的同时，也会规定或影响这个故事的讲述方式。这个当然要尊重，但规定性过强，也会出现问题，这也是需要加以注意的。

到了李庄，我又有新发现，我原来都没想到，在中央博物院突然找到了一个人叫李霖灿，这个人在我做有关丽江泸沽湖的历史文化调查时遇到过，遇到过他写那些地方的文字，后来，这个人就从我的视野中消失，不知所踪了。我在丽江做调查的时候，我就查到在20世纪30年代到40年代有三个人写过丽江。其中两个人是外国人，一个叫约瑟夫·洛克。一个是俄国人叫顾彼德。洛克写的书叫《中国西南的古纳西王国》。顾彼德写的书叫《被遗忘的王国》。此外，我还找到过一本小册子，就是李霖灿写的。这是一本游记，当时散乱发表在报刊上，后来有人收集起来，出了一个小册子。那时候李是杭州美专的老师还是学生我记不起来了。学校派他到西南少数民族地区去收集一些美术资料，他就去了丽江和泸沽湖一带，在那个年代，中国人大部分还没留下那些地方的真实记录的时候，搞美术的李霖灿却写了一本跟泸沽湖跟丽江跟玉龙雪山这一带有关的大概几万字的书。至少对我有很重要的参考作用。但后来我就再也找不到这个人去哪儿了，从此再无消息，因为我觉得一个搞美术的，而在美术活动中再也不见他的名字，又没见到他继续从事文学书写，从此就断了线了。那次在张家祠，一下子见到他的名字，原来他加入中央博物院了，进了当时那么高的学术机构，就是缘于他在丽江的那段经历。在那里，他从搜集美术资料入手，进而接触到纳西族的文字，并对此发生浓厚兴趣，半路出家，转而对当地的东巴语言和文字进行研究。编撰出了汉语东巴文词典。成了中国知识分子用现代语言学方法研究中国少数民族文字的中国第一代学者，也许今天我们很多学者还在沿用他创建出来的一些方式跟方法。所以要感叹，这个世界很大，但这个世界也很小，一个在我自己研究视野当中失踪了多少年的人，突然在李庄出现，而且，这个人已经从一个搞美术的人变成为一个语言学家。因此可以见得，在当时那么艰难的条件下，他们还在教学相长，还在努力尽一个士、一个知识分子的责任，以学术的方式研究这个国家，建设这个国家。这样的精神，对今天的知识分子来讲，有多么可嘉可贵，自不待言。

前几天我刚好去眉山的彭祖山，我有一个朋友在那儿搞养老地产开发，我去彭祖山一看，在当地档案馆一查，对彭祖山最早的文化考察，对当地汉墓的考古挖掘，也是当时李济所属的在李庄的考古所的人去做的，留下了很有价值的考察报告。那时，你就不得不感慨，在那么艰难的条件下，他们还在认认真真地从事他们的学术事业，有人甚至还到了敦煌，去临摹敦煌壁画，而且一待就是一年两年，天天跟傅斯年写信要钱。傅斯年就又从李庄出发，坐船到重庆，到教育部去求人，去骂人，把钱又要一点儿回来寄给大家花，就是用这样的方式在延续文脉，不使中断。所以我觉得我们要把李庄故事讲好，这些知识分子留下来的生动的故事也要进一步挖掘要整理，而且这些整理要有更好的方式、更直观更生动的方式来呈现，今天我们可以有很多方式做出种种呈现，因为我们的博物馆学已经很发达，博物馆的方式已经有很多很多，我相信能够找到更好的呈现方法。

但是我觉得更重要的是，李庄的故事最精彩之处，就是刚才我讲的，中国的士跟中国的绅的最后一次遭逢，而这次遭逢从人文精神上绽放出这么美丽的光华。而且这在中国历史上一定是最后一次了。如果说知识分子这个阶层，士的精神还会继续在读书人中间继续存在的话，中国乡间的耕读传家的绅是永远不会再现了。

中国传统社会当中最重要的两个阶层在既是抗战时期，也是中国发生翻天覆地巨大的社会革命的前夜，绽放出来这样一种光华，呈现出来这样的历史文化现象，我相信无论我们怎么书写呈现，都绝不为过，也是具有非常特别的意义的，对我们构建我们民族文化的记忆，尤其是一个地方历史文化的记忆，这一章是非常重要的。从这个意义上讲，李庄是非常重要的，李庄是非常珍贵的，李庄是值得我们永远珍视的，因为只有在这样一个历史节点上，士和绅这样两个阶层在这样的时刻，都向中国人展示了他们品格中最美好最灿烂耀眼的那一面！所以我认为但凡对于中国文化怀有敬意，对于中国文化那些优质基因的消失感到有丝丝惋惜的人，都应该来到李庄，在这个地方被感动被熏染。

我记得老子《道德经》中有这样一句话——在我感觉中，老子是个悲观主义者，总感叹这个社会在精神道德上处在退化之中。所以，他说："失道而后德，失德而后仁，失仁而后义，失义而后礼。"他说这个世界本是按大道自在运行的，但人的弱点，人性的弱点，让人失去自然天道的依凭，而不得不讲求德，这已经不是自然状态了，只好用德这个东西来自我约束和彼此约束，只好退而求其次，"失道而后德"。但最后我们连德也守不住，就"失德而后仁"，当我们失去自我约束，所谓仁，就是我们只能要求我对别人好一点，别人也对我好一点，特别是统治者对我们好一点，我周围比我强大的人对我好一点，这也就是孔子说的仁者爱人。但仁也守不住，"失仁而后义"，说仁也不成了，就只好讲点义气。到义气就很不好了，义气就是我们这帮人扎在一起搞成一个小团体，小团体内部彼此很好，但对团体外面的人很差，我们想想中国的传统小说，《三国演义》里刘关张之间当然有义，但他们对别人就可能仁也没有德也没有了。《水浒传》里，宋江和李逵有义，宋江被抓了，李逵为救他不顾生死去劫法场，讲不讲义气？中国人觉得这个特别好，但我们看李逵从法场上救出宋江，往江边码头狂奔，一路抡起斧子就砍，砍到江边砍了多少人？对宋江有义对其他被他砍的人有义吗？用今天的眼光来看，李逵简直就是古代版的恐怖分子嘛，所以到义已经就非常不堪了。但是在李庄故事里我们回过头来看到，不管是这些知识分子，还是接纳他们的这些乡绅，我想先不说道，但至少还在德跟仁的层面上，在这个层面上我们来看到中国传统文化当中的这些因素，在不同方向上对不同层面的人都形成了某种有效的制约，使这些达成了某种人格，达到了某种今天人难以企及的境界。这种关系用今天话来讲，还是一种充满了正能量的关系。所以李庄在传统文化维度上的教育意义肯定比中国武侠小说要强。中国文化，中国的人际关系到了要靠义来维护的时候，其实已经很不堪了。但是，李庄故事不是这样的，李庄故事还会给所有人以温暖的感染。

在今天这个已经高度组织化的社会，在社会深刻转型变革的时期，在时代剧烈的动荡当中，其实讲求义都很困难。背信弃义这个词，在中国语言中存在也已经很久了。想想这个局面，真是令人不寒而栗。而在那样一个动荡的时代当中，李庄这样一个地方，还保存了读书种子，还保存了文明之光，更重要的是通过士与绅这两个阶层的结合，保存了中国传统社会当中的那种基本的道德感，基本的人性的人情的温暖，这就是李庄让人流连忘返的所在，让人觉得李庄故事了不起的地方。

原载《十月》2016年第3期

敬　告

由于编选时间仓促、工作量大，未及与所选作者一一取得联系，请见谅。

现仍有部分作者地址不详，为及时奉上稿酬和样书，请有关作者与编辑赵维宁联系。

地址：沈阳市和平区十一纬路25号

邮编：110003

电话：024—23284306

E-mail：249972579@qq.com

微信号：zhaoweining10

辽宁人民出版社

2018年1月